语文新课标名家选

中外历史故事

李　莉／编著

名师伴读 Mingshi Bandu 阳光成长

阅读殿堂　紧扣课标·精心批注·无障碍阅读

ZHONGWAILISHIGUSHI

让孩子阅读属于自己的经典，为孩子引读适合他们的名著

一本好书，就是一轮太阳，灿烂千阳，照耀成长

阅读的孩子，前途无可估量

线装书局

图书在版编目(CIP)数据

中外历史故事/李莉编著．—北京:线装书局，2010.7

(语文新课标名家选)

ISBN 978－7－5120－0141－1

Ⅰ.①中…　Ⅱ.①李…　Ⅲ.①历史故事—作品集—世界　Ⅳ.①I14

中国版本图书馆 CIP 数据核字(2010)第 062559 号

中外历史故事

编　　著： 李　莉
责任编辑： 赵安民　孙嘉镇
排　　版： 腾飞文化
出版发行： 线装书局
地　址：北京市西城区鼓楼西大街 41 号(100009)
电　话：010－64045283　64041012
网　址：www.xzhbc.com
经　　销： 新华书店
印　　刷： 北京龙跃印务有限公司
开　　本： 710mm×1000mm　1/16
印　　张： 15
字　　数： 180 千字
版　　次： 2010 年 8 月第 1 版　2014 年 1 月第 3 次印刷
印　　数： 20001－30000

定　　价： 29.80 元

目录 CONTENTS

中国历史故事

外国历史故事

导　读

历史，是客观存在的事实，真相只有一个。然而记载历史、研究历史的学问却往往随着人类的主观意识而变化、发展、完善，甚至也有歪曲、捏造。

中华民族有着五千年的悠久历史和灿烂文化，而世界史亦是多姿多彩、精彩纷呈。历史不是枯燥无味的，而是有血有肉、栩栩如生的。让我们在浩瀚的时光隧道中穿梭、飞翔，只为心中的自强梦、铁血梦、强国梦。

历史故事是一种以历史人物为基础进行创作的文学体裁，记载的大多是历史人物的奇闻轶事，反映了各个时期的思想、政治、经济、文化、军事和社会生活等方面的情况。故事中充满着智慧、哲理、伦理和道德，蕴含着民族传统文化的精髓。

故事是人类对自身历史的一种记忆行为，人们通过多种故事形式，记忆和传播着一定社会的文化传统和价值观念，引导着社会性格的形成。故事通过对过去的事的记忆和讲述，构建着一定社会的文化形态。

中国历史太长，讲历史多离不开秦皇汉武、唐宗宋祖的皇皇盛世，几乎一样长久的变乱年代则常被轻描淡写。但是，可以这样说，每一个大一统时代的光明，都在前一个变乱年代里孕育。新一段历史的起草往往不在盛世之初，而在乱世之末。刀枪剑戟和巧言虚辞交加的春秋战国时代、多族碰撞与殷殷礼佛的两晋南北朝时期、更国换帝如走马灯的五代十国时代、脆弱的统一孱弱的军事与超级发达的文化并存的宋辽金元时代，都各有各的气质。乱象纷呈，变乱使一切俱废重组，乱世有一切重新开始的期待。乱世可展示最彻底的人性，乱世中有最多传奇的人与事，乱世更有故事。

对外国历史的讲述，从古老的两河流域文明、古埃及文明开始，经繁荣的古希腊古罗马，走过黑暗的中世纪、文艺复兴，直至资产阶级革命和两次世界大战，兼顾了东方和西方，涉及政治、经济、科技和文化各个领域，将世界历史发展的脉络较为清晰准确地展示在大家眼前。

历史是一面活生生的镜子——可给我们知识、可给我们借鉴。只有了解世界的进程与规律，了解各国的发展变化，了解期间的战争与和平，才能“做世界新人”“与国际接轨”……

知识链接

历史学

以历史为认识对象所形成的一门学问，叫史学或历史学，也可以用“历史”一词代表。历史学的本质其实是把实际发生的事件转换成以意念和文字形式存在的历史的过程和方法。关于历史学的目的和方法的研究探讨，在西方属于历史哲学的范畴，历史哲学的出现和发展，意味着历史学从单纯的历史记录发展成为对历史的解释和对历史规律的探求阶段。一开始，历史哲学仅仅关心如何改进历史研究的方法，但认为被研究和记录的历史就是真实的历史。在新康德主义和新黑格尔主义的影响下，人们对自身的认识过程有了重新的理解，哲学家开始重新定义历史学。意大利哲学家克罗齐提出“一切真历史都是当代史”的命题，认为往事只有在当代人生活中发挥作用才成为历史，否则是“死的历史”，即编年史。因此，同样的历史在不同的时期会被不断地改写。英国哲学家柯林伍德又进一步认为“一切历史都是思想史”，即历史是历史学家思想的反映，不仅因时代而异，也因人而异。而唯物主义的历史观认为历史事件是客观存在的，历史则是历史学家主观对客观的历史事件的认识。由于人主观的局限性，对客观的历史事件的认识是有限的，主观的认识不能完全符合客观的历史，只能不断改进逐渐接近，这一过程同自然科学的过程一致。这种历史学称为“历史科学”。

史学史

中国是世界上历史最完备的国家，其对历史的记录不仅时间长，而且内容精确详细。中国历史自传说中的黄帝以来已经有五千多年，而自西周共和元年（公元前841 年）以来历史记录精确到年，自鲁隐公元年（公元前 722 年）以来则精确到月日。中国的历史记录（史书）还分为编年体、纪传体、纪事本末体等不同体裁。与历史学不在西方文明中占主流地位相反，中国将“史”列为四种基本学科分类“经、史、子、集”之一（《隋书·经籍志》已按经、史、子、集四部分类）。魁奈说：“历史学是中国人一直以其无与匹伦的热情予以研习的一门学问。没有什么国家如此审慎地撰写自己的编年史，也没有什么国家这样悉心地保存自己的历史典籍。”

原始社会中人类通过诸如结绳记事和口传等方法记录历史，例如中国上古传说“黄帝战蚩尤”“女娲补天”“大禹治水”等。国家出现后，则开始有掌管祭祀的“巫”，他们同时担任记录时事、起草公文和掌管文书等工作，可以说是最早的史官。之后才出现了独立职能的史官，专门记录历史事件。在这个时期，中国出现了世界上最早的史书《尚书》，内容是历代政治文件汇编，并无特定的历史记录体裁。从西周共和元年（公元前 841 年）起，中国有了按年记载的编年史，从此有了连续不断的历史记录，而且差不多每年都有史可查。这在世界各国范围内也是极其罕见的。春秋战国时期的史学家如孔子（编订《春秋》）和左丘明（著《左传》）等重视人类社会活动，从而使历史基本摆脱了神学和宗教的影响。

西汉时著名的文学家、史学家司马迁撰写了《史记》，创建了纪传体的历史记录体裁，《史记》的规模在当时世界范围内是空前的，之后东汉时班固著《汉书》，延续发展了《史记》的体例，是中国第一部纪传体断代史。这两部历史著作，奠定了中国古典史学的基础，后来的历史学家沿用《史记》和《汉书》的体裁，将各个朝代的历史汇编成书，组成了“二十四史”。除断代史之外，唐宋期间中国还出现了通史，如唐末杜佑的《通典》、宋司马光的《资治通鉴》，其中《资治通鉴》是叙事长达 1362 年的编年体通史，是中国史学史上的奇葩。

西方的历史学开始于公元前 5 世纪，古希腊作家希罗多德在《历史》（又名《希波战争史》）一书中记录了希腊与波斯之间的希波战争，历史从此自神话和文学中脱离出来成为独立的学科。希罗多德也因此被罗马哲学家西塞罗（Cicero）称为“史学之父”。但希罗多德的记录中真实事件与虚构事件混杂，并不是纯粹的历史。二十多年后古希腊人修昔底德所著的《伯罗奔尼撒战争史》治学态度严谨，历史记载翔实，才是西方第一部“信史”。公元前 2 世纪，希腊历史学家波里比阿在《通史》（又名《罗马史》）中记录了公元前 218 年至前 146 年 73 年间罗马帝国周围地中海沿岸各国、各民族的历史，是第一部“世界”通史。

中国历史故事

盘古开天辟地

我们伟大祖国有着非常悠久的历史，在漫长的历史中，有许多动人的、有意义的故事。其中有许多是有文字记载的。至于远古时期的情况，虽然没有文字记载，但是也流传下来一些神话和传说。

譬如，我们人类的祖先，究竟是从哪里来的？古时候流传着一个盘古开天辟地的神话，说的是在天地开辟之前，宇宙不过是混混沌沌的一团气，里面没有光，没有声音。这时候，出了一个盘古①氏，用大斧把这一团混沌劈了开来。轻的气往上浮，就成了天；重的气往下沉，就成了地。以后，天每天高出一丈，地每天加厚一丈，盘古氏本人也每天长高一丈。这样过了一万八千年，天就很高很高，地就很厚很厚了，盘古氏当然也成了顶天立地的巨人。后来，盘古氏死了，他的身体的各个部分就变成了太阳、月亮、星星、高山、河流、草木等等。

这就是开天辟地的神话。

神话毕竟只是神话，现在谁也不会相信真有这样的事。但是人们喜欢这个神话，一谈起历史，常常说从“盘古开天辟地”起。这是因为它象征着人类征服自然的伟大气魄和丰富的创造力。

那么，人类历史究竟应该从哪儿说起呢？随着科学发展，人们从地下发掘出来的化石，证明人类最早的祖先是一种从古猿转变而来的猿人。

我国科学工作者在祖国各地先后发掘出许多猿人的遗骨和遗物的化石，研究表明我们祖国境内最早的原始人，已经有一百万年以上的历史。像云南发现的元谋猿人，大约有一百七十万年的历史；陕西出土的蓝田猿人化石，大约有八十万年的历史；有名的北京猿人来说，也有四五十万年的历史了。

这里，我们就从北京猿人说起。北京猿人生活在周口店一带。那时候，中国北方的气候比现在温和湿润。山上山下，生长着树林、灌木和丰茂的野草。凶猛的

① 盘古是中国古代传说时期中开天辟地的神。在天地还没有开辟以前，宇宙就像是一个大鸡蛋一样混沌一团。有个叫做盘古的巨人在这个“大鸡蛋”中一直酣睡了约一万八千年后醒来，盘古凭借着自己的神力把天地开辟出来了。

虎、豹、狼、熊等野兽，出没在树林和山野中。那里还生长着大象、犀（音 xī）牛和梅花鹿。

猿人的力气比不上这些凶猛的野兽，但是他们和任何动物根本不同的地方，就是猿人能够制造和使用工具。这种工具十分简单，一件是木棒，一件是石头。木棒，树林里多的是，但它是经过人砍削的；石头呢，是经过人工砸打过的，虽然很粗糙，但毕竟是人制造的工具。

他们就是用这些简单的工具来采集果子，挖植物的根茎吃的。他们还用木棒、石器来同野兽作斗争，猎取食物。

但是，这种工具毕竟太简陋了，他们获取的食物是很有限的，靠个人的力量，没法生活下去，只好过着群居的生活，共同劳动，共同对付猛兽的侵袭。这种人群就叫原始人群。

几十万年过去了，猿人在艰苦的斗争中进化了。在北京周口店龙骨山的山顶洞穴里，发现另一种原始人的遗迹。这种原始人的样子，已经和现代人没有什么两样。我们把他们叫做“山顶洞人”。

山顶洞人的劳动工具有了很大的改进，他们不但能够把石头砸成石斧、石锤，而且还把野兽的骨头磨制成骨针。别看这一枚小小的骨针，在那时候，人们能磨制骨针可不是一件简单的事。有了骨针，人们可以把兽皮缝成衣服，不像北京猿人那样赤身裸体。

山顶洞人过的也是群居生活。但他们的群居生活已经按照血统关系固定下来。一个集体的成员都是共同祖先生下来的，也就是同一氏族的人。这样，人类社会就进入了氏族公社时期了。

钻木取火

原始人群到氏族公社初期人类生活是怎样进行的，我国古代也有许多传说。传说中有一些大人物，这些人往往既是首领，又是发明家。这种传说多半是古人根据远古时代的原始人生活想象出来的。

原始人的工具十分简单，周围又有许多猛兽，随时随地会遭到它们的伤害。后来，他们看到鸟儿在树上做窝，野兽爬不上去，不能伤害它们。原始人就学着鸟儿的样子，在树上做起窝来，也就是在树上造一座小屋。这样就安全得多了。后来的人把这叫做“构木为巢”（音 cháo，就是鸟窝）。是谁发明的呢？当然是大家一起摸索出来的。但是在传说中，却把这件事说成是有一个人教大家这样做的，他的名字叫做“有巢氏”。

最早的原始人，还不知道利用火，东西都是生吃的，生吃植物果实还不算，就是打来的野兽，也是生吞活剥，连毛带血地吃下去。后来，才学会使用火（在周口店的北京人遗址上，已发现用火的痕迹，说明那时候已经知道利用火了）。

火的现象，自然界早就有了，火山爆发，有火；打雷闪电的时候，树林里也会起火。可是原始人开始看到火时，不会利用，反而怕得要命。后来偶尔捡到被火烧死的野兽，拿来一尝，味道挺香。经过多少次的试验，人们渐渐学会用火烧东西吃，并且想法子把火种保存下来，使它常年不灭。

又过了相当长的时期，人们把坚硬而尖锐的木头，在另一块硬木头上使劲钻，钻出火星来；也有的把燧石敲敲打打，敲出火来。这就懂得了人工取火（从考古材料中发现，山顶洞人已经懂得人工取火）。是谁发明的呢？当然是劳动人民，但是传说中又说成是一个人，叫做“燧人氏”。

人工取火是一个了不起的发明。从那时候起，人们就随时可以吃到烧熟的东西，而且食物的品种也增加了。据说，燧人氏还教人捕鱼。原来像鱼、鳖、蚌、蛤一类东西，生的有腥臊味不能吃，有了取火办法，就可以烧熟来吃了。

不知过了多长的时间，人们开始用绳子结网，用网去打猎，还发明了弓箭，这比光用木棒、石器打猎要强得多。不但平地上的走兽，就是天空上的飞鸟，水里的游鱼，都可以射杀、捕捉起来。捕来的鸟兽，多半是活的，一时吃不完，还可以留着、养着，留到下次吃，这样，人们又学会了饲养。这种结网、打猎、养牲口的活，都是人们在劳动中共同积累起来的经验。传说中却说发明这些事的人是“伏羲氏”，或者叫“庖牺氏”（音 páo xī，庖是厨房，牺是牲口的意思）。

这种渔猎的时期又不知经过了多少年，人类的文明越来越进步。开始，人们偶尔把一把野谷子撒在地上，到了第二年，发现地面上生出苗来，一到秋天，又长成了更多谷子。于是，人们就大量栽种起来。他们用木头制造一种耕地的农具，叫做耒耜（音 lěi sì，一种带把的木锹）。他们用耒耜耕地，种植五谷，收获量就更大了。后来传说中把教人们种庄稼的人说成是一个人，名叫“神农氏”。

传说中的神农氏还亲自尝过各种野草野果的味儿，有甜的，也有苦的，甚至碰到有毒的。他不但发现了许多可以吃的食物,还发现了许多可以治病的药材。据说,医药事业,就是从那时候开始的。

从有巢氏到神农氏,这些传说中的大人物实际上是不存在的。但是从构木为巢,钻木取火,一直到渔猎、畜牧,发展农业,反映了原始人生产力的发展,倒是有一定道理的。1952 年,在陕西西安半坡村发现了一处大约六七千年以前的氏族村落遗址。从遗址中发掘出来的东西表明,那个时期的人已经学会饲养和农耕了。

涿鹿之战

大约在四千多年以前,我国黄河、长江流域一带住着许多氏族和部落。黄帝是传说中最有名的一个部落首领。

以黄帝为首领的部落,最早住在我国西北方的姬水附近,后来搬到涿鹿(今河北省涿鹿、怀来一带),开始发展畜牧业和农业,定居下来。

跟黄帝同时的另一个部落首领叫做炎帝,最早住在我国西北方姜水附近。据说跟黄帝部落是近亲。炎帝部落渐渐衰落,而黄帝部落正在兴盛起来。

这时候,有一个九黎族的首领名叫蚩尤(音 chī yóu),十分强悍。传说蚩尤有八十一个兄弟,他们全是猛兽的身体,铜头铁额,吃的是沙石,凶猛无比。他们还制造刀戟弓弩等各种各样的兵器,他常常带领他的部落,侵略别的部落。

有一次,蚩尤侵占了炎帝的地方,炎帝起兵抵抗,但他不是蚩尤的对手,被蚩尤打得一败涂地。炎帝没法子,逃到涿鹿请求黄帝帮助。黄帝早就想除去这个各部落的祸害,就联合各部落,准备人马,在涿鹿的田野上和蚩尤展开了一场大决战。

关于这次大战,有许多神话式的传说。据说黄帝平时驯养了熊、罴(音 pí)、貔(音 pí)、貅(音 xiū)、貙(音 chū)、虎六种野兽,在打仗的时候,就把这些猛兽放出来助战(有人认为,传说中的六种野兽实际上是以这六种野兽命名的六个氏族)。蚩尤的兵士虽然凶猛,但是遇到黄帝的军队,加上这一群猛虎凶兽,也抵挡不住,纷纷败逃。

黄帝带领兵士乘胜追杀,忽然天昏地黑,浓雾迷漫,狂风大作,雷电交加,使黄帝的兵士无法追赶。原来蚩尤请来了“风伯雨师”助战。黄帝也不甘示弱,请天女帮助，驱散了风雨。一刹那之间，风止雨停，晴空万里，终于把蚩尤打败了。也有一种传说，说是蚩尤用妖术制造了一场大雾，使黄帝的兵士迷失了方向。黄帝用“指南车”来指引，带领兵士，依着蚩尤逃跑的方向追击，结果把蚩尤捉住杀了。这些神话反映这场战争是非常激烈的。

各部落看到黄帝打败了蚩尤，都挺高兴。黄帝受到了许多部落的拥护。但是，炎帝部落和黄帝部落也发生了冲突，双方在阪泉（今河北涿鹿县东南）地方打了一仗，炎帝失败。从此，黄帝成了中原地区的部落联盟首领。

传说中的黄帝时代，有许多发明创造，像造宫室、造车、造船、制作五色衣裳，等等，这些当然不会是一个人发明的，但是后来的人都把它们记在黄帝账上了。

传说黄帝有个妻子名叫缧（音 léi）祖，亲自参加劳动。本来，蚕只有野生的，人们还不知道蚕的用处，缧祖教妇女养蚕、缫丝、织帛。打那时候起，就有了丝和帛了。

黄帝还有一个史官仓颉（音 cāng jié），创制过古代文字。我们没有见到过那个时期的文字，也没法查考了。

中国古代的传说都十分推崇黄帝，后代的人都认为黄帝是华夏族的始祖，自己是黄帝的子孙。因为炎帝和黄帝原来是近亲，后来又融合在一起，所以我们也常常把自己称为炎黄子孙。为了纪念这位传说中的祖先，后代的人还在现在陕西黄陵县北面的桥山上造了一座“黄帝陵”。

尧舜禅让

传说黄帝以后，先后出了三个很出名的部落联盟首领，名叫尧（音 yáo）、舜（音 shùn）和禹（音 yǔ）。他们原来都是一个部落的首领，后来被推选为部落联盟的首领。

那时候，做部落联盟首领的，有什么大事，都要找各部落首领一起商量。

尧年纪老了，想找一个继承他职位的人。有一次，他召集四方部落首领来商议。尧说出他的打算后，有个名叫放齐的说：“你的儿子丹朱是个开明的人，继承你的位子很合适。”尧严肃地说：“不行，这小子品德不好，专爱跟人争吵。”另一个叫讙兜(音 huān dōu)的说:“管水利的共工,工作倒做得挺不错。”尧摇摇头说:“共工能说会道,表面恭谨,心里另是一套。用这号人,我不放心。”这次讨论没有结果,尧继续物色他的继承人。有一次,他又把四方部落首领找来商量,要大家推荐。到会的一致推荐舜。尧点点头说:“哦!我也听说这个人挺好。你们能不能把他的事迹详细地说说?”

大家便把舜的情况说开了:舜的父亲是个糊涂透顶的人,人们叫他瞽叟(音 gǔ sǒu,就是瞎老头儿的意思)。舜的生母早死了,后母很坏。后母生的弟弟名叫象,傲慢得没法说,瞽叟却很宠他。舜生活在这样一个家庭里,待他的父母、弟弟挺好。所以,大家认为舜是个德行好的人。

尧听了挺高兴,决定先考察一下舜。他把自己的两个女儿娥皇、女英嫁给舜,还替舜筑了粮仓,分给他很多牛羊。那后母和弟弟见了,又是羡慕,又是妒忌,和瞽叟一起用计,几次三番想暗害舜。

有一回,瞽叟叫舜修补粮仓的顶。当舜用梯子爬上仓顶的时候,瞽叟就在下面放起火来,想把舜烧死。舜在仓顶上一见起火,想找梯子,梯子已经不知去向。幸好舜随身带着两顶遮太阳用的笠帽。他双手拿着笠帽,像鸟张翅膀一样跳下来。笠帽随风飘荡,舜轻轻地落在地上,一点也没受伤。

瞽叟和象并不甘心,他们又叫舜去淘井。舜跳下井去后,瞽叟和象就在上面把一块块土石丢下去,把井填没,想把舜活活埋在里面,没想到舜下井后,在井边掘了一个孔道,钻了出来,又安全地回家了。

象不知道舜早已脱险,得意洋洋地回到家里,跟瞽叟说:“这一回哥哥准死了,这个妙计是我想出来的。现在我们可以把哥哥的财产分一分了。”说完,他向舜住的屋子走去,哪知道,他一进屋子,舜正坐在床边弹琴呢。象心里暗暗吃惊,很不好意思地说:“哎,我多么想念您呀!”

舜也装作若无其事,说:“你来得正好,我的事情多,正需要你帮助我来料理呢。”

以后,舜还是像过去一样和和气气地对待他的父母和弟弟,瞽叟和象也不敢再暗害舜了。

经过考察,尧认为舜的确是个品德好又挺能干的人,就把首领的位子让给了舜。这种让位,历史上称作“禅让”(禅音 shàn)。其实,在氏族公社时期,部落首领老了,用选举的办法推选新的首领,并不是什么稀罕事儿。

舜接位后,也是又勤劳,又俭朴,跟老百姓一样劳动,受到大家的信任。过了几年，尧死了，舜还想把部落联盟首领的位子让给尧的儿子丹朱，可是大家都不赞成。舜才正式当上了首领。

大禹治水

尧[1]在位的时候，黄河流域发生了很大的水灾，庄稼被淹了，房子被毁了，老百姓只好往高处搬。不少地方还有毒蛇猛兽，伤害人和牲口，叫人们过不了日子。

尧召开部落联盟会议，商量治水的问题。他征求四方部落首领的意见：派谁去治理洪水呢？首领们都推荐鲧（音 gǔn）。

尧对鲧不大信任。首领们说：“现在没有比鲧更强的人才啦，你试一下吧！”尧才勉强同意。

鲧花了九年时间治水，没有把洪水制服。因为他只懂得水来土掩，造堤筑坝，结果洪水冲塌了堤坝，水灾反而闹得更凶了。

舜接替尧当部落联盟首领以后，亲自到治水的地方去考察。他发现鲧办事不力，就把鲧杀了，又让鲧的儿子禹去治水。

禹改变了他父亲的做法，用开渠排水、疏通河道的办法，把洪水引到大海中去。他和老百姓一起劳动，戴着箬帽，拿着锹子，带头挖土、挑土，累得磨光了小腿上的毛。

经过十三年的努力，终于把洪水引到大海里去了，地面上又可以供人种庄稼了。

禹新婚不久，为了治水，到处奔波，多次经过自己的家门，都没有进去。他妻子涂山氏生下了儿子启，婴儿正在哇哇地哭，禹在门外经过，听见哭声，也狠下心没进去探望。

当时，黄河中游有一座大山，叫龙门山（在今山西河津县西北）。它堵塞了河水的去路，把河水挤得十分狭窄。奔腾东下的河水受到龙门山的阻挡，常常溢出河

---

① 尧，姓伊祁，名放勋，史称唐尧。公元前 2377 年农历二月初二，在唐地伊祁山诞生，随其母在庆都山一带度过幼年生活。15 岁时在唐县封山下受封为唐侯。20 岁时，其兄帝挚为形势所迫让位于他，成为我国原始社会末期的部落联盟长。

道，闹起水灾来。禹到了那里，观察好地形，带领人们开凿龙门，把这座大山凿开了一个大口子。这样，河水就畅通无阻了。

后代的人都称颂禹治水的功绩，尊称他是大禹。

舜年老以后，也像尧一样，物色继承人。因为禹治水有功，大家都推选禹。到舜一死，禹就继任了部落联盟首领。

这时候，已到了氏族公社后期。生产力发展了，一个人生产的东西，除了能维持自己的生活，还有了剩余。氏族、部落的首领们利用自己的地位，把剩余产品作为自己的私人财产，变成氏族的贵族。有了剩余的产品，部落和部落之间发生战争，捉住了俘虏，不再把他们杀掉，而把他们变成奴隶，为贵族劳动。这样，就渐渐形成奴隶和奴隶主两个阶级，氏族公社开始瓦解。

由于禹在治水中的功绩，提高了部落联盟首领的威信和权力。传说禹年老的时候，曾经到东方视察，并且在会稽山（在今浙江绍兴一带）召集许多部落的首领。去朝见禹的人手里都拿着玉帛，仪式十分隆重。有一个叫做防风氏的部落首领，到会最晚。禹认为他怠慢了自己的命令，就把防风氏斩了。这说明，那时候的禹已经从部落联盟首领变成名副其实的国王了。禹原来有个助手叫做皋陶（音 gāo yáo），曾经帮助禹治理政事。皋陶死后，皋陶的儿子伯益也做过禹的助手。按照禅让的制度，本来是应该让伯益做禹的继承人的。但是，禹死以后，禹所在的夏部落的贵族却拥戴禹的儿子启继承了禹的位子。

这样一来，氏族公社时期的部落联盟的选举制度正式被废除，变为王位世袭的制度。我国历史上第一个奴隶制王朝——夏朝出现了。

后羿

夏启当上国王以后，有一个部落有扈（音 hù）氏不服，起兵反抗。启和有扈氏的部落发生了一场战争，最后启把有扈氏灭了，把俘虏来的人罚做牧奴。其他部落看到有扈氏的样子，没有人再反抗了。

夏启死后，他的儿子太康即位。太康是个十分昏庸的君主。他不管政事，专爱打猎。有一次，太康带着随从到洛水南岸去打猎。他越打越起劲，去了一百天还没有回家。

那时候，黄河下游的夷族，有个部落首领名叫后羿（羿音 yì），野心勃勃，想夺取夏王的权力。他看到太康出去打猎，觉得是个机会，就亲自带兵守住洛水北岸。等到太康带着一大批猎得的野兽，兴高采烈地回来的时候，走到洛水边，对岸全是后羿的军队，拦住他的归路。太康没法，只好在洛水南面过着流亡生活。后羿还不敢自立为王，另立太康的兄弟仲康当夏王，把实权抓在自己手里。

后羿是一个著名的弓箭手，他的射术是百发百中的。有一个神话，说古时候天空里本来有十个太阳，地面上热得像烤焦似的，给庄稼带来严重的灾害。大家请后羿想法子，后羿拈弓搭箭，“嗖嗖”地几下，把天空里的九个太阳射了下来，只留下一个太阳。这样，地面上气候适宜，不再闹干旱了。又说，古时候大河里有许多怪兽，经常兴风作浪，造成水灾，把禾苗淹没，人畜淹死，也是后羿用箭把这些怪兽射死的，人们的生活才恢复了正常。这些神话说明后羿的箭术很高明，是大家公认的。

后羿开始还只是做仲康的助手。等到仲康一死，他干脆把仲康的儿子相撵（音 niǎn）走，夺了夏朝的王位。他仗着射箭的本领，也作威作福起来。他和太康一样，四处打猎，把国家政事交给他的亲信寒浞（音 zhuó）。寒浞瞒着后羿，收买人心。有一次，后羿打猎回来，寒浞派人把他杀了。

寒浞杀了后羿，夺了王位，怕夏族再跟他争夺，一定要杀死被后羿撵走的相。

相逃到哪儿，寒浞就追到哪儿。后来，相终于被寒浞杀了。那时候，相的妻子正怀着孕，被寒浞逼得没法，从墙洞里爬了出去，逃到娘家有仍氏部落，生下个儿子叫少康。

少康长大后，给姥姥家看牲口，后来听到寒浞正在派人追捕他，又逃到舜的后代有虞氏那儿。

少康从小在艰难的环境中长大，练了一身本领。他在有虞氏那里招收人马，开始有了自己的队伍。后来，又得到忠于夏朝的大臣、部落帮助，反攻寒浞，终于把王位夺了回来。

夏朝从太康到少康，中间经过大约一百年的混战，才恢复过来。历史上称作“少康中兴”。

少康灭了寒浞，可是夷族和夏朝之间的斗争还没完。夷族人有很多出名的射手，他们的弓箭很厉害。后来少康的儿子帝杼（音 shù）即位，发明了一种可以避箭的护身衣，叫做“甲”，战胜了夷族，夏的势力又向东发展了。

商汤灭夏

黄河下游有个部落叫商。传说商的祖先契(音 xiè)在尧舜时期,跟禹一起治过洪水,是个有功的人。后来,商部落因为畜牧业发展得快,到了夏朝末年,汤做了首领的时候,已经成为一个强大的部落了。

夏王朝统治了大约四百多年,到了公元前 16 世纪,夏朝最后的一个王——夏桀(音 jié)即位。夏桀是个出名的暴君,他和奴隶主贵族残酷压迫人民,对奴隶镇压更重。夏桀还大兴土木,建造宫殿,过着荒淫奢侈的生活。

大臣关龙逄(音 páng)劝说夏桀,认为这样下去会丧失人心。夏桀勃然大怒,把关龙逄杀了。百姓恨透了夏桀,诅咒说:“这个昏君什么时候才会灭亡,我们宁愿跟你同归于尽。”

商汤看到夏桀十分腐败,决心消灭夏朝。他表面上对桀服从,暗地里不断扩大自己的势力。

那时候,部落的贵族都是迷信鬼神的,把祭祀天地祖宗看作最要紧的事。商部落附近有一个部落叫葛,那儿的首领葛伯不按时祭祀。汤派人去责问葛伯。葛伯回答说:“我们这儿穷,没有牲口作祭品。”

汤送了一批牛羊给葛伯作祭品。葛伯把牛羊杀掉吃了,又不祭祀。汤又派人去责问,葛伯说:“我没有粮食,拿什么来祭呢?”

汤又派人帮助葛伯耕田,还派一些老弱的人给耕作的人送酒送饭,不料在半路上,葛伯把那些酒饭都抢走,还杀了一个送饭的小孩。

葛伯这样做,激起了大家的公愤。汤抓住这件事,就出兵把葛消灭了。接着,又连续攻取了附近几个部落。商汤的势力渐渐发展了,但是并没引起昏庸的夏桀注意。商汤妻子带来的陪嫁奴隶中,有一个名叫伊尹(音 yǐn)。传说伊尹开始到商汤家的时候,做了个厨师,服侍商汤。后来,商汤渐渐发现伊尹跟一般奴隶不一样,商汤和他交谈以后,才知道他是有心装扮作陪嫁奴隶来找汤的。伊尹向汤谈了许多治国的道理,汤马上提拔伊尹做他的助手。

商汤和伊尹商量讨伐夏桀的事。伊尹说:“现在夏桀还有力量,我们先不去朝贡，试探一下，看他怎么样。”

商汤按照伊尹的计策，停止了对夏桀的进贡。夏桀果然大怒，命令九夷发兵攻打商汤。伊尹一看夷族还服从夏桀的指挥，赶快向夏桀请罪，恢复了进贡。

过了一年，九夷中一些部落忍受不了夏朝的压榨勒索，逐渐叛离夏朝，汤和伊尹才决定大举进攻。

自从夏启以来，同姓相传已经四百多年，要把夏王朝推翻，也不是一件简单的事。汤和伊尹商量了一番，决定召集商军将士，由汤亲自向大家誓师。

汤说：“我不想进行叛乱，实在是夏桀作恶多端，上天的旨意要我消灭他，我不敢不听从天命啊！”他接着又宣布了赏罚的纪律。

商汤借天意来动员将士，再加上将士恨不得夏桀早早灭亡，因此，作战非常勇敢。夏、商两军在鸣条（今山西运城安邑镇北）打了一仗，夏桀的军队被打败了。

最后，夏桀逃到南巢（今安徽巢县西南），汤追到那里，把桀流放在南巢，一直到他死去。

这样，夏朝就被新建立的商朝代替了。历史上把商汤伐夏称为“商汤革命”，因为古代统治阶级把改朝换代说成是天命的变革，所以称为“革命”。这和现在所说的革命完全是两回事。

盘庚迁都

商汤建立商朝的时候，最早的国都在亳（音 bó，今河南商丘）。在以后三百年当中，都城一共搬迁了五次。这是因为王族内部经常争夺王位，发生内乱；再加上黄河下游常常闹水灾。有一次发大水，把都城全淹了，就不得不搬家了。

从商汤开始传了二十个王，王位传到盘庚手里。盘庚是个能干的君主。他为了改变当时社会不安定的局面，决心再一次迁都。

可是，大多数贵族贪图安逸，都不愿意搬迁。一部分有势力的贵族还煽动平民起来反对，闹得很厉害。

盘庚面对强大的反对势力，并没有动摇迁都的决心。他把反对迁都的贵族找来，耐心地劝说他们：“我要你们搬迁，是为了想安定我们的国家。你们不但不谅解我的苦心，反而发生无谓的惊慌。你们想要改变我的主意，这是办不到的。”

由于盘庚坚持迁都的主张，挫败了反对势力，终于带着平民和奴隶，渡过黄河，搬迁到殷（今河南安阳小屯村）。在那里整顿商朝的政治，使衰落的商朝出现了复兴的局面，以后二百多年，一直没有迁都。所以商朝又称作殷商，或者殷朝。

从那时候起，经过三千多年的漫长日子，商朝的国都早就变为废墟了。到了近代，人们在安阳小屯村一带发掘出大量古代的遗物，证明那里曾经是商朝国都的遗址，就叫它是“殷墟”。

从殷墟发掘出来的遗物中，有龟甲（就是龟壳）和兽骨十多万片，在这些龟甲和兽骨上面都刻着很难认的文字。经过考古学家的研究，才把这些文字弄清楚。原来商朝的统治阶级是十分迷信鬼神的。他们在祭祀、打猎、出征的时候，都要用龟甲和兽骨来占卜一下。占卜之后，就把当时发生的情况和占卜的结果刻在龟甲、兽骨上。这种文字和现在的文字有很大的不同，后来就把它叫做“甲骨文”。现在我们使用的汉字就是从甲骨文演变过来的。

在殷墟发掘的遗物中，还发现大量的青铜器皿、兵器，种类很多，制作很精巧。有一个叫做“司母戊”的大方鼎，重量有八百七十五公斤，高一百三十多厘米，大鼎上还刻着富丽堂皇的花纹。这样大的青铜器，说明在殷商时期，冶铜的技术和艺术水平都是很高的。但是也可以想象得出，像这样巨大精美的大鼎，不知道包含着多少奴隶的血汗哩！

考古工作者还在殷墟发掘了殷商奴隶主的墓穴。在安阳武官村一座商王大墓中，除了大量的珍珠宝玉等奢侈的陪葬品之外，还有许多奴隶被活活杀死殉葬。在大墓旁边的墓道里，一面堆着许多无头尸骨，一面排列着许多头颅。据甲骨片上的文字记载，他们祭祀祖先，也大批屠杀奴隶做供品，最多的竟达到两千六百多个。这是当年奴隶主残酷迫害奴隶的罪证。

从殷墟出土的甲骨文中，我们对殷商时期的社会情况有了比较确凿的考证。所以说，我国最早有文字记载的历史，是从商朝开始的。

太公辅周

盘庚死后又传了十一个王，最后一个王叫做纣（音 zhòu），纣原来是一个相当聪敏，又有勇力的人。他早年曾经亲自带兵和东夷进行一场长期的战争。他很有军事才能，作战百战百胜，最后平定了东夷，把商朝的文化传播到淮水和长江流域一带。在这件事上，商纣是起了一定作用的。但是在长期战争中，消耗也大，加重了商朝人民的负担，人民的痛苦越来越深了。

纣和夏桀一样，只知道自己享乐，根本不管人民的死活。他没完没了地建造宫殿，他在他的别都朝歌（今河南淇县）造了一个富丽堂皇的“鹿台”，把搜刮得来的金银珍宝都贮藏在里面；他又造了一个极大的仓库，叫做“钜桥”，把剥削来的粮食堆积起来。他把酒倒在池里，把肉挂得像树林一样。他和宠姬妲（音 dá）己过着穷奢极欲的生活。他还用各种残酷的刑罚来镇压人民。凡是诸侯背叛他或者百姓反对他，他就把人捉起来放在烧红的铜柱上烤死。这叫做“炮烙（音 luò）”刑罚。

纣的残暴行为，加速了商朝的灭亡。这时候，西部的一个部落却正在一天天兴盛起来，这就是周。

周本是一个古老的部落。夏朝末年，这个部落在现在陕西、甘肃一带活动。后来，因为遭到戎、狄等游牧部落的侵扰，周部落的首领古公亶父（亶音 dǎn）率领周人迁移到岐山（今陕西岐山县东北）下的平原定居下来。

到了古公亶父的孙子姬昌（后来称为周文王）继位的时候，周部落已经很强大了。周文王是一个能干的政治家。他的生活跟纣王正相反。纣王喜欢喝酒、打猎，对人民滥施刑罚。周文王禁止喝酒，不准贵族打猎，糟蹋庄稼。他鼓励人民多养牛羊，多种粮食。他还虚心接待一些有才能的人，因此，一些有才能的人都来投奔他。

周部落强大起来，对商朝是个很大的威胁。有个大臣崇侯虎在纣王面前说周文王的坏话，说周文王的影响太大了，这样下去，对商朝不利。

纣王下了一道命令，把周文王抓住，关在羑里（在今河南汤阴县一带，羑音 yǒu）。周部落的贵族把许多美女、骏马和别的珍宝，献给纣王，又送了许多礼物给纣王的亲信大臣。

纣王见了美女珍宝，高兴得眉开眼笑，说：“光是一样就可以赎姬昌了。”立刻把周文王释放了。

周文王见纣王昏庸残暴，丧失民心，就决定讨伐商朝。可是他身边缺少一个有军事才能的人来帮助他指挥作战。他暗暗想办法物色这种人才。

有一天，周文王坐着车，带着他儿子和兵士到渭水北岸去打猎。在渭水边，他看见一个老头儿在河岸上坐着钓鱼。大队人马过去，那个老头儿只当没看见，还是安安静静钓他的鱼。文王看了很奇怪，就下了车，走到老头儿跟前，跟他聊起来了。

经过一番谈话，知道他叫姜尚（又叫吕尚，“吕”是他祖先的封地），是一个精通兵法的能人。

文王非常高兴，说："我祖父在世时曾经对我说过，将来会有个了不起的能人帮助你把周族兴盛起来。您正是这样的人，我的祖父盼望您已经很久了。"说罢，就请姜尚一起回宫。

那老人家理了理胡子，就跟着文王上了车。

因为姜尚是文王的祖父所盼望的人，所以后来叫他太公望；在民间传说中，叫他姜太公。

太公望是周文王的好帮手。他一面提倡生产，一面训练兵马。周族的势力越来越大。有一次，文王问太公望："我要征伐暴君，您看咱们应当先去征伐哪一国？"

太公望说："先去征伐密须。"

有人反对他，说："密须国君厉害得很，恐怕打不过他。"

太公望说："密须国君虐待老百姓，早已失去民心，他就是再厉害十倍，也用不着怕。"

周文王发兵到了密须，还没开战，密须的老百姓先暴动了。他们绑着密须的国君归附了文王。

过了三年，文王又发兵征伐崇国(在今陕西省沣水县)。崇国是商朝西边最大的一个属国。文王灭了崇国，就在那里筑起城墙，建立了都城，叫做丰邑。没过几年，周族逐渐占领了大部分商朝统治的地区，归附文王的部落也越来越多了。

但是，周文王并没有完成灭商的事业。在他打算征伐纣王的时候，害了一场病死了。

秦始皇帝

秦王嬴政兼并了六国，结束了战国割据的局面，统一了中国。他觉得自己的功绩比古代传说中的三皇五帝还要大，不能再用"王"的称号，应该用一个更加尊贵的称号才配得上他的功绩，就决定采用"皇帝"的称号。他是中国第一个皇帝，就自称是始皇帝。他还规定：子孙接替他皇位的按照次序排列，第二代叫二世皇帝，第三代叫三世皇帝，这样一代一代传下去，一直传到千世万世。全国统一了，该怎样来治理这样大的国家呢？

在一次朝会上，丞相王绾[1]（音 wǎn）对秦始皇说："现在诸侯刚刚消灭，特别是燕、楚、齐三国离咸阳很远，不在那里封几个王不行，请皇上把几位皇子封到那里去。"

秦始皇要大臣议论一下，许多大臣都赞成王绾的意见，只有李斯反对。他说："周武王建立周朝的时候，封了不少诸侯。到后来，像冤家一样互相残杀，周天子也没法禁止。可见分封的办法不好，不如在全国设立郡县。"

李斯的意见正合秦始皇的心意。他决定废除分封的办法，改用郡县制，把全国分为三十六个郡，郡下面再分县。

郡的长官都由朝廷直接任命。国家的政事，不论大小，都由皇帝决定。据说秦始皇每天看下面送来的奏章，要看一百二十一斤（那时的奏章都是刻在竹简上的），不看完不休息。可见他的权力是多么集中了。

在秦始皇统一六国之前，列国向来是没有统一的制度的，就拿交通来说，各地的车辆大小就不一样，因此车道也有宽有窄。国家统一了，车辆要在不同的车道上行走，多不方便。于是，始皇规定车辆上两个轮子的距离一律改为六尺，使车轮的轨道相同。这样，全国各地车辆往来就方便了。这叫做"车同轨"。

在秦始皇统一六国之前，列国的文字也很不统一。就是一样的文字，也有好几种写法。统一后，采用了比较方便的书法，规定了统一的文字。这样，各地的文化交流也方便多了。这叫做"书同文"。

各地交通便利，商业也发达起来，但是原来列国的尺寸、升斗、斤两的标准全不一样。所以又规定了全国用统一的度、量、衡制。这样，各地的买卖交换也没有困难了。

秦始皇正在从事国内的改革，没想到北方的匈奴打了进来。匈奴本来是我国北部一个古老的少数民族。战国后期，匈奴贵族趁北方的燕国、赵国衰落，一步步向南侵犯，把黄河河套一带大片土地夺了过去。秦始皇统一中原以后，就派大将蒙恬（音 tián）带领三十万大军去抵抗，把河套一带地区都收了回来，设置了四十四个县。

为了防御匈奴的侵犯，秦始皇又征用民伕，把原来燕、赵、秦三国北方的城墙连

---

① 王绾是秦国的丞相。他的出生和去世年代历史上没有准确的记载。在秦国统一中国之后，他和御史大夫冯劫、廷尉李斯等人为秦始皇商议称号，他们认为古代有天皇、地皇和泰皇，其中泰皇最好，所以，给秦始皇定的称号是"泰皇"。

接起来，又新造了不少城墙。这样从西面的临洮（今甘肃岷县）到东面的辽东（今辽宁辽阳西北），连成了一条万里长城。这座举世闻名的古建筑，一直成为我们中华民族古老悠久文明的象征。

后来，秦始皇又派出大军五十万人，平定南方，添设了三个郡；第二年，蒙恬打败了匈奴，又添了一个郡。这样，全国总共有四十个郡。

公元前213年，秦始皇因为开辟了国土，在咸阳宫里举行了一个庆祝宴会，许多大臣都赞颂秦始皇统一国家的功绩。博士淳于越却重新提出分封制度不能废除，他认为不按照古代的规矩办事是行不通的。

这时候，李斯已经做了丞相。秦始皇要听听他的意见。

李斯说："现在天下已经安定，法令统一。但是有一批读书人不学现在，却去学古代，对国家大事乱发议论，在百姓中制造混乱。如果不加禁止，会影响朝廷的威信。"

秦始皇听取李斯的主张，立刻下了一道命令：除了医药、种树等书籍以外，凡是有私藏《诗》《书》、百家言论的书籍，一概交出来烧掉；谁要是再私下谈论这类书，办死罪；谁要是拿古代的制度来批评现在，满门抄斩。

第二年，有两个方士（一种用求神仙、炼仙丹骗钱的人）叫做卢生、侯生，在背后议论秦始皇的不是。秦始皇得知这个情况后，就派人去抓他们，他们早已逃跑了。

秦始皇大为恼火，再一查，又发现咸阳有一些儒生也一起议论过他。秦始皇把那些儒生抓来审问。儒生经不起拷打，又东拉西扯地供出一大批人来。秦始皇下令，把那些犯禁严重的四百六十多个儒生都埋了，其余犯禁的就流放到边境去。

这就是历史上所说的"焚书坑儒"事件。

秦始皇正在火头上，大臣们谁也不敢劝他。他的大儿子扶苏认为这样处置儒生太严厉，劝谏他不要这样做。这一来，触怒了秦始皇，秦始皇命令扶苏离开咸阳，到北方去和蒙恬一起守边疆。

误中副车

秦始皇知道,他灭了六国,六国留下来的旧贵族随时都可能起来反对他。他下令把天下十二万户豪富人家一律搬到咸阳来住,这样好管住他们;他又把天下的兵器统统收集起来,除了给政府军队使用以外,都熔化了铸成十二个二十四万斤重的巨大铜人和一批大钟(一种乐器)。他以为兵器收完了,有人想造反也造不成了。

他还常常到各地去巡视,一来祭祀名山大川,要大臣们把颂扬他的话刻在山石上,好让后代的人都知道他的功绩;二来显示自己的威武,也叫六国贵族惧怕。

公元前218年的春天,他又带了大队人马出去巡视。有一天,到了博浪沙(在今河南原阳县),车队正在缓缓前进的时候,突然哗啦啦一声响,飞来个大铁锤,把秦始皇座车后面的副车打得粉碎。

全部车队一下子都停了下来,武士们到处搜查,刺客已经逃走了。

秦始皇可真发火了,立刻下了一道命令,在全国进行一次大搜查,一定要把那个行刺的人捉到。足足搜查了十天,没有查到,也只好算了。

这个行刺的人名叫张良。张良的祖父、父亲都做过韩国的相国。韩国被灭的时候,张良还年轻。他变卖了家产离开了老家,到外面去结交英雄好汉,一心想替韩国报仇。

后来,他交上一个朋友,是个大力士。那个大力士使用的大铁锤,足足有一百二十斤重(相当于现在的六十斤)。两个人商量好,准备在秦始皇出外巡游的时候刺杀他。

他们探听到,秦始皇要经过博浪沙,就预先在那里树林隐蔽的地方埋伏起来。等秦始皇的车队一经过,大力士就把铁锤砸过去。哪儿知道这一锤砸得不准,只砸了一辆副车。

张良失败以后,隐姓埋名,一直逃到下邳(今江苏睢宁西北),总算躲过了秦朝官吏的搜查。他在下邳住了下来,一面钻研兵法,一面等候报仇的机会。

张良是怎样开始学兵法的呢?有一个离奇的传说。

有一次,张良一个人出去散步,走到一座大桥上,看见一个老头儿,穿着一件粗布大褂，坐在桥头上。他一见张良过来，有意无意地把脚往后一缩，他的一只鞋子直掉到桥下去了。

老头儿转过头来，很不客气地对张良说："小伙子，下去把我的鞋子捡上来。"

张良很生气，简直想动手揍他一顿。可是再一看，人家毕竟是个老头儿，就勉强忍住了气，走到桥下，捡起那只鞋子，上来递给他。

谁知道那老头儿竟连接也不接，只把脚一伸，说："给我穿上。"

张良想，既然已经把鞋捡上来了，索性好人做到底，就跪在地上恭恭敬敬地拿鞋子给他穿上。

那老头儿这才微微一笑，站起来走了。

这一下张良愣住了，心想这老头儿可有点怪。他盯着老头儿的背影望着，看老头儿往哪儿去。

老头儿走了里把地，又返了回来，对张良说："小伙子不错呀，我很乐意教导教导你。五天后，天一亮，你到桥上再来见我吧。"张良听他的口气，知道是个有来历的人，赶紧跪下答应。

第五天，张良一早起来，就赶到桥上去。谁知道一到那边，老头儿已经先到啦！他生气地对张良说："你跟老人家约会，就该早一点来，怎么反叫我等你呢？"

张良只好认错。那老头儿说："去吧，再过五天，早一点儿来。"说完就走了。

又过了五天，张良一听见鸡叫，就跑到大桥那边。他还没走上桥，就见到那老头儿。

老头儿瞪了张良一眼说："过五天再来吧。"

张良吸取了前两次的教训，到了第四天半夜，就赶到桥上，静静地等着天亮。

过了一会儿，只见那老头儿一步一步地迈过来了。他一见张良，露出慈祥的笑容说："这才对了。"说罢，从袖子里掏出一部文书来给张良，说："回去好好地读，将来就可大有作为了。"

张良再想问他，老头儿不再多讲，头也不回地就走了。

等到天亮，张良趁着晨光，拿出书来一看，原来是相传由周朝初年太公望编的《太公兵法》。

打那时候起，他就刻苦钻研兵法，后来成了一个有名的军事家。

沙丘阴谋

公元前210年,秦始皇到东南一带去巡视。随他一起去的,有丞相李斯、宦官赵高。他的小儿子胡亥要求一起去。秦始皇平时挺喜欢他的小儿子,当然答应了。

秦始皇渡过钱塘江,到了会稽郡,再向北到了琅邪(今山东胶南县)。从冬季出发,一直到夏天才回来。回来的路上,他感到身子不舒服,在平原津(今山东平原县南)病倒了。随从的医官给他看病、进药,都不见效。

到了沙丘(今河北广宗县西)的时候,秦始皇病势越来越重。他知道病好不了了,吩咐赵高说:"快写信给扶苏,叫他赶快回咸阳去。万一我好不了,叫他主办丧事。"

信写好了,还没来得及交给使者送出,秦始皇已经咽了气。

丞相李斯跟赵高商量说:"这儿离咸阳还很远,不是一两天能赶到。万一皇上去世的消息传了开去,恐怕里里外外都会发生混乱,倒不如暂时保密,不要发丧,赶回咸阳再作打算。"

他们把秦始皇的尸体安放在车里,关上车门,放下窗帷子,外面的人什么也看不见。随从的人除了胡亥、李斯、赵高和五六个内侍外,别的大臣全不知道秦始皇已经死了。车队照常向咸阳进发,每到一个地方,文武百官都照常在车外奏事。

李斯叫赵高赶快派人把信送出去,叫公子扶苏赶回咸阳。赵高是胡亥的心腹,跟蒙恬一家有冤仇。他偷偷地跟胡亥商量,准备假传秦始皇的遗嘱,杀害扶苏,让胡亥继承皇位。胡亥当然求之不得,完全同意。

赵高知道要干这样的事,非跟李斯商量不可,就去找李斯说:"现在皇上的遗诏和玉玺都在胡亥手里,要决定哪个接替皇位,全凭我们两人一句话。您看怎么办?"

李斯吃了一惊,说:"您怎么说出这种亡国的话来?这可不是我们做臣子该议论的事啊!"

赵高说:"您别急。我先问您,您的才能比得上蒙恬吗?您的功劳比得上蒙恬吗?您跟扶苏的关系比得上蒙恬吗?"

李斯愣了一会儿,才说:"我比不上他。"

赵高说:“要是扶苏做了皇帝,他一定拜蒙恬做丞相。到那时候,您只好回老家。这是明摆的事儿。公子胡亥心眼好,待人厚道。要是他做了皇帝,您我就一辈子受用不尽。您好好考虑考虑吧。”

经过赵高连哄带吓地说了一通,李斯怕扶苏继承皇位以后,自己保不住丞相的地位,就和赵高、胡亥合谋,假造了一份诏书给扶苏,说他在外不能立功,反而怨恨父皇,又说将军蒙恬和扶苏同谋,都该自杀,把兵权交给副将王离。

扶苏接到这封假诏书,哭泣着想自杀。蒙恬怀疑这封诏书是伪造的,要扶苏向秦始皇申诉。扶苏是个老实人,说:

“既然父皇要我死,哪里还能再申诉?”就这样自杀了。

赵高和李斯急急忙忙催着人马赶路。那时候,正是夏末秋初,天气还很炎热,没有多少日子,尸体已经腐烂,车子里散发出一阵阵臭味。

赵高派人去买了一大批咸鱼,叫大臣们在每辆车上放上一筐。车队周围的咸鱼气味,把秦始皇尸体的臭味掩盖过去了。

他们到了咸阳,才宣布秦始皇死去的消息,举行丧葬,并且假传秦始皇的遗诏,由胡亥继承皇位。这就是秦二世。

二世和赵高葬了秦始皇以后,做贼心虚,怕篡夺皇位的事泄露出来。赵高撺掇胡亥杀害自己的兄弟和大臣,把十二个公子和十个公主都定了死罪,受株连的大臣更是不计其数。过了一年,赵高又用诡计唆使二世把那个同谋的李斯也逮捕起来杀了。赵高自己当了丞相,独掌大权。

刘邦项羽

陈胜、吴广①发动农民起义以后,各地的百姓纷纷杀了官吏,响应起义。没有

---

① 陈胜(? ~前208年)字涉,阳城(今河南省商水县)人,早年为人佣耕。陈胜年轻时就是个有志气的人。他出身雇农,从小就给地主做长工,深受压迫和剥削,心里“怅恨久之”,逐渐产生了反抗压迫、变革现实的思想,曾说过“燕雀安知鸿鹄之志哉”,并从小立志要干点大事业出来。

吴广(? ~前208年),字叔,阳夏(今河南省太康)人。与陈胜同为秦末农民起义领袖。秦二世元年(前209)七月,朝廷征发闾左屯戍渔阳,陈胜、吴广为屯长。

多久，农民起义的风暴席卷了大半个中国。

陈胜派兵遣将分头去接应各地起义，他们节节胜利，占领了大批地方。但是因为战线长，号令不统一，有的地方被六国旧贵族占了去。起义不到三个月，赵、齐、燕、魏等地方都有人打着恢复六国的旗号，自立为王。

陈胜派出周文率领的起义军向西进攻，很快攻进关中（指函谷关以西地区），逼近秦朝都城咸阳。秦二世惊慌失措，赶快派大将章邯（音 hán）把在骊山做苦役的囚犯、奴隶放了出来，编成一支军队，向起义军反扑。原来的六国贵族各自占据自己的地盘，谁也不去支援起义军。周文的起义军孤军作战，终于失败。吴广在荥阳被部下杀死。起义后的第六个月，陈胜在撤退的路上被叛徒杀害了。

陈胜、吴广虽然死了，可是由他们点燃起来的反抗秦朝的那把火正在到处燃烧。在南方的会稽郡（治所在今江苏苏州），声势更大。

在会稽郡起兵的是项梁和他的侄儿项羽。项梁是楚国大将项燕的儿子。楚国被秦国大将王翦攻灭的时候，项燕兵败自杀。项梁老想恢复楚国。他的侄儿项羽身材魁梧，又挺聪明，项梁亲自教他念书识字。可是项羽才学了几天，就不愿学下去了。项梁又教他学剑，项羽学了一阵子，也扔下了。

项梁很生气，可项羽满不在乎地说："念书识字有什么用处？学会了，不过记记自己的名字。剑学好了，也只能跟几个人对杀，没什么了不起。要学，就要学打大仗的本领。"

项梁听他的口气不小，就把祖传的兵书拿出来，教他学。项羽一听就懂，可是略略懂得个大意，又不肯深入钻研下去了。项梁本是下相（今江苏宿迁西南）人，因为跟人结了冤仇，避到会稽郡吴中来。吴中的年轻人见他能文能武，都很佩服他，把他当老大哥看待。项梁也教他们学兵法，练本领。

这会儿，他们听到陈胜起义，觉得是个好机会，就杀了会稽郡守，占领了会稽郡。不到几天，拉起了一支八千人的队伍。因为这支队伍里大都是当地的青年，所以称为"子弟兵"。

项梁、项羽带着八千子弟兵渡过江，很快打下了广陵（郡名，治所在今江苏扬州市），接着又渡过淮河，继续进军。一路上又有各地方的起义队伍来投奔项梁，和他们联合起来。

第二年，有一支一百多人的队伍，由刘邦带领，来投靠项梁。

刘邦本来是沛县（今江苏沛县）人，在秦朝统治下，做过亭长（秦朝十里是一亭，亭长是管理十里以内的小官）。

有一次，上司要他押送一批民伕到骊山去做苦工。他们一天天赶路，每天总有几个民伕开小差逃走，刘邦要管也管不住。但是这样下去，到了骊山也不好交差。

有一天，他和民伕们一起坐在地上休息。他对大家说："你们到骊山去做苦工，不是累死也是被打死；就算不死，也不知道哪年哪月才能回乡。我现在把你们放了，你们自己去找活路吧！"

民伕们感激得直流眼泪，说："那您怎么办呢？"

刘邦说："反正我也不能回去，逃到哪儿是哪儿。"

当时，就有十几个民伕情愿跟着他一起找活路。刘邦同十几个民伕逃到芒砀（音 máng dàng）山躲了起来。过了几天，聚集了一百多人。

沛县的文书萧何和监狱官曹参（音 shēn）知道刘邦是个好汉，很同情他，暗暗地跟他们来往。

赶到陈胜打下了陈县，萧何和沛县城里的百姓杀了县官，派人到芒砀山把刘邦接了回来，请他当沛县的首领。大家称他沛公。刘邦在沛县起兵以后，又招集了两三千人，攻占了自己的家乡丰乡。

接着他带了一部分队伍攻打别的县城，不料留在丰乡的部下叛变。刘邦得到这个消息，要回去攻打丰乡，可是自己的兵力不足，只好往别处去借兵。

他到了留城（今江苏沛县东南），正好张良也带着一百多人想投奔起义军。两人遇在一起，很谈得来。他们一商量，觉得附近的起义队伍中，只有项梁声势最大，决定去投奔项梁。

项梁见刘邦也是一个人才，就拨给他人马，帮助他收回丰乡。从此，刘邦、张良都成了项梁的部下。

陈胜、吴广等主要起义领袖死了以后，由于各地起义的领导权都落在旧六国贵族手里，彼此争夺地盘，闹得四分五裂。秦国的大将章邯、李由，想趁机会把起义军一个个击破。

在这个紧要关头，项梁在薛城召开了会议，决心把起义军整顿一下。为了扩大号召，项梁听了谋士范增的意见，把流落在民间的楚怀王的孙子（名叫心）找了来，立为楚王。因为当年楚怀王受骗死在秦国，楚国人一直为他抱不平。为了提高号召力，大家把他的孙子仍称作楚怀王。

巨鹿大战

项梁在整顿了军队以后，接连打了几个胜仗，打败了秦朝大将章邯。项羽、刘邦带领另一支队伍，杀了秦将李由。项梁骄傲起来，认为秦军没有什么了不起，就放松了警惕。章邯重新补充了兵力，趁项梁不防备，发动了猛烈的反扑。项梁在战斗中被杀了。项羽、刘邦也只好退守彭城。

章邯打败项梁，认为楚军大伤元气，就暂时撇开黄河以南这一头，带领秦军北上进攻赵国（这个赵国不是战国时代的赵国，而是新建立起来的一个政权），很快就攻下了赵国都城邯郸，赵王歇逃到巨鹿（今河北平乡西南）。

章邯派秦将王离把巨鹿包围起来，自己带领大军驻扎在巨鹿南面的棘原。他还在棘原和巨鹿之间修筑了一条粮道，给王离军运送粮草。

赵王歇几次三番派人向楚怀王求救。当时，楚怀王正想派人往西进攻咸阳。项羽急于想为叔父报仇，要求带兵进关。

怀王身边有几个老臣暗地对怀王说："项羽性子太暴躁，杀人太多，刘邦倒是个忠厚人，不如派他去。"正好赵国来讨救兵。楚怀王就派刘邦打咸阳，另派宋义为上将军，项羽为副将，带领二十万大军到巨鹿去救赵国。

宋义带领的大军到了安阳（今河南安阳东南），听说秦军声势浩大，就命令楚军停了下来，想等秦军和赵军打上一阵，让秦军消耗掉一部分兵力，再进攻过去。

宋义按兵不动，在安阳一停就是四十六天。项羽耐不住性子，去跟宋义说："秦军包围了巨鹿，形势这样紧急，咱们赶快渡河过去，跟赵军里外夹击，一定能够打败秦军。"

宋义说："我们还是等秦军和赵军决战以后再说。"他又对项羽说："上阵跟敌人交锋，我比不上你，要说坐在帐篷里出个计策，你就比不上我了。"

他还下了一道命令："将士中如有不服从指挥的，就得按军法砍头！"

这道命令明明是针对项羽的，项羽气得要命。这时候已经是十一月的天气，北方天冷，又碰着大雨。楚营里军粮接济不上，兵士们受冻挨饿，都抱怨起来。

项羽说："现在军营里没有粮食，但是上将军却按兵不动，自己喝酒作乐，这样不顾国家，不体谅兵士，哪里像个大将的样子。”第二天，项羽趁朝会的时候，拔出剑来把宋义杀了。他提了宋义的头，对将士说：“宋义背叛大王（指楚怀王），我奉大王的命令，已经把他处死了。”

将士们大多是项梁的老部下，宋义在将士中本来没有什么威望。大伙见项羽把他杀了，都表示愿意听项羽指挥。

项羽把宋义被处死的事，派人报告了楚怀王。楚怀王虽然很不满，也只好封项羽为上将军。

项羽杀了宋义以后，先派部将英布、蒲将军率领两万人做先锋，渡过漳水，切断秦军运粮的道，把章邯和王离的军队分割开来。然后，项羽率领主力渡河。

渡过了河，项羽命令将士，每人带三天的干粮，把军队里做饭的锅全砸了，把渡河的船只全凿沉了（文言叫做“破釜沉舟”，釜就是锅），对将士说：“咱们这次打仗，有进无退，三天之内，一定要把秦兵打退。”

项羽的决心和勇气，对将士起了很大的鼓舞作用。楚军把王离的军队包围起来，个个士气振奋，越打越勇。一个人抵得上十个秦兵，十个就可以抵上一百。经过九次激烈战斗，活捉了王离，其他的秦军将士有被杀的，也有逃走的，围巨鹿的秦军就这样瓦解了。当时，各路将领来救赵国的有十几路人马。可是他们害怕秦军强大，都扎下营寨，不敢跟秦军交锋。这会儿，听到楚军震天动地的喊杀声，挤在壁垒上看。他们瞧见楚军横冲直撞杀进秦营的情景，吓得伸着舌头，屏住了气。赶到项羽打垮了秦军，请他们到军营来相见的时候，他们都跪在地下爬着进去，连头也不敢抬起来。

大家颂扬项羽说：“上将军的神威真了不起，自古到今没有第二个。我们情愿听从您的指挥。”

打那时候起，项羽实际上成了各路反秦军的首领。

约法三章

秦军在巨鹿打了败仗，可章邯还有二十多万人马驻在棘原。他上了一份奏章，向朝廷讨救兵。二世和赵高不但不发救兵，反而要查办章邯。章邯怕赵高害他，只好率领部下向项羽投降了。

章邯投降的消息到了咸阳,秦王朝内部也发生了混乱。

那时候,秦朝的权完全操在赵高手里。赵高害死了李斯以后,知道大臣中有人不服他。有一次他牵着一只鹿到朝堂上,当着大臣们对二世说:"我得到了一匹名贵的马,特来献给陛下。"

二世虽然是个糊涂虫,是鹿是马还分得清。他笑着说:

"丞相别开玩笑,这明明是头鹿,怎么说是马呢?"

赵高绷着脸说:"怎么不是马?请大家说说吧。"

二世就问大臣们。不少人懂得赵高的用意,就附和着说:"是匹好马呀!"

也有的害怕赵高,不吭声;只有少数大臣说是鹿。

没过几天,那几个说是鹿的大臣,都被赵高找个借口办了罪。

打那以后,宫内宫外大小官员都害怕赵高,再没有人在二世面前说赵高的不是了。

公元前206年,刘邦的人马攻破了武关(今陕西丹凤县东南),离咸阳不远了。二世吓得直打哆嗦,连忙派人叫赵高发兵去抵抗。赵高知道混不下去了,就派心腹把二世逼死。

赵高杀了二世,召集大臣们对他们说:"现在六国都已恢复了,秦国不能够再挂个皇帝的空名,应该像以前那样称王。我看二世的侄儿子婴可以立为秦王。"这些大臣不敢得罪赵高,只好同意。

子婴知道赵高杀害二世,想自己做王,只是怕大臣们和诸侯反对,才假意立他为王。他和他的两个儿子商量好,到即位那天,子婴推说有病不去,趁赵高亲自去催子婴的时候,就把赵高杀了。

子婴杀了赵高,派了五万兵马守驻峣关(今陕西商县西北)。刘邦用张良的计策,派兵在峣关左右的山头插上无数的旗子,作为疑兵,另派将军周勃带领全部人马绕过峣关正面,从东南侧面打进去,杀死守将,消灭了这支秦军。

刘邦的军队进了峣关,到了灞上(今陕西西安市东)。秦王子婴带着秦朝的大臣来投降了。子婴脖子上套着带子(表示请罪),手里拿着秦皇的玉玺、兵符和节杖,哈着腰等在路旁。

刘邦手下的将军主张把子婴杀了,但是刘邦说:"楚怀王派我攻咸阳,就因为相信我能待人宽厚,再说,人家已经投降,再杀他不好。"说完,他收了玉玺,把子婴交给将士看管起来。

这样，秦始皇建立起来的强大的王朝，仅仅维持了十五年，就在农民起义的浪潮中灭亡了。

刘邦的军队进了咸阳，将士们纷纷争着去找皇宫的仓库，各人都拣值钱的金银财宝拿，闹得乱哄哄的。只有萧何不稀罕这些东西，他先跑到秦朝的丞相府，把有关户口、地图等文书档案都收了起来，保管好。

刘邦在将士的陪同下，来到了豪华的阿房宫。他看见宫殿这么富丽，幔帐、摆设好看得叫人睁不开眼睛。还有许许多多的美丽的宫女。他在宫里待了一会儿，心里迷迷糊糊的简直不想离开了。

这时候，他的部将樊哙(音 kuài)闯了进来，说："沛公要打天下，还是要当个富翁呀？这些奢侈华丽的东西，使秦朝亡了，您还要这些干么？还是赶快回到军营里去吧！"

刘邦不听他的话，说："让我歇歇吧。"

恰巧张良也进来了，听到樊哙的话，对刘邦说："俗话说：忠言逆耳利于行，良药苦口利于病。樊哙的话说得很对呀，希望您听从他的劝告。"

刘邦是一向很信任张良的，听了他的话，马上醒悟过来，吩咐将士封了仓库，带着将士仍旧回到灞上。

接着，刘邦召集了咸阳附近各县的父老，对他们说："你们被秦朝的残酷的法令害苦了。今天，我跟诸位父老约定三条法令：第一，杀人的偿命；第二，打伤人的办罪；第三，偷盗的办罪。除了这三条，其他秦国的法律、禁令，一律废除。父老百姓可以安居乐业，不必惊慌。"

刘邦还叫各县父老和原来秦国的官吏到咸阳附近的各县去宣布这三条法令。

百姓听到了刘邦的约法三章，高兴得了不得。大伙儿争先恐后地拿着牛肉、羊肉、酒和粮食来慰劳刘邦的将士，刘邦好言好语地劝他们把这些东西拿回去，他说："粮仓里有的是粮食，不要再让你们费心了。"

打那时候起，刘邦的军队在关中的百姓中留下了好的印象，人们都巴不得刘邦能留在关中做王。

鸿门宴

项羽接受了章邯投降之后，想趁着秦国混乱，赶快打到咸阳去。

大军到了新安（今河南新安），投降的秦兵纷纷议论说："咱们的家都在关中，现在打进关去，受灾难的还是我们自己。要是打不进去，楚军把我们带到东边去，我们的一家老小也会被秦朝杀光。怎么办？"

部将听到这些议论，去报告项羽。项羽怕管不住秦国的降兵，就起了杀心，除了章邯和两个降将之外，一夜之间，竟把二十多万秦兵全部活活地埋在大坑里。打那以后，项羽的残暴可就出了名。

项羽的大军到了函谷关，瞧见关上有兵守着，不让进去。守关的将士说："我们是奉沛公的命令，不论哪一路军队，都不准进关。"

项羽这一气非同小可，命令将士猛攻函谷关。刘邦兵力少，不消多大功夫，项羽就打进了关。大军接着往前走，一直到了新丰、鸿门（今陕西临潼东北），驻扎下来。

刘邦手下有个将官曹无伤，想投靠项羽，偷偷地派人到项羽那儿去密告，说："这次沛公进入咸阳，是想在关中做王。"

项羽听了，气得瞪着眼直骂刘邦不讲理。

项羽的谋士范增对项羽说："刘邦这次进咸阳，不贪图财富和美女，他的野心可不小哩。现在不消灭他，将来后患无穷。"

项羽下决心要把刘邦的兵力消灭。那时候，项羽的兵马四十万，驻扎在鸿门；刘邦的兵马只有十万，驻扎在灞上。双方相隔只有四十里地，兵力悬殊。刘邦的处境十分危险。

项羽的叔父项伯是张良的老朋友，张良曾经救过他的命。项伯怕仗一打起来，张良会陪着刘邦遭难，就连夜骑着快马到灞上去找张良，劝张良逃走。

张良不愿离开刘邦，却把项伯带来的消息告诉了刘邦。刘邦请张良陪同，会见项伯，再三辩白自己没有反对项羽的意思，请项伯帮忙在项羽面前说句好话。

项伯答应了，并且叮嘱刘邦亲自到项羽那边去赔礼。

第二天一清早，刘邦带着张良、樊哙和一百多个随从，到了鸿门拜见项羽。刘邦说："我跟将军同心协力攻打秦国，将军在河北，我在河南。我自己也没有想到能够先进了关。今天在这儿和将军相见，真是件令人高兴的事。哪儿知道有人在您面前挑拨，叫您生了气，这实在太不幸了。"

项羽见刘邦低声下气向他说话，满肚子气都消了。他老老实实地说："这都是你的部下曹无伤来说的。要不然，我也不会这样。"当天，项羽就留刘邦在军营喝酒，还请范增、项伯、张良作陪。

酒席上，范增一再向项羽使眼色，并且举起他身上佩带的玉玦（音 jué，古代一种佩带用的玉器），要项羽下决心，趁机把刘邦杀掉。可是项羽只当没看见。

范增看项羽不忍心下手，就借个因由走出营门，找到项羽的堂兄弟项庄说："咱们大王（指项羽）心肠太软，你进去给他们敬酒，瞧个方便，把刘邦杀了算了。"

项庄进去敬了酒，说："军营里没有什么娱乐，请让我舞剑助助兴吧。"说着，就拔出剑舞起来了，舞着舞着，慢慢舞到刘邦面前来了。

项伯看出项庄舞剑的用意是想杀刘邦，说："咱们两人来对舞吧。"说着，也拔剑起舞。他一面舞剑，一面老把身子护住刘邦，使项庄刺不到刘邦。

张良一看形势十分紧张，趁便离开酒席，走到营门外找樊哙。樊哙连忙上前问："怎么样了？"

张良说："情况十分危急，现在项庄正在舞剑，看来他们要对沛公下手了。"

樊哙跳了起来说："要死死在一起。"他右手提着剑，左手抱着盾牌，直往军门冲去。卫士们想拦住他。樊哙拿盾牌一顶，就把卫士撞倒在了地上。他拉开帐幕，闯了进去，气呼呼地望着项羽，头发像要往上直竖起来，眼睛瞪得大大的，连眼角都要裂开了。

项羽十分吃惊，按着剑问："这是什么人，到这儿干吗？"

张良已经跟了进来，替他回答说："这是替沛公驾车的樊哙。"

项羽说："好一个壮士！"接着，就吩咐侍从的兵士赏他一杯酒，一只猪腿。

樊哙一边喝酒，一边气愤地说："当初，怀王跟将士们约定，谁先进关，谁就封王。现在沛公进了关，可并没有做王。他封了库房，关了宫室，把军队驻在灞上，天天等将军来。像这样劳苦功高，没受到什么赏赐，将军反倒想杀害他。这是在走秦王的老路呀，我倒替将军担心哩。"

项羽听了，没话可以回答，只说："坐吧。"樊哙就挨着张良坐下了。

过了一会我，刘邦起来上厕所，张良和樊哙也跟了出来。刘邦留下一些礼物，交给张良，要张良向项羽告别，自己带着樊哙从小道跑回灞上去了。

刘邦走了好一会儿，张良才进去向项羽说："沛公酒量小，刚才喝醉了酒先回去了。叫我奉上白璧一双，献给将军；玉斗一对，送给亚父（'亚父'原是项羽对范增的尊称）。"

项羽接过白璧，放在坐席上。范增却非常生气，把玉斗摔在地上，拔出剑来，砸得粉碎，说："唉！真是没用的小子，没法替他出主意。将来夺取天下的，一定是刘邦，我们等着做俘虏就是了。"

一场剑拔弩张的宴会，总算暂时缓和了下来。

刘邦激敌

公元前203年，楚王项羽离开成皋率军东进。哪知，这正中汉王刘邦（公元前256～前195年）下怀："夺取成皋，巩固正面战场，正好牵制楚军西进呀！"这年十月，秋风瑟瑟。刘邦率领数万大军铁桶似的围住成皋。成皋城下，战马嘶鸣，矛戈闪光耀眼，汉军将士傲指城上，大声挑战。

镇守成皋的楚将曹咎久久不派兵迎战。城外沸腾，城上寂静，双方僵持了好几天。

刘邦急得一时无法可想，马上召来谋士商量。一会儿，有个谋士献计道："派人辱骂曹咎，激怒他，让他暴跳如雷丧失理智。"

当夜，汉营内一片繁忙。原来，众将官、众谋士正在紧锣密鼓地逐层挑选能说会道的士兵。

第二天，天色刚破晓。曹咎上城观察汉营的动静。

突然，城下空旷的战场上，出现了五个骑马的汉军士兵。曹咎他们正疑惑间，那五个骑兵几乎同时破口大骂："曹咎小子，敢出来打仗吗？我看你是吓破了胆！"曹咎皱起了眉头，那五个骑兵接下的话骂得更难听了："曹咎小子，孬种！你为啥做缩头乌龟，怕是小娘养的吧！"

曹咎气得哇哇乱叫："给我打开城门，迎战汉军！"

手下谋士忙上前劝谏："大司马（曹咎在楚军中的官职），楚王（项羽）带兵攻打彭越前，曾重托您要严守成皋。再三嘱咐您，无论汉军怎样挑战，您都万万不能应战。大王还说，您的任务就是拖住汉军，不让它东进援助彭越。等大王攻下梁地，回来再和您大司马会师。”曹咎恍如醍醐灌顶，慢慢按捺下心头的怒火。

一天，二天，三天……汉军竟连续派兵辱骂了五六天。而且，参与辱骂的汉军士兵越来越多，骂的话也越来越下流得不堪入耳。这终于激怒了曹咎：老子偏要出兵，吐出这口恶气！

曹咎带领士兵冲出城门，渡过汜水，高声呼喊着冲向汉营。殊不知，这正中了汉军的计谋。曹咎的士兵刚渡过一半，汉军强兵压境，迎头痛击，在水上把曹咎打得溃不成军。

曹咎和长史司马欣被逼到汜水上拔剑自杀。成皋顿成一座空城，被刘邦大军所破。

郦生陈平

公元前207年，刘邦率领军队浩浩荡荡西进，路过陈留（今河南开封东南）。陈留高阳乡的郦食其（？～前203年），满腹经纶，早想帮着刘邦打天下。

几经周折，郦食其得以进入军营。

正在洗脚的刘邦听说有谋士前来献计，光着脚，来不及穿鞋，忙请郦食其坐下：“郦先生，以您之见，如何才能得到天下呢？”

郦生朗声开口：“先要占领陈留。陈留是天下重镇，历代为兵家必争之地。这里贮存着几千万石粮食，城池坚固易守。我平时和陈留令相处很好，愿意为您去劝降。如果他不愿意投降，我将设计取他首级，夺取陈留。到那时候，您就可以统领陈留军民，占领陈留的城池，食用陈留的粮食。然后，扩大军队，横行天下，没有哪个人能与您匹敌！”

刘邦高兴得击掌大笑：“好，好，我听您的！”

当夜，郦食其潜入陈留城，找到陈留令，劝降道：“秦朝滥杀人民，天下人都背叛它。您如果跟天下人一起造反，一定能干一番大事业。如今，刘邦军队兵临城下，你却为快灭亡的秦朝守城，我认为您这么干太危险啦！”陈留令板起脸说：“秦朝法令严酷，乱说会招来杀身之祸。我不会听你的书生之见，你也别再胡说八道啦！”

“好样的！”郦食其猝然大笑着竖起大拇指。笑罢，他突然哀声凄切地诉说：“告诉您吧，我刚才是试试您是否忠于朝廷。实不相瞒，我族中亲人，有七人被刘邦宰杀。我郦生与刘邦不共戴天，不报此仇枉活此生，誓与县令同守陈留城！”

陈留令给感动了：“我想您怎么会变了？天色已晚，您就在这里住下。明天，你我同商守城大计！别伤心，我替您报仇！”

半夜时分寂静无声，陈留令飘进了梦乡。郦食其蹑手蹑脚地爬起，把他一刀宰了。郦食其手拎人头，越过城墙去晋见刘邦。

刘邦大喜过望，连夜率军强攻陈留城。守城士兵正探头向下瞭望，灯光闪烁处，墙底下冉冉升起一根长竹竿，陈留令的头血淋淋地挂着。士兵们吓得魂飞魄散，郦食其在城下大声吆喝：“识时务者为俊杰，快下城投降。谁不肯下来，陈留令就是榜样！”

群龙无首，几万陈留守兵顿时失去了战斗力，纷纷下城，打开城门，向刘邦军队举手投降。力量大大充实的刘邦接着举兵西攻秦朝。

楚汉战争中，汉军使用的反间计，曾使项羽于不知不觉中损失了许多深有谋略的大将。其中亚父范增就是最有名的一位。

这一日，正是刘邦与项羽楚汉成皋之战进行得白热化的时候。项羽派了使者到被围困在荥阳城里的刘邦军中探察军情。汉王刘邦的部将陈平接待了他。

“请请请。您是……”

“哦，我是霸王派来的使节。”

陈平陪同客人在上等客房坐下，桌上摆满了上等的美味佳肴。当陈平一听那人说是项羽的使者，眉头明显地皱了起来，脸上的满面春风不见了。“我还以为你是亚父派来的呢。”陈平说完此话，便示意仆人，把桌上的好菜端了出去。一会儿，侍者①换上了下等的素菜。

“就这么吃吧。”陈平显得不屑一顾的样子，坐在一旁。

饭后，那个使者匆匆地赶回楚军营中，如实地把当天在汉营中受到的待遇，向项羽作了报告。

“这个老家伙，我尊他为亚父，时时处处对他言听计从，想不到他竟暗中与汉军勾结来算计我。好，咱们看着办吧。”项羽一听报告便怒发冲冠，“来人哪！”命令几个亲信暗中监视范增的行动。

---

① 僧职名称之一，指随侍师父、长老之侧，听从其令，予以服侍者。

一日，对项羽赤胆忠心的亚父范增分析战局后认为，楚军已到了急攻荥阳、荡灭汉军的最佳时机了。于是匆匆赶去向项王建议发兵进攻荥阳。

“你急什么？还有准备工作没有做好呢。”项羽一反常态，对亚父一副爱理不理的样子。

“大王，战机一失，追悔不及也。”范增忧心如焚。

“你唠叨什么？我还有事。”项羽居然开门逐客了。

亚父看到项羽在怀疑自己，联想到近日里常有人暗中监视自己的行动，气得跺脚长叹：“好！好！项王，你也不信任我了，也不需要我这个老朽了。天下大局已定（指刘邦得胜），项王你自个儿干吧，我要带着这身老骨头回家乡去了。”

亚父在还乡途中因背上毒疮发作而死去。消息传到荥阳汉营中，汉军上下一片欢腾。刘邦特地设了庆功宴。席间，刘邦端着酒樽亲自来到陈平跟前。

说：“先生，您可是立了大功了，为汉剪除了最难对付的劲敌。我敬您一杯！”

亚父死后，项羽没了得力谋士，屡屡战败。

曹操献刀

东汉末年，宦官与外戚在朝廷争权。外戚为杀宦官，招了西凉地方军阀董卓进京。结果董卓乘机专断朝政，废黜少帝，擅立陈留王为汉献帝，滥杀朝廷大员，满朝文武敢怒而不敢言。

一天，司徒王允以做生日家宴为名，秘密召集朝臣到家里聚会。喝了一会儿酒，王允忽然掩面大哭。

众人惊问道：“今天是司徒生日，为何悲伤？”

王允说：“今天不是我生日，只是一个借口罢了，免得董卓这个老贼怀疑。如今董卓弄权，朝政日非，何时是一个了结啊？”说完又哭，众人也一齐大哭。

这时，独独一人却拍掌大笑道：“满朝文武官员，夜哭到明，明哭到夜，能哭死董卓吗？”

王允一看，原来是骁骑校尉曹操（公元155～220年），便发怒道：“你曹家也受朝廷俸禄，不想报国，反而讥笑我们！”

曹操说："您别误会，我是笑大家没有一个办法杀董卓啊。我虽然不怎么样，却愿意斩杀董卓之头，悬挂在京都城门，以告慰天下。"

王允离席悄悄问道："你有什么办法吗？"

曹操说："董卓比较相信和重用我，我也故意小心伺候他，实际上是在寻找机会呀。听说司徒有一把七星宝刀，愿您能借给我进入丞相府去刺杀董卓，即使我死了也是在所不辞。"

第二天，曹操佩带宝刀前去丞相府，径自来到小阁，只见董卓坐在床上，吕布侍立在旁。董卓说："你怎么来得这么晚呀？"

曹操说："我的马瘦弱，走得太慢了。"

董卓对吕布说："我有西凉进贡来的良马，你去马圈拣一匹好的送给他吧。"吕布便出房去了。

曹操暗暗高兴道："吕布这个猛将离开了，哼，董卓死期到了！"想着就要拔刀，又怕董卓气力大，一时不敢轻举妄动。董卓由于身体肥胖，耐不得久坐，便躺到床上，侧身休息。曹操急忙将宝刀从腰际抽出，正待要杀，不想董卓在床上从穿衣镜内看见曹操在背后动刀，急忙转身道："你要干什么？"

这时，吕布已经牵着一匹马到达小阁外边。曹操非常惊恐，急中生智，双手捧着刀跪在床前道："我有宝刀一把，今献丞相，以报答您的恩德。"

董卓接过一看，只见它长约一尺有余，刀背用七种颜色的宝石嵌入做装饰，既锋利又珍贵，果然是一把世间罕见的宝刀。董卓高兴地收下，交给吕布保管，曹操便把刀鞘也解下交出。于是，董卓领着曹操出房看马。

曹操牵马一看，谢恩道："好马，好马，让我试着骑骑看。"董卓便命下人备好马鞍。曹操牵着马走出相府，跃上马背，加鞭朝东南方向急急逃去。因为他知道久留此地，必然会露出破绽，招来杀身之祸。

卸鞍骄敌

曹操领兵救援东郡太守刘延，解除白马之围后，正在收兵后撤，忽报袁绍派河北名将文丑率大军来攻，扬言要报关羽斩杀颜良的大仇。文军已渡过黄河，前锋将与曹军后卫接触。曹操略一沉吟，立即传令：以后军为前军；以前军为后军；粮草先行，军兵在后。

部将吕虔惊问道："粮草在前，部队在后，这是为什么啊？"

曹操说："粮草放在后面，多被掠夺，放在前面比较安全。"

吕虔说："倘若碰到劲敌，让他们掠去，怎么办呢？"

曹操说："且等敌人到达时，再作道理。"吕虔疑虑重重，莫名其妙。

于是，曹军驮着粮食辎重的马队沿河堑至延津一带，一路逶迤行进。曹操的指挥位置处在后军，忽听得前军乱糟糟地叫喊，急忙派人前去查看。一会儿，有人报告说："河北文丑大军已到，我军纷纷抛弃粮草，四散奔逃。而后军距离尚远，救应不及。"部将们都显露出疑虑不安的神情，愣愣地望着曹操。

曹操也不多说，只擎起马鞭朝着南边一个土丘指了指："此处可以暂时躲避一下。"曹军人马一齐奔上土丘。曹操又命令士兵全部解除甲衣，卸下马鞍，将战马放到土丘四周休息。文丑军队乘势追杀而至。

将领们说："情势危急，我们还是急收马匹，退兵至白马吧。"

谋士荀攸忙说："这正是诱惑敌军的时机，为什么要退兵？"

曹操连忙向荀攸频频丢眼色，并拈须微笑。荀攸领会了他的用意，不再说破。

文丑抢到了粮草，见土丘下全是丢弃的战马，又令军队抢马，于是士兵争先恐后夺取，队形完全乱了套。曹操见机会到了，便令士兵一齐冲下土丘冲杀，文军顿时大乱。曹军四面包围文军，文丑挺身出来独自迎战，手下士兵自相践踏。文丑遏制不住乱军，只得拨马而逃，被关羽一刀斩于马下。曹操命令全军拼力追杀。文军大半落水，死伤惨重。曹军先前所失粮草、马匹悉数夺回。

后来，在庆功宴上，曹操对吕虔说："我之所以命令把粮草放在前面，以后又让卸了鞍子的战马休息，目的是卑而骄之，诱使敌人麻痹轻敌，自乱其军。这一计谋只有荀攸先生知道啊。"众将钦佩不已。

乌巢破敌

曹操在官渡同袁绍交战，由于袁军势大，曹操只能坚守待机。无奈军粮告竭，渐渐支持不住，眼见有失败之虞。

就在这个节骨眼上，袁绍的谋士许攸由于得不到袁的信用，反而遭其辱骂，便借着与曹操是少年时代朋友的关系投奔曹操。曹操喜出望外，竭诚欢迎，并向许攸虚心讨教破袁大计。

许攸说："粮草是军队的命脉。与敌对垒，胜负未分，有粮则胜，无粮则败。现在袁绍的军粮辎重，都堆积在乌巢，他派淳于琼守卫，可那家伙是个酒鬼，疏于防备。您可以自选精兵假称袁军将领蒋奇率部到那儿去护粮，趁机烧毁他的粮草辎重，那么袁绍军队就会大乱。"

曹操满心欢喜，重重款待许攸。

第二天，曹操自选马步军五千，准备亲自前去乌巢劫粮。部将张辽劝道："乌巢是袁绍屯粮之处，难道没有防备？丞相不可轻敌，而且许攸新来，不一定可靠。"

曹操笑道："不必多疑。许攸来投奔我，这是老天要让袁绍失败了。今天我军粮食快完了，难以坚持。如果不采用许攸的计策，那是坐以待毙。再说，如果许攸说的话有假，他还肯留在我们营寨里吗？请你们不要阻挠了。"

张辽说："也要防御袁绍乘虚来偷袭我军营寨。"

曹操笑道："我已筹划一切了。"传令荀攸、贾诩、曹洪同许攸坚守大寨，夏侯惇、夏侯渊率一支军队埋伏于左边，曹仁、李典率一支军队埋伏于右边，以备不测。命张辽、许褚在前，徐晃、于禁在后，曹操自己带诸将居中，共五千精兵，打着袁军旗号，士兵人人都带着柴草，衔枚勒马，乘着黄昏径向乌巢进发。

经过袁绍几处别寨，寨兵问是何部，曹操派人应对："蒋奇奉命乌巢护粮。"袁军见是自家旗号，不再盘查，一路无阻。到乌巢时，四更已尽。曹操命士兵将柴草堆于粮囤周围放火。当时有一支袁军运粮返回乌巢，见粮囤失火，急来救应。

探子飞报曹操："袁军在我军背后赶来。"

众将说："请丞相分兵抵抗。"

曹操大喝道:“大家只顾向前进攻,务必将乌巢粮草烧毁。等敌人咬到我们屁股,再回转迎战不迟!”于是,官兵们拼力奋战,大破乌巢,火焰四起,烟迷太空,袁绍粮草全部烧毁。袁绍败局已定。

流言惑敌

乌巢劫粮成功之后,曹操乘胜向袁绍发起全面进攻。可是,“百足之虫,死而不僵”,袁绍的力量还相当雄厚,而且军队集中,一时攻破还颇费时间。

这时,谋士荀攸向曹操献计道:“我们必须分散袁军兵力,才能予以击破。”

曹操说:“怎么个分散法?”

荀攸说:“我们可以扬言调兵遣将,一路攻取酸枣、邺郡;一路攻取黎阳,断绝袁兵归路。袁绍听到消息,一定惊惶不安,必定分兵抵抗。我们就可以趁他调兵之际,乘隙大破袁军。”

曹操听了非常欣赏,便派出官兵,四下传播流言。

袁军探子听得消息,飞马报告袁绍:“曹操要分兵两路,一路取邺郡,一路攻黎阳去了。”袁绍大惊失色,心想:邺郡、黎阳是我退回河北的咽喉要地,如若有失,我不是死无葬身之地了?曹操这个老贼果真厉害!我一定要吸取失去乌巢的沉痛教训。想罢,急派袁谭分精兵五万回救邺郡,派辛明分精兵五万回救黎阳,连夜开拔起行。

曹操探知袁绍分调兵马,便命令自家军队兵分八路,齐头并进,正面冲击袁军营寨。袁军遭此袭击,士气顿失,四散溃逃。袁绍来不及披挂甲袍头盔,穿着单衣包着头巾匆匆上马,曹军张辽、许褚、徐晃、于禁四名将领急追不舍。袁绍急急渡过黄河,丢弃金帛车骑,只有八百余骑随之逃回河北。曹操大获全胜,缴获战利品无数,杀死袁军八万余人。

从此,袁绍一蹶不振。

十面埋伏[1]

曹操在官渡大败袁绍后，整顿军马，北渡黄河，直追袁绍。袁绍不甘心失败，为报仇雪耻，又纠集河北四州之兵，至仓亭扎寨，准备与曹操决一死战。袁、曹两军对峙，各布阵势。第一次交锋，曹军徐晃部将史涣就死于袁绍第三子袁尚的利箭之下。

曹操失去史涣一将，心中烦闷，说："似这样对阵相互厮杀，何时是个完？"

谋士程昱献计道："秦末楚汉相争，高祖皇帝运用十面埋伏之计，使项羽自刎身亡。我们何不效法？"

曹操说："愿你详细讲一讲。"

程昱说："将我军退至黄河边上，背水为阵，伏兵十队，引诱袁绍逼赶我军。"

左右大惊道："如此，我军岂不太危险了？"

程昱笑道："兵法说，置之死地而后生。我军无退路，必须死战，即可稳胜袁绍。"

曹操采纳了程昱的计谋，将全军分列左右各五队。左列：一队夏侯惇，二队张辽，三队李典，四队乐进，五队夏侯渊；右列：一队曹洪，二队张郃，三队徐晃，四队于禁，五队高览。许褚为中军先锋。第二天，十队人马先行，埋伏在两侧。到了半夜，曹操同许褚率军前进，装着偷袭袁寨的样子。

袁绍见状，笑道："曹操这下子要喂鱼了。"尽发五寨人马，迎战许褚。

许褚拨马撤退，袁绍驱军赶来，喊杀之声不绝。等到天亮，袁绍将许褚逼到河边。曹军已无退路，曹操大喊："前有追兵，后是绝境，大家为什么不决一死战？"曹军听了，一齐奋力向前冲杀。许褚一马当先，挥刀斩杀袁军十来个将领。

袁军大乱，只好撤退。退了一段路，几声"咚咚"战鼓响，左边夏侯渊、右边高览两支兵马冲出，袁绍带领三个儿子一个外甥，死命冲出一条血路。

又跑了十来里，左边乐进、右边于禁杀出，杀得袁军尸横遍野。又跑了数里，左

---

① 十面埋伏，顾名思义，是四面八方广布伏兵的意思，表现一种不可逆转的军事态势。这个典故出自楚汉相争的垓下之战。

边李典、右边徐晃两支人马截杀过来，袁绍父子胆战心惊，奔入寨门，令军队埋锅造饭，正要吃时，左边张辽、右边张郃，径直前来冲寨。袁绍慌忙上马，率部奔向仓亭，人困马乏，正要休息。不料后面曹操率大军赶来，袁绍拼命逃离。正走间，右边曹洪、左边夏侯惇，挡住去路。袁绍大叫："如果不拼死一战，我们都要给活捉了！"奋力冲杀一阵，侥幸逃出重围。袁绍抱住儿子们大哭一场，长叹道："我经历战事数十次，从没有像今天这样狼狈的！"说完，命令部将回各地整顿军务，自己带着袁尚到冀州养病去了。

隔岸观火

袁绍在仓亭被曹操大败后，去冀州养病，因为心情抑郁，终于得病身亡。临死前，他立小儿子袁尚为继承人，委任为大司马将军。曹操这时斗志昂扬，亲自率领大军前去讨伐袁氏兄弟，意图一举平定河北。曹军势如破竹地攻克黎阳，很快便兵临冀州城下。袁尚、袁谭、袁熙、高干等带领四路人马合力坚守，曹军攻打多次不能奏效。

这时，曹操心中不快，谋士郭嘉说："袁绍废除长子继承权，立小儿子为头儿，兄弟及各死党之间的权力斗争是不可避免的。我们急攻，他们会团结相救；我们缓攻，他们就会相互火并。还不如撤回军队到南面去进攻荆州刘表，等候他们袁氏兄弟之间的内讧。他们内部发生事变，我们再一举而攻之，不费吹灰之力即可平定河北。这个办法叫做'隔岸观火'。"

曹操听了觉得很有道理，便留下贾诩守卫黎阳，曹洪守卫官渡，自率主力南征刘表去了。

果然，曹操撤军不久。长子袁谭不服死去父亲袁绍的安排，同袁尚为争夺继承人位置动起刀枪，互相残杀。袁谭打不过袁尚，便派人向曹操求救。曹操再次出兵北进，杀死袁谭，打败袁熙、袁尚，很快占领了河北。

袁熙、袁尚被打败，又逃往辽东投奔了公孙康。夏侯惇等人对曹操劝道："辽东太守公孙康，久不臣服。今两袁前去，如虎添翼，是个后患。不如乘胜追击，占领辽东。"

曹操笑道:“不必麻烦诸位将军了。几天后,公孙康自会送来两袁的头颅。”诸将都不相信。没过几天,公孙康果然献来了两袁的头颅。众人大惊,佩服曹操料事如神。曹操却说:“果然不出郭嘉所料!”

原来,郭嘉前不久病死,死前曾写了封密信交给曹操,信中说:“两袁投奔公孙康,您切不要去进攻。因为公孙康一直忌怕袁家吞并辽东,二袁去投奔,他是心有疑虑的。如果丞相去进攻,公孙康就会借助二袁之力拼力抵抗,急切间攻不下来。如果暂时缓兵不动,公孙康与二袁必相火并,您就可以一举平定了。”

大家见了郭嘉的亲笔信后,纷纷惊赞道:“这是又一次‘隔岸观火’!郭嘉真是天下奇才,可惜死得太早了。”曹操听了伤感不已。

离间孙刘

刘备到东吴联姻,偕夫人平安回到荆州,孙权以“招亲”为名谋取荆州的计划失败,十分恼怒,想兴兵进攻刘备,以报仇雪耻。谋士张昭劝阻道:“北面曹操日夜在想报赤壁之仇,只是怕我们同刘备同心合力,所以不敢轻率兴兵。今天主公如忍不住一时之愤,与刘备相互残杀,曹操一定乘虚进攻,东吴就危险了。”

孙权说:“那么怎么办?”

谋士顾雍献计道:“我看还是派人到许都去,推荐刘备为荆州牧。曹操知道后,认为我们两家十分团结,就不敢向我们东吴发动战争,而且刘备也不会怨恨主公。之后,再用反间计,唆使曹操、刘备相互吞并,我们就可以乘虚谋利,荆州就有可能为我所得。”

孙权即派华歆带着奏表前往许都。

曹操接见华歆后,手足无措,心情慌乱。谋士程昱说:“丞相在矢石交攻的时候,也未曾害怕过,今天听说刘备得了荆州,为什么就如此惊慌?”

曹操说:“刘备是人中之龙,平生未曾得水。今天占领荆州,是困龙跃入大海,谁是他的对手?我怎么不心惊胆战呢?”

程昱说:“丞相知道华歆的来意吗?”

曹操说:“不太清楚。”

程昱说："孙权一直是嫉恨刘备的，常常想发兵进攻他，只怕丞相乘虚袭击东吴，所以派华歆为大使，推荐刘备为荆州牧，这是安抚刘备，并断绝丞相'渔翁得利'企图的手段啊！"

曹操猛然醒悟："对，对！"

程昱说："我有一个计策，让孙、刘之间自相火并，丞相可以乘虚谋利，将他们两家各个击破。"

曹操大喜，急问："什么计谋？"

程昱说："东吴最倚重的将领是周瑜。丞相向皇帝推荐周瑜为南郡太守，程普为江夏太守，并留华歆于朝廷重用。这样，孙权、周瑜为得到南郡、江夏，一定会兴兵讨伐刘备。我们乘虚进攻，不是很好吗？"

曹操立即采纳程昱的建议，将孙权踢来的球踢了回去。事情的发展果然不出程昱所料，周瑜既然接受了南郡太守的任命，便向孙权提出兴兵夺回荆州的要求。自此，孙、刘两家又开始了争战。结果周瑜斗不过诸葛亮而活活气死了。

望梅止渴

某年夏天，曹操统率十万大军，去攻打张绣。队伍来到一片荒原，火辣辣的骄阳高照，热魔在如焚的土地上逞威，酷热的空气火烧火燎地使人感到窒息。水、水……大家的心里呼唤着它，多么希望面前突然出现一股流动的清泉呀！可是眼前除了一片干裂的荒土和飞扬的灰尘，什么也看不见。

十万将士渴望着曹操能尽快地把他们领到有水源的地方。队伍行军的速度越来越慢。曹操心里很着急，他已经问过向导，附近根本没有水源，他自己的喉咙也已经干燥了，疼痛得难受。忽然他灵机一动，骑着马，站在一块高地上，马鞭朝前一指，对没精打采的将士们高呼道："前边有一大片梅林，树上结着又酸又甜又多又大的梅子，咱们到那里去吃梅子吧！"

将士们听曹操说到梅子，马上想到了梅子的酸味，干渴的嘴里都湿润了起来，一个个垂涎三尺，精神抖擞，终于很快走出了这片大荒原。

寒夜筑城

东汉末年，曹操与马超在潼关交战。交战开始，曹操自恃兵强马壮，一马当先，想一举击溃马超。不料，马超骁勇异常，他所率领的西凉兵个个骁勇善斗，随着马超一起冲杀过来。潼关一战，曹军损失惨重，元气大伤，曹操只得收拾残军，渡过渭河，到达北岸。马超官兵乘胜追击，驻扎于渭河边，截断了曹操的交通运输，使官军一时难立营寨。曹操知道，如不赶快安营扎寨，马超随时有可能发起攻击，无营寨的军队将不堪一击。可是，北岸的附近没有现成的城池可供安营扎寨。为此，曹操焦虑万分。

这时曹操手下有一个幕僚向他建议说："丞相，我们可以取渭河的土来筑个土城。"曹操觉得有理，就调了三万兵马，让他们挑土筑城。可是，渭河的土尽是泥沙。俗语说，沙子筑塔，不过三尺。这渭河的沙土松散得怎么也垒不起墙来。加上马超的兵马常来骚扰，急得曹操日愁夜叹。

当时已是初冬时节，一连几天，乌云密布，有时还间或下起雨来。这一切告诉人们，严寒即将来临。这一天，曹操正在犯愁，忽听有个隐士求见，对曹操说："丞相一直要筑城安营，为何迟迟不动？"

曹操叹了一口气说："这里都是沙土，土城随筑随塌，如何筑得？请问隐士有何高见？"

隐士笑笑说："丞相素来用兵如神，难道不知道天气变化吗？这几天阴云密布，今晚定起北风，北风一刮，天气必将暴冷，用渭河泥筑城，必定随筑随冻。"曹操顿时愁眉舒展，当即传令兵士做好一切准备。

当天夜里，果然北风凛冽，气温骤降，曹操大喜，冒着严寒指挥全体将士挑土筑城，一边堆土，一边浇水，冻一层筑一层，等到天亮，土城已经筑好。

马超的暗探看到曹营土城屹立，立即去报告马超。马超亲自去察看。不禁吃了一惊，心想，曹军怎么一夜之间变出一座土城来，莫非是有神仙在帮忙？

美人计

董卓自从废少帝、立献帝后，一贯骄横无比，动辄滥杀无辜。一日又以谋反罪命养子吕布砍去司空张温的头颅，百官大惊失色。

夜晚，司徒王允在自家后园长吁短叹，一位名叫貂蝉的色艺俱佳的歌妓听了，上前询问，并表示："倘有用到之处，万死不辞。"

王允顿生一计，用手杖叩地说："想不到汉家天下的安定就在你的手中。"

王允马上将董卓如何危害朝廷，吕布作为一员骁勇大将如何认他作父，他俩势力强大，很难剪除，但他俩均为好色之徒，很想运用连环美人计，将貂蝉嫁吕布又献董卓，让他俩反目，使吕杀董，以成大业等等说了一通。

貂蝉说："大人待我如同亲父，我如不能报答您的大恩，当死于非命！"

王允拜谢。

第二天，王允将金冠和明珠送给吕布，吕布亲到王家致谢。王允设宴招待，叫貂蝉为吕布斟酒。吕布见她貌若天仙，竟自心猿意马。王允即提出将貂蝉嫁与他为妾，吕布大喜而去。

几天后，王允拜请董卓赴家宴，董卓允诺。王允又叫貂蝉载歌载舞，以助酒兴。董卓见貂蝉美貌绝伦，赞不绝口。王允当即命人备好毡车，将貂蝉送至相府服侍董卓，董卓称谢不已。

王允亲自送董，返回途中，吕布一把揪住他胸襟质问，王允解释道："这是董卓太师将小女聘回，给你做媳妇呀。我还备有嫁妆，待小女到你家后即将送上。"

吕布道歉，拜谢而去。

自此，吕布来到相府中打听消息，却总不见貂蝉人影。实在熬不住，径入堂中，询问董卓的侍女。

侍女说："夜来太师与新来的小姐共床，至今未起。"

吕布又惊又怒，偷偷进入董卓卧房后窗窥探。貂蝉正在房内梳头，见了吕布，便蹙紧眉头，做出忧愁悲伤的样子，并用香罗手帕频频拭泪。两人眉目传情。董卓见状生疑，斥退吕布。以后董卓迷恋貂蝉，足不出户约有一月。后偶患小病，貂蝉衣不解带，曲意伺候。

一天，吕布直入相府向董卓问安。貂蝉在床后探出半身望他，以手指心，又以手指董，挥泪不止。吕布的心都给她揉碎了。董卓见吕布目不转睛注视貂蝉，不禁大怒道：“你敢调戏我的爱妾吗？”立即叫左右将他逐出，并下令：“今后不许入堂。”

吕布怨恨而归。董卓后经部下李儒劝说，又派人给吕布送去金帛，并以好言抚慰，但吕布心神恍惚，终日只是想念貂蝉。

一天，董卓病好，入朝议事，吕布执戟相随。见董卓与献帝说话，便离宫径去相府，找到貂蝉。貂蝉姗姗而来，哭诉道：“我自见将军，爱慕已极，能嫁将军真是如愿以偿，谁料太师顿生邪念，将我奸污。我已不洁，愿死于君前，以明我爱君之心！”说着就往荷花池里跳去，吕布慌忙将她抱住，两人偎依难分。

董卓在朝不见吕布，心中生疑，忙向献帝告辞回府，见吕布与貂蝉依偎，不禁大怒，抢了画戟就要杀吕布，吕布忙逃走。貂蝉向董卓哭诉道：“吕布调戏我。”董卓发誓要杀掉吕布。

王允见时机成熟，便设下伏兵，唆使吕布杀死了董卓。

曹冲称象

东汉末年，割据东吴的孙权，为了巴结假汉献帝之名执掌实权的丞相曹操，给他送去一头大象。

曹操见了大象，大喜过望。这头大象产自南方，它卷动长鼻，四只脚像四根坚强的大柱，浑身透露出一种稳重、刚实、摇撼不动的大山似的壮美之气。

上下左右端详了一回，曹操忽然想起：“这大象可不知有多重啊？”想着，便向百官问道：“谁家有大秤，把这头象称称？”

群臣听了一个个噤若寒蝉，呆若木鸡。

曹操正要发火，猛地一拍自己的额头，笑道：“罢，罢，罢！世界上哪来称大象的秤呢？”曹操笑了一回，又问：“大家看，有啥法子能称出大象的重量？”

百官们面面相觑，谁也拿不出妙计。突然，一个小孩从人群背后钻出来，叫道：“父亲，我有法子！”

曹操一看，是自己的小儿子曹冲①，当时还只有5岁，便呵斥道："你懂个啥?"

曹冲也不理会父亲，翘着小嘴，叽里呱啦地说起来："容易得很哩。把大象赶到一条大船上，看船吃水多少深，在船舷上做个记号。这样，把大象牵上岸，再往船上一筐又一筐地装石头，让船沉到刻记号的地方。只要把石头再一筐又一筐地过秤，加起来的重量不就是大象的重量了吗?"

曹操听完，拈着胡须，欣慰地笑道："妙！妙！你不愧是我家的千里驹啊！"

百官纷纷喝起彩来："神童！神童！"

人们按照曹冲的办法，很快称出了大象的重量。

磁石胜敌

公元279年的一天，西晋都城的中央大街上，一队三千五百人的兵士，带着充足的军粮和精良的武器，步伐严整，雄赳赳、气昂昂地向城外开拔，要去执行收复被鲜卑族首领树机能抢占的凉州的任务。部队渡过淄水，很快进入凉州地界。

凉州城内的树机能手中统有几万兵马，自探子来报说晋武帝司马炎将兵发凉州后，早就分派重兵占据了险要位置和有利地形，在晋军的必经之路扎好口袋，并算好晋军可能撤退的路线，同时，埋设伏兵截断后路。在树机能看来，这一仗必胜无疑了。

这天下午，晋军主帅马隆率部到达一个山口，他让部队停下休息。这时前卫哨兵来报："主帅，前面山谷道路狭窄，两旁山上看似埋有伏兵。""知道了。"马隆立即命令后续部队把偏箱车推到前沿分给各营，兵士们推着偏箱车继续挺进。突然，树机能的伏兵在两旁山坡上使用弓箭和石块发起了进攻。可是，马隆军因为有偏箱车遮挡飞箭流石，不仅安然无恙，而且还能边还击边前进。第一次战斗，树机能不得不宣告失败。

马隆让部队稍事休息后，即刻传令士兵到附近的某处运石头。要他们把运来

① 曹冲，字仓舒，谥号邓哀王，东汉末年沛(pèi)国谯(qiáo)〔今安徽亳(bó)县〕人。由曹操的小妾环夫人所生。建安十三年(公元208年)，曹冲病重不治而去世，年仅13岁。与甄氏亡女合葬，追赠骑都尉印绶，黄初二年追赠谥(邓哀侯)，追加号为公，太和五年，加冲号曰邓哀王。

的石块垒在一条窄路的两侧。他算准树机能求胜心切，必定由此道来偷袭西晋军。马隆又让士兵们全部换上犀牛皮盔甲。

西晋军刚换上犀甲，树机能的部队就已赶到了。勇猛的鲜卑族士兵“哇哇”地冲了过来。可是当他们进入那条窄路后，一个个都被两旁的石头吸住动弹不得。“汉人有妖术，汉人有妖术。”鲜卑兵大叫着。马隆士兵冲杀过去，却畅行无阻，一下子砍倒了几千鲜卑兵。在这场大战中，骄横跋扈的树机能也被杀死了。

原来，马隆曾对这里的地理环境进行了专门考察，了解到这里有一种吸铁磁石。马隆即刻联想到，战场上士兵的盔甲是铁铸的。若把这一特点使用到战场上制敌，会发挥出奇妙的效果。就这样，马隆一举收复了凉州。

石勒夺城

西晋愍帝建兴二年（公元314年）三月初的一天，西晋幽州治所蓟城守将王浚高兴地在读一封信。这信是羯族首领石勒派人送来的。信中说：“……我素闻王将军天下无敌，钦佩之至，今函大人，意在表达敬服之心。为稍示敝人投效诚意，我将于三天后亲赴蓟城给王将军献礼。”

接着，王浚召集部将，当众把石勒的那封信宣读了一番，然后得意扬扬地吹嘘道，这是“不战而屈人之兵”“信诚服人是为将之道至要的所在……”

正当他吹得眉飞色舞的时候，一位部将站出来劝谏道：“将军，石勒这人贪得无厌，从来不讲信义。他说敬服我们前来送礼，恐怕其中有诈。我看，我们还是调动部队，及早准备为是。”

王浚正讲得兴致勃勃，被他这么一打断，火就来了，他脸往下一沉，道：“石勒这次是来拥戴我、投诚我的。谁敢再说调动部队，我先杀了他！”

两天后，石勒统率大军抵达易水，悄悄朝蓟城推进。第三天早晨，蓟城城门外黑压压的一片。原来是石勒的士兵赶来的几千头牛羊。“快开城门，我给王将军献礼来了。”石勒骑马来到城门口，对着守门卫兵喊道。

王浚得到报告后，连忙下令大开城门迎接。城门一开，牛羊像潮水般拥进城内，一下子把街道通路塞得严严实实。这正是石勒早就预谋的计策。他害怕王浚在城内埋设伏兵，就用这些牛羊把城中街道堵住，使王浚的士兵不能出来冲杀。

当得到第二次飞报时，王浚也开始意识到来者不善了。但刚要下令部队出动时，石勒的大军已冲入城里了。王浚吓得逃出庭院，被石勒的士兵生擒了。

“王将军，现在，您可接受我的献礼了。”石勒坐在王浚的大堂上，不无讥讽地对被捆绑着的王浚说道。此时，王浚后悔已经来不及啦！

王戎辨李

西晋时期的宰相王戎，小时候就很聪明。

夏日的一天，他和几个小伙伴到临沂城外去游玩。他们跳呀蹦的，玩得真带劲，玩了一会儿，他们觉得很口渴。

一个小朋友说：“走，我们去找些水果吃吃。”

他们远远看见大路边有棵李树，就奔了过去。好啊，上面沉甸甸地挂着满树熟透的李子。

小朋友们高兴地嚷道：“多好的李子呀！多妙的李子呀！我们可以吃个痛快啦！”

于是，大家一哄而上。只有王戎一个人站在旁边不动。

有个小朋友问：“喂，王戎，你还站那里干啥呀？”

王戎说：“这李子是苦的，不能吃。”

这时，一个小朋友已经咬了一口：“啊！啊！真是苦的，苦的！呸！呸！”

小朋友们都尝到苦味，扔下李子，跑到王戎面前问他：“你怎么知道这李子是苦的呢？”

王戎认真地说：“这棵李树在大路边，如果是甜的，早就被人摘光啦。这是棵野生的李树呀！”

真假军粮

东晋名将、豫州刺史祖逖（公元266～321年），为恢复晋朝江山，曾数度率军北伐，收复了黄河以南的大片土地。

有一年，他率军与北方羌族首领石勒的侄子石季龙交战。石季龙在败退途中，掳掠了豫州，留下战将桃豹守卫一座孤城。

祖逖乘胜前进，派出先锋韩潜进攻桃豹。韩、桃真是棋逢对手，经过反复剧烈的较量，谁也占不到谁的便宜，结果僵持在孤城里：韩潜占据东城，从东门出入；桃豹占守西城，从南门出入。双方拉锯式地打打停停，战斗了四十多天，军粮都快吃完了。祖逖听到韩潜求援粮草的报告，心里非常焦急：总部的军饷也是不敷需要，到哪儿去筹备粮食呢？

祖逖谋划了许久，计上心来。一天，他命令官兵拿出上千只空米袋，将黄土灌入米袋，一袋又一袋地排列在地上。然后，组织千人的粮食运输队，另派精兵“护送”，将军粮运到韩潜驻守的东城去。另外，他又派出几名士兵挑着几袋货真价实的粮食，跟在运输大队后面，装作疲劳不堪而掉队的样子，停在路边休息。桃豹见状，立即发兵避实就虚，放过祖逖的运粮大队，抢劫“掉队”的粮食。那几名“掉队”的运粮兵见敌军蜂拥而至，即按祖逖的吩咐，弃粮逃走。桃军欢天喜地地抢走了那几袋粮食。

粮食上交给桃豹，打开口袋一看，全是白花花、饱绽绽的大米。桃军官兵因为连续多日没吃上饱饭了，一个个像饿狼似的盯着它们。桃豹挥了挥手，示意可以烧饭，部下一拥而上，将它们瓜分了，结果只有部分士兵吃上了，大多数士兵都没沾上一粒米，纷纷骂娘，想到东城的韩军已获得大批接济的粮食，再也没有心思打仗了。桃豹又急又恨，不得不派人连连催请石勒运粮救援。

石勒闻报，立即筹措大批军粮，组建运粮驴马千头给桃豹送去。谁知祖逖早已料到对方有此一举，命令韩潜等派重兵在敌人必经的汴水一带予以拦截，全部俘获。

桃豹等了好多天，不见石勒的粮食运到，而韩军却粮丰饷足。桃豹料知自己不是韩潜的对手，便趁着黑夜，率领败军悄悄地溜跑了。韩潜终于占领了全城。

“火鸡”破敌

公元353年(东晋穆帝永和九年),驻在芍陂(今安徽寿县南)的东晋守将殷浩的帅府内,殷浩正在召集诸将议事。

羌族首领姚襄自起兵反叛朝廷以来,仗着手中兵多士众,欺负殷浩军队少,不断对殷浩进行挑衅①。今天,竟然敢违反军事常规,把营寨扎到离芍陂只有十里的地方,可见其骄横妄为的程度了。

“江卣听令,派你为荡灭羌贼的先锋!”中军将军殷浩下令。

“是。”江卣是殷浩手下最得力的将领。他以足智多谋、英勇善战著称,曾在许多重大战斗中屡建奇功。因此,要能抗击姚襄,殷浩知道此番非江卣做先锋不可。

敌人的寨栅十分紧密坚固,而且敌我之间的兵力太悬殊。破敌只能靠智取。可是,如何智取呢?江卣苦苦思索着破敌之策。晚上,他翻开《三国志》,研究起诸葛亮领兵以少胜多的故事来。他发现诸葛亮每到敌我双方力量悬殊之时,总善于借助自然的力量,而他用得最多的是火攻。如今,姚襄连营扎寨在那儿硬攻肯定不行,是否也来个火攻呢?他想:对!也来个火烧十里连营。可是这把火怎么个烧法呢?他想到了许许多多的办法,最后都一一否决了。“喔喔喔”,雄鸡报晓,天要亮了。随着第一声鸡啼,远近响起了一片雄鸡鸣叫声。他听着听着,不禁眼前一亮。大清早,他就令士兵们去捉来了几百只活鸡,并吩咐在每只鸡的尾巴上系上火种,把它们连接在一起,听候安排。入夜,江卣命令士兵把鸡悄悄地带到阵前,朝敌人的营寨放了出去。鸡尾巴上的火种点燃后,鸡便扑腾着翅膀拼命飞跑起来。因为鸡都连接在一起的,所以哪只鸡也飞不远,只在营区内传播火种,不一会,姚襄的营寨全部点燃了。惊恐万状的羌族士兵从被窝中钻出来,乱作一团。这时,江卣趁势指挥精兵掩杀过去,一举歼灭了敌军。

---

① 借端生事,企图引起冲突或战争。

巧惩恶霸

相传王羲之(公元321～379年)在任太守时曾断过一件案子。一天,有个叫阿兴的猎人到衙门告状:若干年前,阿兴的父亲在深山打猎,被一只斑额老虎追赶,跌下山崖,一命呜呼,阿兴为了安葬父亲,曾向当地大财主鲁宋借用一块荒地。那天正遇鲁宋为母庆贺80大寿,正在兴头上,听了阿兴的要求,就爽快地说:"这事容易,但你需送一壶酒为我母亲祝寿。"阿兴为此特意卖掉了一张狼皮,置了一壶好酒为鲁母祝寿。第二天就将父亲安葬在鲁宋指定的荒地上。

以后,阿兴继承父业,以打猎为生。他吃得起苦,熬得起夜,而且臂力惊人,枪法精通,慢慢地发达起来。最近他在深山捕杀了一只斑额大虎,不仅为父亲报了仇,而且将老虎卖得了数百两纹银,于是置办酒菜,与乡邻同享。

正当众人喝得酒酣耳热时,财主鲁宋带领家丁前来索债。阿兴慌忙申辩:"我与员外素无钱财往来,当初员外好意,给我一块荒地葬父,小的已依要求孝敬了一壶好酒,此事已经了清,不知员外因何还要索债?"

鲁宋说道:"我此来正为那块地之事,当初我要的是'一湖酒',你只给了'一壶酒',如何就算了清?想我那块地系风水宝地,岂是一壶酒就能买下的?"

两人当场就争执起来,众乡亲也作证说当初讲明的是一壶酒,无奈鲁宋财大气粗,说他不过,于是众人就劝说阿兴到府衙告状。王羲之明白是鲁宋恃强欺人,当时也不作判断,命阿兴回家静候消息。

当天,王羲之带着自写的一幅《乐毅论》来到鲁宋家中。只见鲁宋家深宅大院,院前小河连通村外大河,河内鹅鸭嬉水,鱼虾潜游,果然富甲一方。鲁宋见太守微服来访,忙迎进客厅。

王羲之说道:"我对阁下的土产颇为喜爱,愿以《乐毅论》换一活鹅。"

王羲之是有名的书法大家,一字能值千金,一篇《乐毅论》真可谓价值连城,一只活鹅又何足道哉。鲁宋当场就慷慨应允。王羲之当即将《乐毅论》留了下来,让鲁宋第二天拿着活鹅到府衙来。

第二天鲁宋捉着活鹅来见王羲之，王羲之笑道："我的字幅岂止值一活鹅？我要的是一河鹅。"

王羲之又将阿兴传来，他高坐大堂，吟道："鹅不论河，酒岂论湖？假以'河、活'辨'湖、壶'，为的是严惩刁徒。"说着把阿兴的状纸丢给鲁宋。鲁宋这才知道自己成了被告，这恶霸虽然一贯欺压乡民，但毕竟不敢在朝廷命官、堂堂太守面前逞凶霸道，只得连连磕头，知错认罪。

王羲之当堂将这个仗势欺人的恶霸杖责40大板，令其将《乐毅论》交还。这个判处，阿兴欢天喜地，鲁宋垂头丧气。

佯醉脱死

东晋时代，有个孩子名叫王允之，为人机灵，很善于揣摸大人的心理。王允之的伯父是东晋的大将军，名叫王敦。此人执掌朝政，骄横跋扈，为人残暴凶狠，被人称为杀人不眨眼的魔王。有一次，他为了强迫客人喝酒，竟接连杀死了几个敬酒不成的美女，使得客人难以搛菜下咽。

可王敦对王允之倒很喜欢，常常邀他同床而眠。

有一天，王允之照例酒足饭饱后同王敦睡在一起。

天亮后，王敦给一个下属唤醒。王敦忙起床跟他密谈："喂，我叫你准备的兵马和武器怎样了？"

"将军大人，已经万事俱备，只欠东风了。"

"好，好极了。你计划几时动手包围王宫？"

"如此如此。"

"必须注意保密，若有外人知晓此事，格杀勿论！"

王敦同那心腹越谈越兴奋，以至忘记了帐子里还有一个小孩在睡觉。

其实，王允之早已醒了，他们关于谋反的谈话内容他全都听见了。他觉得自己处在险境之中，情急生智，便用手指往喉咙里死命地深抠，立时将隔夜的酒饭呕吐了一床。接着，又闭起眼睛，装着熟睡的样子，微微打起鼾来。王敦跟下属谈了好久的话，忽然想起自己背后的床上还睡着王允之，大为惊恐，赶忙奔去，掀开帐子查看。不看也罢，一看不禁释然大笑，捂着鼻孔，自言自语地说：“简直像头醉酒的小死猪！难闻死了，难闻死了。”

原来，满床呕吐物发出一阵阵酸臭之味，王允之兀自埋在污秽里酣睡哩。

王允之运用自己应变的智慧，逃过了杀人魔王杀人灭口的灾祸。

巧辩袁公

《世说新语》中记载着这么一则故事……

陈元方小时候头脑灵活，善于应对各种难以回答的问题。

他 11 岁那年的一天，去拜见了一个被人称作“袁公”的大官。

袁公拉着他的小手问道：“你父亲在太丘做父母官，政绩显著，名声很好，他做了哪些深得民心的好事？”

陈元方应声答道：“不瞒袁大人，我父亲治理太丘的主要方法是：对倚仗权势作威作福的人，进行严肃而诚恳的教育；对无权无势、善良受欺的人，无微不至地关怀和安抚他们。务必求得社会安定，人民都能安居乐业。日子一长，地方的民众自然对我父亲十分敬重，声誉也就鹊起了。”

袁公听了，连声叫好，说：“对啊，对啊。我过去做邺县的县令时，也是采取这些治理办法的。”

元方笑道：“莫非能者所见略同？您同我父亲可说是不谋而合啊！”

袁公见元方小小年纪就擅长辞令，而且对答如流，心里十分欢喜，因而产生了进一步考查他智力的想法，便心生一计，向元方提出了一个难题：“你可知道，究竟是你父亲向我学的，还是我向你父亲学的？”

元方朝袁公的脸孔略一观察，马上感觉到他笑容里蕴含着测试的深意，便笑着回答：“周公和孔子都是古代著名的政治家，他们一先一后，生在不同的时代；一西一东，出自不同的地区。可他们两人都是为百姓做好事，行仁政，也都受到民众的敬重和拥护。这样看来，周公的治理办法不是从孔子那儿学来的，孔子的治理办法也不是从周公那儿学来的！”

袁公听了，禁不住一把将陈元方抱了起来，举过头顶，连连呼喊道：“好，好，好！

回答得这样机智得体。简直是天衣无缝,无懈可击①。长大了一定能成为治国理政的贤才啊!"

枕流漱石

孙子荆少年时,看到仕海浮沉,官场黑暗,于是收起了猎取功名的宏愿,一心想学习古代的隐士,到深山老林去过幽静而孤寂的生活。

一天,他为了选择良好的隐居环境,便走到一处风景极佳的山谷地。只见那儿有一泓碧澄见底的池塘,一道流着淙淙山泉的清溪,几块光洁如新的青石……

孙子荆不禁喜出望外,喜滋滋地想:这就是类似古人许由隐居的极佳环境吧?想着,想着,那个有名的古代传说又浮现在脑海里:

尧要把天下谦让给许由治理,不料许由掉头就走,来到一条山溪边大洗耳朵。人们问他:"这是为什么?"他答道:"听了尧的话,弄脏了耳朵,所以要洗干净。"

孙子荆踏勘隐居地址回来后,又专程前往名士王武子那儿,向他津津乐道地描叙隐居山林的绝妙图景……"枕石漱流",意思是说,住在山林里,困乏时可以枕着光洁的石头睡觉,口渴了又可以就着溪水漱漱嘴,喝几掬清水,那是多么自由自在、舒畅快乐的情景啊!谁知孙子荆说得太急,竟把它说颠倒了,变成"枕流漱石"。

王武子听罢不由得哈哈大笑,揶揄道:"清水可以当枕头睡觉,石头可以当溪水漱口吗?"

孙子荆这才发觉自己说错了话,要改也来不及了,岂不闻君子一言既出,驷马难追吗?怎么办?可是他何等机巧,竟将错就错,即刻应声道:"我说的'枕流'就是用水洗耳朵,我说的'漱石',就是用石头来磨砺牙齿啊!"

王武子见他敏捷应对,言之成理,不禁脱口赞美道:"妙!妙!想不到你竟有如此巧辩的奇才!"

从此,"枕流漱石"就成为沿用至今的著名典故。

---

① 懈:松懈;击:攻击。没有一点弱点可以让人攻击。形容十分严密,找不到一点漏洞。

鞭牛审案

于仲文曾在隋朝做过大官。

在他小时候，有一年，村上的任家和杜家都丢失了一头牛，两家都倾巢出动、分头寻找，找了好久也没有找到。后来别人总算为他们找到了一头，两家都抢着说那头牛是自己的，双方争执不下，把官司打到州里，州官也难以判断，案子就挂了起来。

这时，益州长史①韩伯俊灵机一动，对州官说：“少年于仲文聪颖过人，为何不召他来断案？”

州官不以为然地说：“嘴上无毛，办事不牢！此案大人都不行，何况少年？”

韩伯俊说：“大人此言差矣。”说着，就向州官介绍了于仲文9岁时跟着父亲去晋见隋文帝的轶事：

皇帝向于仲文问道：“听说你喜欢读书，书里记载着哪些事啊？”

仲文从容地回答道：“奉养父母，服务国君，千言万语无非是‘忠孝’两字而已。”

隋文帝惊异于仲文概括能力之强，连连赞叹道：“说得好！说得好！”

韩伯俊说：“大人，您看能否让于仲文这小子试一试处理此案？”

州官欣然应允，即命左右持着大红请帖前往于家。

于仲文到达州府，问明前后情况，微笑道：“这个案子很容易判定。”

说着，便叫任、杜两家各将自己的牛群全数赶到州府前的大操场上。他便喝令道：“放牛！”

说完，那头牛直往任家牛群奔去。

---

① 官名。战国末年秦已置，李斯至秦，曾任此官，职责不详。汉之相国、丞相、太尉、大将军、骠骑将军、车骑将军、卫将军、前后左右将军，以及建三公后的大司徒、大司马、大司空皆置，为掾属之长，秩皆千石，丞相长史职权尤重。边郡太守也有长史，掌兵马，亦助太守掌兵，西域长史后代都护成为护理西域之长。汉末州珠算也有长史。魏、晋与两汉略同。南北朝带将军号开府的刺史，属官也有长史，且多兼任首郡（即刺史驻地）太守。

场上人群欢呼起来:“是任家的,是任家的!”

于仲文冷眼见杜家不服,便叫声:“慢,把那头牛单独赶出来。”

牛出来了,仲文命差役用鞭子狠命地抽打,任家的人奔上前,拼命地抵挡,还将鞭子夺了下来;杜家的人只是在旁边喊道:“莫打了,莫打了。”

那喊声有气无力,像在演戏。

于仲文看了,便厉声盘问杜家人:“如果查出这头牛不是你家的,而你们硬要冒领,除了十倍罚款,还要承担法律责任啊!”

杜家人知道瞒不过于仲文,只得承认自己有冒领之罪,诺诺连声,告退而去。

于仲文神断牛案的名声,从此传了出去。

哭金弭乱

隋文帝时,西宁州少数民族的酋长都把金子的多少看作是否富有的象征。谁家金子多,别的酋长们便会兴师动众去夺。一会儿你打我,一会儿我打你,闹得一年到头不得安宁,民怨沸腾。

新上任的州刺史梁毗贴了文告禁止,酋长们竟置之不理,我行我素。这些酋长们为了巴结梁刺史,一个个偷偷赠送金子给他,且一个比一个多。

梁毗心里真不是滋味:退回去吧,这批家伙会恼羞成怒;不退回去吧,这些酋长更会为非作歹。思忖片刻,他大声吩咐家人:“马上给我备好大红请帖,请各位酋长明天上我这儿赴宴!”

第二天晚上,梁府张灯结彩。前来赴宴的酋长们个个乐滋滋的:“哪个官不贪?这梁毗收了金子软了嘴,反请我们喝酒啦。”

喝酒到了高潮,梁毗一摆手,家人把所有送给他的金子端出来,堆放在红木桌上。梁毗望着金子,突然放声大哭起来。各位酋长们如坠五里云雾,诚惶诚恐地瞪圆了眼:“这,这究竟是怎么回事?”

有一位终于大着胆子小心翼翼开口:“梁大人,是不是嫌我们送得太少了?”

梁毗拼命地摇摇头,哭得更响了:“你们为了争它,互相残杀,天天不停,月月不停,年年不停。现在,你们又把这害人精送给了我,故意让我‘肥’起来,是不是也想杀我呢?”

酋长们听完,纷纷站起身来,一律拱手施礼:“刺史大人,我们一片好心,全无半丝歹意。”

梁毗哽咽着嗓子,继续哭问:“那么,你们之间为啥为这害人精争来夺去呢?”

酋长们再次互相打量着,谁也答不出。

这时候,梁毗停止了哭泣,取过各人赠送的金子,一一亲自放到各人面前,慢慢地说:“这个,我不要。吃完了酒,你们还是各自带回去吧!”

酋长们这才明白梁刺史哭金的目的,都惭愧地低垂下头。

从此,这些酋长不再为金子互相攻杀。这消息传到隋文帝耳中,龙颜大悦,马上发出一道圣旨:钦命梁毗升任大理卿,掌管全国司法。

换防迷敌

公元589年正月,一场渡江战役将拉开帷幕。充任这次战役的先锋部队,是吴州总管(官职名)贺若弼(公元544~607年)率领的隋朝部队。贺若弼①临行前,隋文帝杨坚明确交代他:“此行重任在身,要从广陵(今江苏扬州)渡过长江,袭击陈朝守军,为大隋朝劲旅攻克陈朝都城建康(今江苏南京)铺平道路。长江天险,强攻不是上策,你须以巧渡为宜。”

贺若弼心有灵犀一点通,自率军进驻广陵起,便实施他的锦囊妙计。

贺若弼买了好多大船准备渡江,但先把它们隐藏起来。他特意弄来了五六十只破船,搁在江边的小河内做诱饵。陈朝的便衣侦察人员偷偷察看后,回去报告上司:“隋朝处在内地,不会造大船。靠那几十条破船,没办法渡江。”陈朝将领一听,放心地点了点头。

渡江的战幕即将拉开了,贺若弼的江边部队突然频繁换防。每次换防,千军万马都云集广陵,刀戈耀眼,旗帜如林,喊声震天,广建营帐。陈军得知情报,一下如

---

① 贺若弼(公元544~607年),字辅伯,河南洛阳(今河南洛阳)人,隋朝著名将领。贺若弼出生在将门之家,其父贺若敦为北周将领,以武猛而闻名,任金州(今陕西省安康)刺史。

临大敌，恐怕贺若弼大军全线压境，发兵渡江，忙紧急调集精锐部队开来，准备决战。后来，他们才发现是隋军换防，连呼上当，斗志松懈，忙心急如焚将军队调遣开。

江边的隋朝部队仍在换防，陈军不再虎视眈眈、枕戈待旦了。哪知，贺若弼放出了这个换防的烟幕弹，便悄悄调集、部署完了渡江大军。

发起总攻之前，贺若弼还特意布置士兵沿着江岸来回打猎。隋军人喊马嘶，实际上在做渡江演习。陈军熟视无睹，他们早已麻木不仁了。

贺若弼策马江边，见时机已经成熟，便命令渡江。刹那间，万舟竞发，隋军一下子冲过长江。然而，麻木的陈军呼呼大睡，竟然一点都不知道。庐州总管韩擒虎带五百壮士从横江渡过，直扑入陈兵驻地。陈兵都喝得酩酊大醉，正睡得像死猪一样呢。

贺若弼巧渡长江，势如破竹，攻克了京口（今江苏镇江），生擒陈朝徐州刺史黄恪。贺若弼、韩擒虎一鼓作气，从南北两路一起猛攻，沿江的陈朝守军望风披靡，四下逃窜。贺若弼乘胜追击，一直打到陈朝都城建康，率先攻下了钟山。

诈呼懈敌

公元613年（隋炀帝大业九年），礼部尚书（官职名）杨玄感举兵造反，攻打东都（今河南洛阳）。消息传开，震惊朝野，隋炀帝忙令刑部尚书卫玄率兵镇压。卫玄统率步兵、骑兵两万人日夜兼程，直扑洛阳，急救东都！

杨玄感军和卫玄军在洛阳附近相遇。卫玄军队人多势众，明显占了上风。

杨玄感判断了一下战场形势，火速召集部下，说：“暴君隋炀帝派的军队锋芒正利，我们只有智取。等会儿，你们假装混乱，再让士兵高喊：‘不好啦，杨玄感已经给官军活捉了！’这样，一定能麻痹敌人。”

众将领连连点头，纷纷领命而归。

“嘭嘭嘭”，牛皮战鼓敲响，密如雷鸣。

两军人马开始厮杀。突然，杨玄感的士兵大声喊叫：“不好啦，不好啦！官军把杨玄感捉去了！”那声音似惊弓之鸟哀鸣。卫玄的官兵本来士气极其旺盛，听到这阵阵叫喊,个个心花怒放,斗志马上松懈下来。

杨玄感见敌方中计,自知良机已到,挥剑长啸:“杀!”几千铁甲骑兵应声扫向敌方,一下子搅碎了敌阵,把卫玄军队打得大败。

卫玄率领残兵败将落荒而逃,回头惊望,只剩下了八千名垂头丧气的部下。

赵绰依法办事

隋文帝统一全国以后,采取了各种巩固统治的措施,像改革官制兵制,建立科举制度,选用办事能干的官员,严办贪官污吏。经过他的一番整顿改革,政局稳定,社会经济出现了繁荣的景象。

隋文帝还派人修订刑律,废除了一些残酷的刑罚。这本来是件好事,但是隋文帝本人就不完全按照这个刑律办事,往往一时气愤,不顾刑律规定,随便下令杀人。

这种情形,叫大理(管理司法的官署)的官员很为难。大理少卿赵绰觉得维护刑律是他的责任,常常跟隋文帝顶撞起来。

隋文帝曾经下令禁止使用不合标准的钱币。有一次,大兴(隋朝的都城名,今陕西西安市)大街上有人拿次币换好币,被人发现了,捉到衙门里。这件事让隋文帝得知了,隋文帝听说有人竟敢违反他下的禁令,一气之下,就下令把换钱的两个人统统砍头。

赵绰接到命令,赶忙进宫求见隋文帝。他对隋文帝说:

“这两个人犯了禁令,按刑律只能打板子,不该处死。”

隋文帝不耐烦地说:“这是我下的命令,不干你的事。”

赵绰说:“陛下不嫌我愚笨,叫我充当大理官员。现在遇到不依刑律杀人的情况,怎么能说跟我没关系呢?”

隋文帝气冲冲地说:“你想撼动大树吗?撼不动你就走开吧!”

赵绰说:“我只是想劝说陛下改变主意,谈不上想撼动大树。”

隋文帝又说:“你想触犯天子的威严吗?”

赵绰不管隋文帝怎样威吓,还是坚持自己的意见。隋文帝怎样骂他赶他,他也不走。隋文帝没法,很不高兴地进内宫去了。

后来，由于别的官员也上奏章谏阻，隋文帝终于取消了杀人的命令。

又有一次，官员辛亶（音 dǎn）被人告发搞不法的迷信活动。隋文帝又命令大理把辛亶处死。

赵绰上朝对隋文帝说："辛亶没有死罪，我不能接受这个命令。"

隋文帝气得浑身发抖，说："你想救辛亶，就没有你自己的命。"说着，喝令左右侍从把赵绰拉下殿去。

赵绰面不改色，说："陛下可以杀我，但是不该杀辛亶。"

左右侍从真的把赵绰扭下朝堂，剥了他的官服，摘掉他的官帽，准备处斩。这时候，隋文帝也想到杀赵绰太没道理，就派人跟赵绰说："你还有什么话说？"

赵绰跪在地上，挺直了腰说："臣一心执法，不怕一死。"

隋文帝并不真想杀赵绰，磨蹭了一阵子，气也平了。他想赵绰能忠于执法，毕竟是有利于他的统治的，就把赵绰放了，过了一天，还派人慰问了赵绰。

在大理官署里，有一个官员名叫来旷，听说隋文帝对赵绰不满意，想迎合隋文帝，就背着赵绰给隋文帝上了一道奏章，认为大理衙门执法太宽。隋文帝看了奏章，认为来旷说得很中肯，就把他提升了官职。

来旷自以为受到皇帝的赏识，就昧着良心，诬告赵绰徇私舞弊，把不该赦免的犯人放了。

隋文帝虽然嫌赵绰办事不顺他的心，但是对来旷的上告，却有点怀疑。他派亲信官员去调查，根本没有这回事。隋文帝弄清真相，勃然大怒，立刻下命令把来旷处死。

隋文帝把这个案子交给赵绰办，认为这一回来旷诬告的是赵绰自己，赵绰不会不同意。哪儿知道赵绰还是说："来旷有罪，但是不该判斩。"

隋文帝很不高兴，袖子一甩，就退朝往内宫去了。

赵绰在后面大声嚷着说："来旷的事臣就不说了。不过臣还有别的要紧事，请求面奏。"

隋文帝信以为真，就答应让赵绰进内宫。

隋文帝问赵绰有什么事。赵绰说："我有三条大罪，请陛下发落。第一，臣身为大理少卿，没有把下面的官吏管好，使来旷触犯刑律；第二，来旷不该处死，臣不能据理力争；第三，臣请求进宫，本来没有什么事，只是因为心里着急，才欺骗了陛下。"

隋文帝听到最后几句话，禁不住哑然失笑。旁边独孤皇后（独孤是姓）在座，也很赏识赵绰的正直,命令左右赐给赵绰两杯酒。隋文帝也同意赦免来旷死刑,改判革职流放。

隋文帝吸取陈后主亡国的教训,比较注意节俭,发现官吏有贪污奢侈的行为,都要严办,连他的儿子也不例外。皇子秦王杨俊背着他在外面造了华丽的宫室,他发觉了,马上撤了杨俊的爵位,把杨俊禁闭起来。

大臣们说:“秦王没有什么大错误,不过是多花了点钱,造点房子,应该宽容他。”

宰相杨素也认为对杨俊处理的太重。隋文帝说:“我是一国之主,不单是几个孩子的父亲,只能依一个刑律办事。照你们这种说法,是不是还要为皇子另外制定一种刑律?”

大臣们才没话说。

隋文帝又发现太子杨勇生活奢侈,讲究排场,很不高兴,十分严厉地教训杨勇说:“自古以来,凡是喜欢奢侈的帝王,命运没有能够长得了的。你是太子,要特别注意节俭啊!”

皇子晋王杨广比他两个兄弟狡猾,他摸到他父亲脾气,表面上装得特别朴素老实,骗得了隋文帝和独孤皇后的信任,再加上杨素帮他说话。结果,隋文帝把杨勇废了,改立杨广为太子。直到他病重的时候,才发现杨广是个品质很坏的人。他想再召回杨勇,已经来不及。杨广害死了父亲,夺取皇位,这就是历史上出名的暴君隋炀帝。

隋炀帝游江都

隋炀帝杨广即位后,为了加强对全国政治上的控制,并且使江南地区的物资能够更方便地运到北方来,加上他个人追求享乐,一开始就办了两件事:一是在洛阳建造一座新的都城,叫东都;二是开一条贯通南北的大运河。

公元605年,隋炀帝派管理建筑工程的大臣宇文恺(音 kǎi)负责造东都。宇文恺是个高明的工程专家,他迎合隋炀帝追求奢侈的心理,把工程规模搞得特别宏大。建造宫殿需要的高级木材石料,都是从大江以南、五岭以北地区运来的,光一根柱子就得用上千人拉。为了造东都，每月征发二百万民工，日夜不停地施工。他还在洛阳西面专门造了供隋炀帝玩赏的大花园，叫做“西苑”，周围二百里，园里人造的海和假山，亭台楼阁，奇花异草，应有尽有；尤其别出心裁的是到了冬天树叶凋落的时候，他派人用彩绫剪成花叶，扎在树上，使这座花园四季长春。

在建造东都的同一年，隋炀帝就下令征发河南、淮北各地百姓一百多万人，从洛阳西苑到淮水南岸的山阳（今江苏淮安），开通一条运河，叫“通济渠”；又征发淮南百姓十多万人，从山阳到江都（今江苏扬州），把春秋时期吴王夫差开的一条“邗（音 hán）沟”疏通。这样，从洛阳到江南的水路交通就便利得多了。

以后五年里，隋炀帝又两次征发民工，开通运河，一条是从洛阳的黄河北岸到涿郡（今北京市），叫“永济渠”；一条是从江都对江的京口（今江苏镇江）到余杭（今浙江杭州），叫“江南河”。最后，把四条运河连接起来，就成了一条贯通南北，全长四千里的大运河。这条大运河是我国历史上伟大工程之一。它对我国经济、文化的发展和祖国的统一，起着积极的作用。不用说，这是我国成千上万劳动人民用血汗甚至生命换来的。

隋炀帝特别喜欢外出巡游，一来是游玩享乐，二来也是向百姓摆威风。

从东都到江都的运河刚刚完工，隋炀帝就带着二十万人的庞大队伍到江都去巡游。

隋炀帝早就派官员造好上万条大船。出发那天，隋炀帝和他妻子萧后分乘两艘四层高的大龙船，船上有宫殿和上百间宫室，装饰得金碧辉煌，接着就是宫妃、王公贵族、文武官员坐的几千条彩船，后面的几千条大船，装载着卫兵和他们随带的武器和帐幕。这上万条大船在运河上排开，船头船尾连接起来，竟有二百里长。

这样庞大的船队，怎么行驶呢？那些专为皇帝享乐打算的人早就安排好了。运河两岸，修筑好了柳树成荫的御道，八万多名民工，被征发来给他们拉纤，还有两队骑兵夹岸护送。河上行驶着光彩耀目的船只，陆地上飘扬着五色缤纷的彩旗。一到晚上，灯火通明，鼓乐喧天，真是说不尽的豪华景象。

为了满足船队大批人员的享受，隋炀帝命令两岸的百姓，给他们准备吃的喝的，叫做“献食”。那些州县官员，就逼着百姓办酒席送去，有的州县，送的酒席多达上百桌。别说隋炀帝吃不了那么多，就连他带的宫娥太监、王公大臣一起吃，也吃不完。留下的许多剩菜，就在岸边掘个坑埋掉。可是那些被迫献食的百姓，却弄得倾家荡产了。

江都在当时是个繁华的地方。隋炀帝到了江都，除了尽情游玩享乐，还大摆威风。为了装饰一个出巡时候用的仪仗，就花了十多万人工，耗费的钱财更是上亿。这样整整闹腾了半年，又耀武扬威地回到东都来。

打这以后，隋炀帝几乎每年出巡。有一次，他从陆路到北方去巡视，征发了河北十几个郡的民工，开凿太行山，铺一条巡行的道路。为了保护他巡行的安全，又征发了一百多万人修筑长城，限期二十天筑成。这样，他才在五十万将士的护卫下，在北方边境上巡行了一圈。北方没有现成的宫殿，好在隋炀帝身边的宇文恺是个巧匠，专门为他造了一个活动宫殿，叫做“观风行殿”。这种行殿上面可以容纳侍卫几百人，使用的时候装起来，不用的时候可以拆卸装运，下面装着轮子，可以随意转动。这在当时可算是一种发明，可惜只是供隋炀帝一个人享乐罢了。

隋炀帝建东都，开运河，筑长城，加上连年的大规模的巡游，无休无止的劳役和越来越重的赋税，已经把百姓压得喘不过气来。但是隋炀帝的骄奢淫逸的心理却越来越重了。为了炫耀武功，公元 611 年，他发动对高丽①的战争。

这一年，他从江都乘龙船，沿着大运河直达涿郡，亲自指挥这场战争。他下令全国军队，不论远近，一律向涿郡集中，还派人在东莱（今山东掖县）海口督造兵船三百艘，造船的民伕在官吏监视下，日日夜夜在海边造船，得不到休息。他们下半身泡在海水里，时间一久，从腰以下都腐烂生了蛆，许多人受不了这样的折磨，倒在海水里死了。

接着，隋炀帝又命令河南、淮南、江南各地督造五万辆大车，送到高阳，给兵士运输衣甲、帐幕，又征发江、淮以南的民伕和船只把黎阳（今河南浚县东南）和洛口仓的粮食运到涿郡。于是，无数的车辆，无数的船只，不分白天黑夜，沿着陆路和运河源源不断由南向北，形成一支滚滚洪流。几十万运输物资的民伕，在半路上有不少累死饿死，沿路都是倒毙的尸体。由于民伕死亡太多，耕牛也被征发拉车，弄得田园荒芜，民不聊生。

人民没法忍受下去了。要想活下去，只有反抗。邹平（今山东邹平）人王薄，首先领导农民在长白山起义，他写了一首《无向辽东浪死歌》（浪死就是白白送死的意思），号召大家反抗官府，歌中写道：

“……忽闻官军至，提刀向前荡。譬如辽东死，砍头何所伤。”

---

① 高丽（音 lí）（公元 918 年～1392 年），又称高丽王朝、王氏高丽，是朝鲜封建王朝之一。新罗末年，新罗王族弓裔建立泰封国，尚州土豪甄萱建立后百济国。公元 918 年泰封部将王建杀弓裔自立，建立高丽国，公元 935 年灭新罗，公元 936 年灭后百济，基本统一朝鲜半岛。首都开京（今开城），1392 年被朝鲜王朝取代。

接着，在山东、河北广大地区，接二连三地发生了农民起义，隋王朝的统治开始不稳了。

李密之谋

隋炀帝第一次进攻高丽，被打得大败。一百多万隋军兵士，逃回来的只有两千七百人。这样的惨败，并没有使这个骄横的暴君死心。才隔了一年，他又发动了第二次对高丽的进攻。他亲自率领大军攻打辽东，派大臣杨玄感在后方黎阳督运粮草。

杨玄感的父亲杨素，原是隋炀帝的亲信，帮助炀帝夺取皇位。后来受到炀帝猜忌，郁郁不乐地死去。杨玄感为这个对隋炀帝早就不满了，这一回看到局势混乱，就想利用这个时机推翻隋炀帝。

杨玄感用督运粮草的名义，征发了年轻力壮的民伕、船工八千多人，要他们运粮到辽东前线。那些年轻人怨透了劳役，听说叫他们远离家乡去干苦差使，更加气愤。

有一天，杨玄感把民伕集合在一起，说："当今皇上不顾百姓的死活，让成千上万的父老兄弟死在辽东，这种情况不能再忍受下去。我也是被逼来干这件事的。现在我决心跟大伙一起，推翻暴君。你们看怎么样？"

大伙儿一听有人带头反对朝廷，怎么不愿意，顿时响起一片欢呼声。

杨玄感把八千民伕编成队伍，发给武器，准备进攻隋军。他发现他身边缺少一个谋士帮他出谋划策，不禁想起了正在长安的好朋友李密。

李密的上代是北周和隋朝的贵族。李密少年时候，被派在隋炀帝的宫廷里当侍卫。他生性灵活，在值班的时候，左顾右盼，被隋炀帝发现了，认为这孩子不大老实，就免了他的差使。李密并不懊丧，回家以后，发愤读书，决定做个有学问的人。

有一回，李密骑了一头牛，出门看朋友。在路上，他把《汉书》挂在牛角上，抓紧时间读书。正好宰相杨素坐着马车在后面赶上来，看到前面有个少年在牛背上读书，暗暗奇怪。

杨素在车上招呼说："哪个书生，这么用功啊？"

李密回过头来一看，认得是宰相，慌忙跳下牛背，向杨素作了一个揖，报了自己的名字。

杨素问他说："你在看什么？"

李密回答说："我在读项羽的传记。"

杨素跟李密亲切地谈了一阵，觉得这个少年人很有抱负。回家以后，杨素跟他儿子杨玄感说："我看李密这孩子的学识、才能，比你们几个兄弟强得多。将来你们有什么紧要的事，可以找他商量。"

打那以后，杨玄感就跟李密交上了朋友。

这回杨玄感要找谋士，想起他父亲的叮嘱，就派人到长安，把李密接到黎阳来。

李密到了黎阳，杨玄感向他请教：要推翻隋炀帝，这个仗该怎么个打法。

李密说："要打败官军，有三种办法。第一，皇上现在在辽东，我们带兵北上，截断昏君退路。他前有高丽，后无退路，不出十天，军粮接济不上，我们不用打也能取胜，这是上策。第二是向西夺取长安，抄他们的老巢。官军如果想退军，我们就拿关中地区做根据地，凭险坚守，这是中策。第三是就近攻东都洛阳。不过这可是一条下策。因为朝廷在东都还留着一部分守兵，不一定能很快攻得下来。"

杨玄感急于求成，听完这三条计策，觉得前两条都太费时间，说："我看你说的下策，倒是个好计策。现在朝廷官员家属，都在东都。我们攻下东都，把家属都俘虏起来。官军军心动摇，保管能取胜。"

杨玄感立刻从黎阳出兵攻打东都，一路上，有许多农民踊跃参加起义军，队伍扩大到十万人，接连打了几个胜仗。隋炀帝正在带领大军猛攻辽阳，得到告急文书，连夜退兵，派大将宇文述等带领大军分路攻杨玄感。杨玄感抵挡不住，想往西退到长安去。宇文述带兵跟踪追击，最后，把杨玄感的人马围住。杨玄感没路可走，终于被杀。

李密从混乱中逃了出来，想偷偷地逃回长安。但是隋军搜捕得很紧，李密还是被抓住了。

隋将派兵把李密押送到隋炀帝的行营去。半路上，李密跟十几个犯人一商量，把他们随身带的钱财都送给押送的隋兵，供他们吃喝。隋兵受了他们的贿赂，喝酒作乐，防备松懈下来。李密他们就趁隋兵酒醉糊涂的时候，瞅个机会跳墙逃跑了。

李密脱离危险以后，想另找机会，反抗隋朝。他想找个起义军的首领做靠山，但是有的起义军首领看他是个文弱书生，不大重视他。李密没办法，只好改姓换名，东躲西藏，几次险点儿被官府抓去。最后，他听说东郡（今河南滑县东）瓦岗寨有一支起义军，兵力很强。带头的叫做翟（音 zhái）让，为人厚道，又喜欢结交英雄，就决定上东郡去投奔瓦岗军。

瓦岗义军

瓦岗军首领翟让，本来是东郡的一个小吏，因为得罪了上司，被打进牢监，还被判了死罪。有个狱吏同情他，跟他说："我看你是条好汉，怎么能在牢里等死呢。"一天夜里，狱吏偷偷地砸了镣铐，打开牢门，把翟让放了。

翟让逃出了牢监，逃到东郡附近的瓦岗寨，招集了一些贫苦农民，组织了一支起义队伍。当地的一些青年人，听到这个消息，都来投奔他。其中有一个青年叫徐世勣（音 jí），年纪才 17 岁，不但武艺高强，而且很有计谋。

徐世勣劝翟让说："这里附近都是贫苦的老乡，我们不应该去打扰他们，我看荥阳一带，来往的豪门富商很多，不如到那里去筹办点钱粮。"

翟让听从徐世勣的意见，带领农民军到荥阳一带，专门打击官府富商，夺取大批资财。附近农民来投奔翟让的越来越多，很快就发展到一万多人。

李密投奔翟让以后，帮助翟让整顿人马。那时候，附近各地还有一些小股的农民队伍。李密到各处去联络，说服他们联合起来，听从翟让指挥。翟让十分高兴，跟李密渐渐亲近起来。

翟让虽然有了很多人马，但是他并没想到自己能推翻隋炀帝。李密对翟让说："从前刘邦、项羽，本来也是普通老百姓，后来终于推翻秦朝。现在皇上昏庸暴虐，百姓怨声载道，官军大部分又远在辽东。您手下兵强马壮，要拿下东都和长安，打倒暴君，还不是轻而易举的事！"

翟让听了很高兴，说："您的意见太好了，我倒没想到这一点呢。"

接着，两人商量了一番，决定先攻打荥阳。荥阳太守向隋炀帝告急。隋炀帝派大将张须陀带大军镇压。

张须陀是镇压农民军的老手。翟让曾经在他手里打过败仗，这次听说又是张须陀来了，有点害怕。李密说："张须陀有勇无谋，再加上他自以为强大，骄傲轻敌。我们利用他的弱点，保管能打败他。"

李密请翟让摆开阵势，正面迎击敌人，他自己带了一千人马在荥阳大海寺北面的密林里设下埋伏。

张须陀欺翟让不是他的对手，莽莽撞撞地指挥人马掩杀过来。翟让抵挡了一阵，假装败退。张须陀紧紧追赶，追了十多里，路越来越窄，树林越来越密，这正是李密布置的埋伏圈。李密一声令下，埋伏的瓦岗军将士一齐杀出，把张须陀的人马团团围住。张须陀虽然勇猛，但是被伏兵层层包围，左冲右突，没法脱围，终于全军覆没。张须陀也被起义军打死了。

经过这一场战斗，李密在瓦岗军里提高了威信。李密不但号令严明，而且生活朴素，凡是从敌人那里缴获来的钱财，他都分给起义将士。日子一久，将士们就渐渐向着他了。第二年(公元617年)春天，李密劝说翟让，趁隋炀帝在江都巡游，东都空虚的机会，进攻东都。瓦岗军派人到东都刺探军情，被隋朝官员发觉，加强了东都的防御。李密就改变计划，提议先打东都附近的兴洛仓(在今河南巩县)。

兴洛仓也叫做洛口仓，是隋王朝建造的最大的一个粮仓。仓城周围二十多里，城里挖了三千个大窖，每个窖里贮藏着八千石粮食。这都是隋王朝多年来从各地农民身上搜刮来的血汗。

翟让、李密两人带七千名精兵攻打兴洛仓。这些兵士原是流离失所的农民，一听得攻打官府的粮仓，个个摩拳擦掌，勇气百倍。他们向兴洛仓发起猛攻。驻守在兴洛仓的隋军还想顽抗，但是怎么也抵挡不住像插翅猛虎一般的瓦岗军。兴洛仓被攻破了。

瓦岗军攻破兴洛仓以后，立刻发布命令，开仓分粮。兵士们打开一口口粮窖，让老百姓尽情地拿。受饥挨饿的农民从四面八方拥向粮仓，从头发花白的老人，到背着孩子的妇女，一个个眼里带着激动的泪花，前来领粮。大伙对瓦岗军的感激心情，就不用提了。

接着，瓦岗军又打败了东都派来的隋军救兵。到这时候，瓦岗军的指挥权渐渐集中在李密手里。翟让觉得自己的才能不如李密，就把首领的地位让给了李密。大家推李密为魏公，兼任行军元帅。

瓦岗军在洛口建立了自己的政权后，乘胜攻下许多郡县，隋朝官吏兵士纷纷投降。瓦岗军一面继续围攻东都，一面发出讨伐隋炀帝的檄文，声讨炀帝的罪恶，号召百姓起来推翻隋王朝的统治。这一来，把整个中原都震动了。

正当瓦岗军胜利发展的时候，内部发生了严重分裂。翟让把首领位子让给李密后，翟让手下有些将领很不愿意。有人劝翟让把权夺回来，翟让却总是笑呵呵的不当一回事。但是这些话传到李密耳朵里,李密就很不高兴。李密的部下撺掇他除掉翟让。李密为了保自己的地位,竟起了狠心。

有一天,李密请翟让喝酒。在宴会中间,把翟让的兵士都支开了,李密假意拿出一把好弓给翟让,请他试射。翟让转过身子,刚拉开弓。李密布置好的刀斧手就动起手来,把翟让砍倒了。

打那时候起,瓦岗军开始走了下坡路。但是,北方由李渊带领的一支反隋军却正在强大起来。

李渊起兵

李渊本来是隋王朝的贵族,靠继承祖上的爵位,当上了唐国公。公元617年,隋炀帝派他到太原去当留守(官名),镇压农民起义,开始他也打过几个胜仗,后来看到起义军越打越强,越打越多,他也感到紧张起来了。

李渊有四个儿子。第二个儿子李世民那时候刚18岁,是个很有胆识的青年,平时喜欢结交有才能的人。人们也觉得他慷慨好客,喜欢跟他打交道。他看准隋朝的统治长不了,心里早有了自己的打算。

晋阳(今山西太原)县令刘文静,十分看重李世民。李世民也把他看作知心朋友,刘文静跟李密有亲戚关系。李密参加起义军以后,隋炀帝下令捉拿李密亲友。刘文静受到株连,被革了职,关在晋阳的牢监里。

李世民听到刘文静坐了牢,十分着急,赶到牢监里去探望。

李世民拉着刘文静的手说:“刘大哥,我来探望,不但是为了叙叙友情,主要是想请您帮我出个主意。”

刘文静早就知道李世民的心思。他说:“现在皇上远在江都,李密逼近东都,到处都有人造反。这倒是打天下的好时机哩。我可以帮您收集十万人马,您父亲手下还有几万人。如果用这支力量起兵,打进长安,号令天下,不出半年,可以取得天下。”

李世民高兴地说:“您真说到我心里去了。”

李世民回到家里,想想刘文静的话,越想越觉得有道理。但是要说服他父亲,倒是个难题。正好在这个时候,太原北面的突厥(我国古代北方民族之一)可汗进攻马邑。李渊派兵抵抗,连接打败仗。李渊怕这件事给隋炀帝知道了,要追究他的责任,急得不知道该怎么办。

李世民抓住这个机会,就找李渊劝他起兵反隋。李渊一听,吓得要命,说:"你怎么说出这种没上没下的话来。要是我去报官,准会把你抓起来。"

李世民并不害怕,说:"父亲要告就去告吧,儿才不怕死呢。"

李渊当然不会真的去告发,只是叮嘱他以后别说这样的话。

第二天,李世民又找李渊说:"父亲受皇上的委派,到这里讨伐反叛的人。可是眼看造反的人越来越多,您能讨伐得了?再说,皇上猜忌心很重,就算您立了功,您的处境也会更加危险。只有照我昨天说的办,才是唯一的出路。"

李渊犹豫了许多时候,才长叹一口气说:"昨天夜里,我想了想你说的话,也有道理。我也拿不定主意。从现在起,是家破人亡,还是能化家为国,就凭你啦!"

李渊把刘文静从晋阳牢监里放了出来。刘文静帮助李世民,分头招兵买马。李渊又派人把正在河东打仗的另两个儿子李建成和李元吉召了回来。

太原的两个副留守看到李渊父子的举动反常,想出来阻挠。李渊借口他们勾结突厥,把他们抓起来杀了。

李渊又听从刘文静的计策,派人备了一份厚礼,到突厥可汗那里讲和,约他一起反隋。突厥可汗觉得这样做对他们有好处,就答应帮助李渊。

李渊稳住突厥这一头,就正式起兵反隋。李渊自称大将军,派李建成和李世民分别做左右领军大都督、刘文静做司马,又把兵士都称为"义士"。他们带领三万人马离开晋阳,向长安进军。一路上继续招募人马,并且学农民起义军的做法,打开官仓发粮给贫民。这样一来,应募的百姓就越来越多了。

唐军到了霍邑(今山西霍县),遭到隋朝将军宋老生的拦击。霍邑一带道路狭隘,又正赶上接连几天大雨,唐军的军粮运输中断了。兵士中还纷纷传说突厥兵正准备偷袭晋阳。李渊动摇起来,想撤兵回晋阳去。

李世民对李渊说:"现在正是秋收季节,田野里有的是粮食,哪怕缺粮!宋老生也没有什么可怕的。我们用义兵的名义号召天下,如果还没打仗就后撤,岂不叫人失望。回到晋阳,是断断没有生路的。"

李建成也支持他弟弟的主张。李渊这才改变了主意,取消了撤兵的打算。

八月的一天,久雨刚刚放晴。唐军一早沿着山边小路,急行军来到霍邑城边。李渊先派建成率领几十个骑兵在城下挑战。宋老生一看唐军人少,亲自带了三万人马出城。李世民带兵居高临下从南面山头冲杀下来，把宋老生的人马冲得七零八落。宋老生急忙回头想逃回城去。李渊的兵士已经占了城池，把城门关得紧腾腾的。宋老生走投无路，被唐军杀了。

唐军攻下霍邑以后，继续向西进军，在关中的农民军的配合下，渡过黄河。留在晋阳的李渊的女儿也招募了一万多人马，号称“娘子军”，响应唐军进关。

李渊集中了二十多万大军攻打长安。守在长安的隋军，要想抵抗也没用了。李渊攻下长安以后，为了争取民心，宣布约法十二条，把隋王朝的苛刻法令一概废除，并且暂时让隋炀帝的孙子杨侑（音 yòu）做了个挂名的皇帝。

第二年（公元 618 年）夏天，从江都传来了隋炀帝被杀的消息，李渊才把杨侑废了，自己即位称帝，改国号为唐。这就是唐高祖。

诈降破敌

隋朝末年，隋炀帝的暴虐，终于酿成大规模的农民起义大潮。高士达义军是其中的一支。

公元 616 年（隋炀帝大业十二年），刚刚投奔高士达的窦建德[①]被授予军司马之职。高士达对他说：“建德贤弟，你才高八斗，远远超过高某，军队大权由你调遣。”窦建德知道，涿郡通守（官职名）郭绚带领一万多人已在山下安营扎寨，准备镇压起义军。窦建德想：“良机来了，我一定要露一手，初建奇功，给各路起义军看看！”

几天后，窦建德唤来传令兵：“对高士达大人说，请他留下看守武器粮草，我带七千精兵前往迎战郭绚。请他放心，我自有锦囊妙计在！这封信请你交给高大人，让他按信行事！”

“是！”传令兵转身返营。窦建德率领七千精兵渐渐隐向山林深处。

---

① 窦建德（公元 573 ~ 621 年），隋贝州漳南（今山东武城漳南镇）人。世代务农，曾任里长，尚豪侠，为乡里敬重。时炀帝募兵征高丽，建德在军中任二百人长。目睹兵民困苦，义愤不平，遂抗拒东征，并助同县人孙安祖率数百人入漳南东境高鸡泊，举兵抗隋。及后窦建德一家被隋军杀害，建德乃率部众二百人投清河人高士达的起事军队。

几天后的一个早晨，郭绚军营门口来了位使者，自称是窦建德派来的。

郭绚派人唤进使者，那使者气喘吁吁相告：“郭大人，高士达欺人太甚，我家窦将军受不了这口窝囊气，想投奔大人！”

郭绚没言语，送那使者走了。他正狐疑间，一个消息传来：高士达五花大绑了窦建德的妻子（其实是用一名女俘冒充的），押至军中，高声大骂窦建德忘恩负义背叛自己，当众斩了那女人。

当天下午，那位窦建德的使者又来到郭绚军营，呈上一封急信。郭绚拆开窦建德的亲笔手书：“郭大人，高贼杀妻之仇不报非大丈夫。如大人肯收降我，我愿当先锋回击高士达，取他狗头，报效大人。”

郭绚左右一思量，马上眉开眼笑对使者说：“回告窦将军，欢迎他加入大隋朝军行列！”

三天后，郭绚率领士兵跟着窦建德赶到长河（今山东德州东）界上，订下盟约，发誓不灭高士达决不罢休！从此，郭绚手下兵将不再戒备窦建德部。

窦建德见郭绚中计，几天后发布命令，起义军精兵悍将突然袭击，揍得郭绚军队七零八落。这次夜袭，窦建德兵将杀死隋兵几千人，缴获战马一千多匹。郭绚带着几十人骑马逃命。窦建德派强将一鼓作气，直追到平原（今山东平原西南），杀死了郭绚。从此，窦建德的威名远震各路义军。

攻取东都

李渊占领长安的同时，各地起义军也不断发展壮大。除了瓦岗军之外，主要的还有窦建德领导的河北起义军和杜伏威领导的江淮起义军，不断在各地打击隋军。残暴荒淫的隋炀帝自己知道末日来到，索性躲到江都，每天和皇后、妃子喝酒作乐，醉得昏昏沉沉。

他不愿听到失败的消息，但是心里到底发慌，对萧皇后说：“听说外面有不少人想算计我，且别管他，还是快快活活喝酒吧。”

有一次，他拿起一面镜子，呆呆地照了半晌，说：“好头颅，不知道谁来砍它呢！”

隋炀帝担心的日子终于到来了。他身边的一批禁卫军兵士，多数是关中地区的人。他们眼看跟着隋炀帝没有生路，都想开小差回家。将军宇文化及利用兵士想回家的心理，发动兵变。宇文化及带领兵士，攻进行宫，派人把隋炀帝监视起来。

隋炀帝对监视的官员说："我犯的什么罪？"

官员说："你发动战争，穷奢极侈；相信奸邪，拒绝忠告；使男子死在战场，妇女儿童走上绝路，百姓流离失所，你还说没罪吗？"

隋炀帝说："我确实对不起百姓，但是你们这些人也跟着我享受富贵，没对不起你们。今天这样做，是谁带的头？"

官员说："全国的人都恨透了你这昏君，哪儿是一个人带的头！"

隋炀帝这才无话可说，他自己解下巾带交给官员。这个作恶多端的统治者就这样被勒死了。统治中国三十八年的隋王朝宣告灭亡。

隋炀帝死后，东都洛阳还在隋朝的东都留守杨侗（炀帝的孙子）和大臣王世充手里。王世充把杨侗立为皇帝，继续打着隋朝的旗号，对抗起义军。

东都周围本来是瓦岗起义军活动的地区，李密曾经多次打败隋军，但是因为李密骄傲自满，跟将领们互相猜忌，在跟北上的宇文化及人马打了一仗之后，力量渐渐削弱。王世充看准李密的弱点，发起一次袭击，打垮了李密大军。李密带着残兵败将，逃到长安投靠唐朝。

王世充赶跑了李密，自以为力量强大，把杨侗废了，自立为帝，国号叫郑。

这时候，唐军已经削平了西北的几个豪强割据势力，稳定了后方。公元620年，唐高祖派李世民统率大军进攻东都。李世民大军一出关，河南许多州县纷纷投降，很快就把东都包围起来。

李世民不但善于打仗，而且善于用人。他从原瓦岗军和别的割据势力的降将中，收留了一批人。像有名的秦叔宝、程咬金、尉迟敬德（尉迟是姓，尉音 yù），都成了他的得力助手。有一次，李世民亲自带了五百骑兵在阵地上巡视[1]，被王世充发现，出动一万多步兵骑兵突然围上来，王世充的大将单雄信冲到李世民身边，用长矛直刺过来。李世民后面的尉迟敬德飞马赶上，大喝一声，把单雄信刺下马来。尉迟敬德保护李世民突出包围，两个人又带着骑兵转过身在郑军阵地来回冲杀，吓得郑兵不敢阻挡。接着，后面的唐军源源不绝地上来，把郑军打得一败涂地。

从这年秋天一直到第二年春天，唐军把东都越围越紧，日夜不停地攻城。王世充在城里严密防守，不断用石炮、弩箭袭击城外唐军。日子一久，唐军将士也感到

---

① 巡行视察。《后汉书·皇甫规传》："规亲入庵庐，巡视将士，三军感悦。"明张居正《请申旧章饬学政以振兴人才疏》："该管地方，每年务要巡视考校一遍。"王闿运《常公神道碑》："迁工科给事中，并巡视西城。"

疲劳，有人向李世民建议暂时停止进攻，回长安休整后再打。

李世民说：“现在四周各州都已经投降，洛阳成了一座孤城，迟早可以攻下，怎么能半途停下来。”接着就向将士发出命令说：“不攻下东都，决不退兵。”

王世充被逼得走投无路，只好派人偷偷地出城，赶到河北向窦建德求救。

窦建德领导的起义军是河北一支强大的力量。王世充自称郑帝以后，窦建德也自称皇帝，国号叫夏，攻占了唐军许多土地。他接到王世充的求救信，一面带领三十万人马，水陆并进，援救东都；一面派出使者给李世民送去一封信，要李世民退回关中。

唐军许多将军都被夏军的强大兵力吓得害怕了，主张暂时离开东都。但是有人认为王世充兵力还很强，缺少的是粮食。如果让窦建德跟王世充两军会合，用河北的粮食接济东都，那么胜利就没有希望了。

所以，一定要把南下的窦建德大军堵住。

李世民接受了这个意见，把李元吉留在东都继续围攻王世充，自己带三千多精兵北上，扼守武牢关(就是虎牢关，在今河南荥阳汜水镇)。

窦建德大军到了武牢关，被唐兵拦住，夏军发起几次进攻都没成功，李世民却派轻骑兵抄小路，把夏军的粮道切断了。

窦建德认为自己兵力强大，不怕攻不下武牢关。他拒绝了他部下和妻子的劝阻，命令全军出动，摆开阵势，鼓噪着冲了过来。

李世民上高地观察了夏军的阵势，说：“窦建德没有遇到过强大的敌手，从他的阵势，就可以看出他骄傲轻敌。我们只要按兵不动，等待他们兵士疲劳的时候，一举出击，一定能打败他们。”

夏军兵士摆开阵势，准备交锋。但是，从早上到中午，还没有见唐军出来交战，兵士们又疲劳，又饥饿，有的坐在地上，有的到河滩上舀水喝。李世民一见时机已到，就命令将士渡过汜水，直冲窦建德大营。

窦建德正和他的将帅在大营聚会，听到唐军骑兵突然冲来，赶忙指挥骑兵应战。双方发生了激战，阵地上尘土飞扬，箭如雨落。

李世民乘夏军不防备，带领一支队伍猛插到夏军阵后，举起了唐军的大旗。夏军将士回头一看，以为唐军已经占领大营，没有心思再战，争先恐后地逃散。窦建德在混战中受了伤，被唐军俘虏了。

窦建德失败后，李世民再回兵围攻东都。王世充还想突围，将士们说：“现在夏王已经失败，我们就是突围出去，也没有用。”王世充眼看大势已去，只好向唐军投降。

窦建德被送到长安，不久就被杀害，他的部将刘黑闼（音 tà）率领河北夏军，继续和唐军作战。唐军又花了三年时间，才把河北地区稳定下来。公元623年，唐统一中国的战争基本结束。但是，唐朝皇室内部的矛盾却尖锐起来。

玄武门之变

唐高祖即位以后，封李建成为太子，李世民为秦王，李元吉为齐王。三个人当中，数李世民功劳最大。太原起兵，原是他的主意，在以后几次战斗中，他立的战功也最多。李建成的战功不如李世民，只是因为他是高祖的大儿子，才取得太子的地位。

李世民不但有勇有谋，而且手下有一批人才。在秦王府中，文的有房玄龄、杜如晦等，号称十八学士；武的有尉迟敬德、秦叔宝、程咬金等著名勇将。太子建成自己知道威信比不上李世民，心里妒忌，就和弟弟齐王元吉联合，一起排挤李世民。

建成、元吉知道唐高祖宠爱一些妃子，就经常在这些宠妃面前拍马送礼，讨她们的欢喜。李世民就没有这样做。李世民平定东都之后，有的妃子私下向李世民索取隋宫里的珍宝，还为她们的亲戚谋官做，都被李世民拒绝了。于是，宠妃们常常在高祖面前说太子的好话，讲秦王的短处。唐高祖听信宠妃的话，跟李世民渐渐疏远起来。

李世民多次立功，建成和元吉更加嫉恨，千方百计想除掉李世民。

有一次，建成请李世民到东宫去喝酒。世民喝了几盅，忽然感到肚子痛。别人把他扶回家里，他一阵疼痛，竟呕出血来。李世民心里明白，一定是建成在酒里下了毒，赶快请医服药，总算慢慢好了。

建成、元吉想害李世民，但是又怕世民手下勇将多，真的动起手来，占不到便宜，就想先把这些勇将收买过来。

建成私下派人送了一封信给秦王手下的勇将尉迟敬德，表示要跟尉迟敬德交个朋友，还给尉迟敬德送去一车金银。

尉迟敬德跟建成的使者说："我是秦王的部下。如果私下跟太子来往，对秦王三心二意，我就成了个贪利忘义的小人。这样的人对太子又有什么用呢。”说着，他把一车金银原封不动地退了。

建成受到尉迟敬德的拒绝，气得要命。当天夜里，元吉派了个刺客到尉迟敬德家去行刺。尉迟敬德早就料到建成他们不会放过他。一到晚上，故意把大门打开。刺客溜进院子，隔着窗户偷看，只见尉迟敬德斜靠在床上，身边放着长矛。刺客本来知道他的名气，怕他早有防备，没敢动手，偷偷地溜回去了。

建成、元吉一计不成，又生一计。那时候，突厥进犯中原，建成向唐高祖建议，让元吉代替李世民带兵北征。唐高祖任命元吉做主帅后，元吉又请求把尉迟敬德、秦叔宝、程咬金三员大将和秦王府的精兵都划归元吉指挥。他们打算把这些将士调开以后，就可以放手杀害世民。

有人把这个秘密计划报告了李世民。世民感到形势紧急，连忙找他舅子长孙无忌和尉迟敬德商量。两人都劝李世民先发制人。李世民说：“兄弟互相残杀，总不是件体面的事。还是等他们动了手，我们再来对付他们。”

尉迟敬德、长孙无忌都着急起来，说如果世民再不动手，他们也不愿留在秦王府白白等死。李世民看他的部下十分坚决，就下了决心。

当天夜里，李世民进宫向唐高祖告了一状，诉说太子跟元吉怎么谋害他。唐高祖答应等明天一早，叫兄弟三人一起进宫，由他亲自查问。

第二天早上，李世民叫长孙无忌和尉迟敬德带了一支精兵，埋伏在皇宫北面的玄武门，只等建成、元吉进宫。

没多久，建成、元吉骑着马朝玄武门来了，他们到了玄武门边，觉得周围的气氛有点反常，心里犯了疑。两人拨转马头，准备回去。

李世民从玄武门里骑着马赶了出来，高喊说：“殿下，别走！”

元吉转过身来，拿起身边的弓箭，就想射杀世民，但是心里一慌张，连弓弦都拉不开来。李世民眼明手快，射出一支箭，把建成先射死了，紧接着，尉迟敬德带了七十名骑兵一起冲了出来，尉迟敬德一箭，把元吉也射下马来。

东宫和齐王府的将士听到玄武门出了事，全部出动，猛攻秦王府的兵士。李世民一面指挥将士抵抗，一面派尉迟敬德进宫。

唐高祖正在皇宫里等着三人去朝见，尉迟敬德手拿长矛气吁吁地冲进宫来，说：“太子和齐王发动叛乱，秦王已经把他们杀了。秦王怕惊动陛下，特地派我来保驾。”

高祖这才知道外面出了事，吓得不知道该怎么办才好。

宰相萧瑀等说:“建成、元吉本来没有什么功劳,两人妒忌秦王,施用奸计。现在秦王既然已经把他们消灭,这是好事。陛下把国事交给秦王,就没事了。”

到了这步田地,唐高祖要反对也没用了,只好听左右大臣的话,宣布建成、元吉的罪状,命令各府将士一律归秦王指挥。过了两个月,唐高祖让位给秦王,自己做太上皇。李世民即位,就是唐太宗。

魏征直谏

玄武门之变后,有人向秦王李世民告发,东宫有个官员,名叫魏征,曾经参加过李密和窦建德的起义军,李密和窦建德失败之后,魏征到了长安,在太子建成手下干过事,还曾经劝说建成杀害秦王。

秦王听了,立刻派人把魏征找来。

魏征见了秦王,秦王板起脸问他说:“你为什么在我们兄弟中挑拨离间?”

左右的大臣听秦王这样发问,以为是要算魏征的老账,都替魏征捏了一把汗。但是魏征却神态自若,不慌不忙地回答说:“可惜那时候太子没听我的话。要不然,也不会发生这样的事了。”

秦王听了,觉得魏征说话直爽,很有胆识,不但没责怪魏征,反而和颜悦色地说:“这已经是过去的事,就不用再提了。”

唐太宗即位以后,把魏征提拔为谏议大夫(官名),还选用了一批建成、元吉手下的人做官。原来秦王府的官员都不服气,背后嘀咕说:“我们跟着皇上多少年。现在皇上封官拜爵,反而让东宫、齐王府的人先沾了光,这算什么规矩?”

宰相房玄龄把这番话告诉了唐太宗。唐太宗笑着说:“朝廷设置官员,为的是治理国家,应该选拔贤才,怎么能拿关系来做选人的标准呢。如果新来的人有才能,老的没有才能,就不能排斥新的,任用老的啊!”

大家听了,才没有话说。

唐太宗不记旧恨,选用人才,而且鼓励大臣们把意见当面说出来。在他的鼓励之下,大臣们也敢于说话了。特别是魏征,对朝廷大事,都想得很周到,有什么意见就在唐太宗面前直说。唐太宗也特别信任他,常常把他召进内宫,听取他的意见。

有一次，唐太宗问魏征说："历史上的人君，为什么有的人明智，有的人昏庸？"

魏征说："多听听各方面的意见，就明智；只听单方面的话，就昏庸（文言是'兼听则明，偏听则暗'）。"他还举了历史上尧、舜和秦二世、梁武帝、隋炀帝等例子，说："治理天下的人君如果能够采纳下面的意见，那么下情就能上达，他的亲信要想蒙蔽也蒙蔽不了。"

唐太宗连连点头说："你说得多好啊！"

又有一天，唐太宗读完隋炀帝的文集，跟左右大臣说："我看隋炀帝这个人，学问渊博，也懂得尧、舜好，桀、纣不好，为什么干出事来这么荒唐？"

魏征接口说："一个皇帝光靠聪明渊博不行，还应该虚心倾听臣子的意见。隋炀帝自以为才高，骄傲自信，说的是尧舜的话，干的是桀纣的事，到后来糊里糊涂，就自取灭亡了。"唐太宗听了，感触很深，叹了口气说："唉，过去的教训，就是我们的老师啊！"

唐太宗看到他的统治巩固下来，心里高兴。他觉得大臣们劝告他的话很有帮助，就向他们说："治国好比治病，病虽然好了，还得好好休养，不能放松。现在中原安定，四方归服，自古以来，很少有这样的日子。但是我还得十分谨慎，只怕不能保持长久。所以我要多听听你们的谏言才好。"

魏征说："陛下能够在安定的环境里想到危急的日子，太叫人高兴了（文言是'居安思危'）。"

以后，魏征提的意见越来越多。他看到太宗有不对的地方，就当面力争。有时候，唐太宗听得不是滋味，沉下了脸，魏征还是照样说下去，叫唐太宗下不了台阶。

有一次，魏征在上朝的时候，跟唐太宗争得面红耳赤。唐太宗实在听不下去，想要发作，又怕在大臣面前丢了自己接受意见的好名声，只好勉强忍住。退朝以后，他憋了一肚子气回到内宫，见了他的妻子长孙皇后，气冲冲地说："总有一天，我要杀死这个乡巴佬！"

长孙皇后很少见太宗发那么大的火，问他说："不知道陛下想杀哪一个？"

唐太宗说："还不是那个魏征！他总是当着大家的面侮辱我，叫我实在忍受不了！"

长孙皇后听了，一声不吭，回到自己的内室，换了一套朝见的礼服，向太宗下拜。

唐太宗惊奇地问道："你这是干什么？"

长孙皇后说："我听说英明的天子才有正直的大臣，现在魏征这样正直，正说明陛下的英明,我怎么能不向陛下祝贺呢!"

这一番话就像一盆清凉的水,把太宗满腔怒火浇熄了。

后来,他不但不记魏征的恨,反而夸奖魏征说:"人家都说魏征举止粗鲁,我看这正是他妩媚可爱的地方哩!"

公元643年,那位直言敢谏的魏征病死了。唐太宗很难过,他流着眼泪说:"一个人用铜作镜子,可以照见衣帽是不是穿戴得端正;用历史作镜子,可以看到国家兴亡的原因;用人作镜子,可以发现自己做得对不对。魏征一死,我就少了一面好镜子了。"

由于唐太宗重用人才,能采纳大臣的直谏,政治比较开明,而且注意减轻百姓的劳役,采取了一些发展生产的措施,唐朝初期经济出现了繁荣景象,社会秩序比较安定,历史上把这段时期称作"贞观之治"(贞观是唐太宗的年号)。

陈桥兵变

周恭帝即位的时候,年纪太小,由宰相范质、王溥辅政。后周的政局不稳。京城里人心浮动,谣言纷纷,说赵匡胤(音 yìn)快要夺取皇位啦。

赵匡胤本来是周世宗手下的得力大将,跟随周世宗南征北战,立下了不少战功。周世宗在世的时候,十分信任赵匡胤,派他做禁军统帅,官名叫殿前都点检。禁军是后周一支最精锐的部队。

世宗一死,军权落在赵匡胤手里。五代时期,武将夺取皇位的事情多得很,所以,人们有这种猜测也是不足为奇的。公元960年春节,后周朝廷正在举行朝见大礼的时候,忽然接到边境送来的紧急战报,说北汉国主和辽朝联合,出兵攻打后周边境。

大臣们慌作一团,后来由范质、王溥做主,派赵匡胤带兵抵抗。

赵匡胤接到出兵命令,立刻调兵遣将,过了两天,就带了大军从汴京出发。跟随他的还有他弟弟赵匡义和亲信谋士赵普。

当天晚上,大军到了离京城二十里的陈桥驿,赵匡胤命令将士就地扎营休息。兵士们倒头就呼呼睡着了,一些将领却聚集在一起,悄悄商量。有人说:"现在皇上年纪那么小,我们拼死拼活去打仗,将来有谁知道我们的功劳,倒不如现在就拥护赵点检做皇帝吧!"

大伙听了,都赞成这个意见,就推举一名官员把这个意见先告诉赵匡义和赵普。

那个官员到赵匡义那里,还没有把话说完,将领们已经闯了进来,亮出明晃晃的刀,嚷着说:"我们已经商量定了,非请点检即位不可。"

赵匡义和赵普听了,暗暗高兴,一面叮嘱大家一定要安定军心,不要造成混乱,一面赶快派人告诉留守在京城的大将石守信、王审琦。

没多久,这消息就传遍了军营。将士们全起来了,大家闹哄哄地拥到赵匡胤住的驿馆,一直等到天色发白。

赵匡胤隔夜喝了点酒,睡得挺熟,一觉醒来,只听得外面一片嘈杂的人声,接着,就有人打开房门,高声地叫嚷,说:

"请点检做皇帝!"

赵匡胤赶快起床,还没来得及说话,几个人把早已准备好的一件黄袍,七手八脚地披在赵匡胤身上。大伙跪倒在地上磕了几个头,高呼"万岁"。接着,又推又拉,把赵匡胤扶上马,请他一起回京城。

赵匡胤骑在马上,才开口说:"你们既然立我做天子,我的命令,你们都能听从吗?"

将士们齐声回答说:"自然听陛下命令。"

赵匡胤就发布命令:到了京城以后,要保护好周朝太后和幼主,不许侵犯朝廷大臣,不准抢掠国家仓库。执行命令的将来有重赏,否则就要严办。

赵匡胤本来就是禁军统帅,再加上有将领们拥护,谁敢不听号令!将士们排好队伍开往京城。一路上军容整齐,秋毫无犯。

到了汴京,又有石守信、王审琦等人做内应,没费多大劲儿就拿下了京城。

将领们把范质、王溥找来。赵匡胤见了他们,装出为难的模样说:"世宗待我恩义深重。现在我被将士逼成这个样子,你们说怎么办?"

范质等不知该怎么回答。有个将领声色俱厉地叫了起来:

"我们没有主人,今天大家一定要请点检当天子!"

范质、王溥吓得赶快下拜。

周恭帝让了位。赵匡胤即位做了皇帝,国号叫宋,定都东京(今河南开封)。历史上称为北宋。赵匡胤就是宋太祖。经过五十多年混战的五代时期,宣告结束。

宋太祖做了皇帝，他的母亲当然成了太后。当大臣们向太后祝贺的时候，太后却皱起眉头，显出很忧愁的样子。

等大臣退了朝，侍从们问太后说："皇上即位，您怎么还不快活？"

太后说："我听说做天子很不容易。能够把国家管理好，这个位子才是很尊贵的；要是管理不好，出了乱子，再想做一个老百姓还做不成哩。"

太后的担心不是没有道理的。宋太祖虽然即了位，但是全国还没有统一，别说周围还有一个个割据政权，就是原来后周统治的中原地区，也还有一些节度使，对宋太祖即位，很不服气呢。

卧榻之侧

宋太祖稳定了内部，雄心勃勃，准备出兵统一全国。当时，五代时期的"十国"，留下来的北方有北汉，南方还有南唐、吴越、后蜀、南汉、南平等。要统一全国，该先从哪里下手呢？先打北汉，还是先打南方呢？宋太祖想了几天，还是决定不下来。

一天夜里，风雪交加。赵普正在家里烤火取暖，忽然听得门外一阵敲门声。赵普心里奇怪，这么寒冷的夜里，还有谁会来找他？他打开门一看，只见一个人披着斗篷，在雪地里站着。赵普定睛一看，大吃一惊，原来来的竟是宋太祖。

赵普连忙把宋太祖请进屋里，拨红了炭火，在炭火上炖上肉，叫他老妻拿出酒来招待。

赵普问："雪下得这么大，陛下为什么还要出来？"

宋太祖说："我想起一件事，反正睡不着，就来找你商量一下。"

赵普想了一会儿，说："如果我们先打下北汉，就会受到辽朝的威胁。还不如先削平南方，回过头来再打北汉。小小北汉，不过像弹丸一样大，晚一点收拾也跑不了。"

宋太祖笑着说："我们想到一起去了。"

宋太祖和赵普决定了先南后北的计划以后，约摸花了十年时间，先后出兵消灭了南平、后蜀、南汉。这样，南方的割据政权只留下南唐和吴越两国。

南唐是“十国”中最大的一个割据政权，那里土地肥沃，没有像中原那样遭到战争的破坏，所以经济繁荣，国力富裕。但是，南唐的国主都是政治上十分昏庸无能的人，后来弄得国力渐渐衰弱下来。

最后的一个国主李煜（音 yù），历史上称南唐后主，是一个著名的词人，对诗词、音乐、书画，十分精通，可就是不懂得处理国事。北宋建国后，李煜每年向北宋进贡大量金银财宝，想维持他的地位。后来，他看到宋太祖接连消灭了周围三个小国，才着慌起来，赶快派使者给宋太祖送去一封信，表示愿意取消南唐国号，自己改称“江南国主”。但是这一点小小让步，怎么能改变宋太祖统一中国的决心呢。

公元974年9月，宋太祖派大将曹彬、潘美①带领十万大军分水陆两路攻打南唐。曹彬从荆南带领水军沿江东下，很快就占领了池州（今安徽贵池），进驻采石矶（今安徽马鞍山市）。潘美带领的步兵到了江北，被辽阔的江面挡住了进军的道路。

有人向宋军献计，如果用竹筏和大船搭成浮桥，步兵就可以全部顺利过江。潘美听了这个计策，马上赶造浮桥。这个消息传到南唐的国都金陵（今江苏南京市），南唐君臣正在喝酒。李后主问周围大臣该怎么办？大臣说：“自古以来，没听说搭浮桥过江的，一定办不成！”

后主听了，哈哈大笑说：“我早说他们是小孩子闹着玩罢了。”

过了三天，宋军搭好浮桥，潘美的步兵像在陆地上行军一样，跨过长江。南唐的守将败的败，投降的投降。十万宋军很快就打到金陵城边。

那时候，李后主还正在宫里跟一批和尚道士诵经讲道，宋军到了城外，他还蒙在鼓里呢。有一天，他到城头上巡视，发现城外到处飘扬着宋军旗帜，这才大吃一惊，回宫以后，派大臣徐铉（音 xuàn）到东京去求和。

徐铉见了宋太祖说：“李煜待陛下，就像儿子待父亲一样孝顺，为什么还要讨伐他？”

宋太祖反问说：“那么你倒说说，父亲和儿子能分成两家吗？”

徐铉没话说，回到金陵向李后主回报。过了一个月，宋军围城越来越紧，李后主又派徐铉到东京去。

---

① 潘美（公元925～991年），字仲询，大名（今河大名东北）人，北宋初名将。父亲潘璘。在常山（今正定县）当过军校。

徐铉苦苦恳求宋太祖不要进攻金陵，宋太祖听得不耐烦，一手按住利剑，怒气冲冲地说："你不要多说了，李煜并没有什么罪。但是现在天下一家，我的床边，怎么能让别人睡着打呼噜呢！"

徐铉眼看再恳求也没用，只好再回到金陵。李后主听了回报，知道求和没有希望，连忙调动驻守上江的十五万大军来救。兵到皖口，受到宋军两路夹攻。南唐军放火烧宋军。哪知正碰到起北风，火反烧了自己。南唐军全军覆没。

曹彬派人进城告诉李后主，劝他趁早投降，免得城里百姓的生命财产遭到毁灭。后主还想拖下去，曹彬就下令攻城。

第二天，城被攻破了。曹彬率领宋军整队进城，秩序井然。李后主叫人在宫里堆了柴草，准备放火自杀，但是毕竟没有这个勇气。最后还是带着大臣出宫门，向曹彬投降。

李后主被押到东京，宋太祖对他还比较优待。但是李后主从一个尽情享乐的国君变成一个亡国的俘虏，心里十分辛酸，每天流着眼泪过日子。他本来是写词的能手，在这段时期里，写了一些感情忧伤的词。"问君能有几多愁，恰似一江春水向东流"就是他这段时期词作中的名句。

赵普收礼

从宋太祖取得政权开始，到平定南方，赵普是主要的谋士，立了不少大功。宋太祖拜赵普为宰相，事无大小，都跟赵普商量。

赵普出身小吏，比起一般文臣来，他的学问差得多。他当上宰相以后，宋太祖劝他读点书。赵普每次回家，就关起房门，从书箱里取书，认真诵读。第二天上朝处理政事，总是十分敏快。后来，家里人发现，他的书箱里藏的不过是一部《论语》。于是人们就流传一种说法，说赵普是靠"半部《论语》治天下"的。

宋太祖信任赵普，赵普也敢于在宋太祖面前坚持自己意见。有一次，赵普向宋太祖推荐一个人做官。接连两天，宋太祖没有同意。第三天赵普上朝的时候，又送上奏章，坚持要求宋太祖同意他的推荐，这下可触怒了宋太祖。宋太祖把奏章撕成两半，扔在地上。

赵普趴在地上，不慌不忙地把扯碎的奏章拾起来，放在袖子里。退朝回家以后，赵普把扯碎的奏章粘接起来，过了几天，又带着它上朝交给宋太祖，宋太祖见赵普态度这样坚决，只好接受了他的意见。

再有一次，赵普要提拔一名官员，宋太祖不批准。赵普就像前次一样坚持自己意见。宋太祖说："我就是不准，你能怎么样？"

赵普说："提拔人才，都是为国家着想，陛下怎能凭个人的好恶专断！"

宋太祖听了，气得脸色变白，一甩袖就往内宫走。赵普紧紧跟在后面。宋太祖进了内宫，赵普站在宫门外不走。

宫门前的卫士见宰相站在门口不走，只好向宋太祖回报。这时候宋太祖气已经平了，就叫太监通知他，说皇上已经同意他的请求，叫他回家。

赵普做了十年宰相，权力很大。日子久了，就有人想走他的门路，不时有人给他送礼物来。

宋太祖经常到赵普家里去，事先也不派人通知。有一次，吴越王钱俶（音 chù）派个使者送信给赵普，还捎带了十坛"海产"。赵普把十坛"海产"放在堂前，还没来得及拆信，正好宋太祖到了。

宋太祖在厅堂里坐下，看到这十只坛，就问赵普是什么东西。赵普回答说："是吴越送来的海产。"

宋太祖笑着说："既然是吴越送来的海产，一定不错，把它打开来看看吧！"

赵普吩咐仆人，打开坛盖，在场的人一看都傻了眼。原来坛里放的不是什么海产，竟是一块块金子。

宋太祖向来怕官员接受贿赂，滥用权力，看到这情况。心里窝了一肚子火，脸色也就沉了下来。

赵普满头大汗，惶恐地向宋太祖请罪，说："臣没有看信，实在不知道里面是什么东西，请陛下恕罪。"

宋太祖冷冷地说："你就收下吧！他们以为国家大事都是由你们书生决定的呢。"

打这以后，宋太祖对赵普就有点猜疑起来。不久，又有官员告发赵普违反禁令，贩运木料。原来，当时朝廷禁止私运秦、陇（今陕西、甘肃一带）大木。赵普曾经到那里运木料为自己造住宅。他的部下趁机冒用赵普名义，私运一批大木到东京贩卖。这件事牵连到赵普。宋太祖大怒，要治赵普的罪，尽管其他大臣为他说情，但宋太祖还是撤了赵普的宰相职位。

王小波起义

宋太宗征讨辽朝，落得个惨败的结果，又丧失了像杨业这样的勇将，没有勇气再跟辽朝作战。再说，国内局势也很不稳定，特别是川蜀地区接二连三爆发农民起义，弄得宋王朝手忙脚乱，难以应付。

川蜀地区在五代时期，先后建立过前蜀、后蜀两个政权，长期没遭战争破坏，因此，后蜀时期，国库积贮得满满的，宋太祖灭了后蜀后，纵容将士在成都抢掠，把后蜀贮积的财富运到东京，激起了百姓的愤恨。到了宋太宗的时候，又在那里设立衙门，垄断买卖。蜀地出产的茶叶、丝帛，都被官府垄断了。一些地主、大商人趁机投机倒把，贱买贵卖。蜀地百姓的日子就更难过了。

青城县（今四川灌县西南）有个农民叫王小波，和他妻子的弟弟李顺，都是靠贩卖茶叶谋生的。官府禁止私卖茶叶后，王小波断了生路，决心起义。公元993年，王小波聚集了一百多个茶农和贫民，跟他们说："如今这个世道，穷人越来越穷，富人越来越富，实在太不公平了。现在，让我们一起来消灭这种不公平的现象，你们说怎么样？"

这些茶农和贫民平时受够了官府、富人的剥削，听了王小波的话，都热烈拥护。消息一传开，各地贫民都来参加王小波的起义军。不出十天，就集中了几万人。

王小波有了人马，先打下了青城。接着，又乘胜攻打彭山（今四川彭山）。

彭山县令齐元振，是个刁钻狠毒的贪官。宋太宗禁止地方官员贪污，有一次，宋太宗派钦差到蜀地调查。齐元振听到钦差要来，先把贪污得来的财物分散藏在富商家里。钦差到了彭山县，查不出那些官员有贪污行为，回去向朝廷回报，朝廷就下令嘉奖齐元振清白能干。

齐元振骗过了朝廷，搜刮得更厉害了。王小波知道彭山的百姓对齐元振怨恨最深，就带起义军攻打彭山。在彭山百姓的响应下，起义军很快占领了县城，杀了大贪官齐元振，把他平日从百姓那里搜刮得来的钱财，分给那里的贫苦百姓。王小波又带兵北上，向江原（今四川崇庆东南）进攻。驻守江原的宋将张玘（音 qǐ）发兵反击，双方在江原城外展开了一场大战。

王小波的起义军打得十分英勇顽强，张玘招架不了，就放起冷箭来。王小波没防备，被冷箭射中了前额。王小波不顾满脸鲜血，继续进攻，终于打败宋军，把凶恶的张玘杀了。

起义的队伍进占了江原，但是王小波却因为伤势太重死去了。

王小波一死，起义将士推李顺做首领，继续带领大家反抗官军。

在李顺的指挥下，起义军越聚越多，连续攻下许多城池，杀死了一批贪官污吏，最后终于攻取了蜀地的中心成都。成都的文武官员抵挡不住，全都逃跑了。

公元 994 年正月，李顺在军民的拥护下，建立大蜀政权。李顺当了大蜀王，一面整顿人马，一面继续派兵四出攻占州县。从北面剑阁到东面的巫峡，到处是起义军的势力。消息传到东京，宋太宗大吃一惊，赶快召集宰相商量，说：

"没想到李顺这样厉害。一定要派遣人马，把他讨平。"

宋太宗派了宦官王继恩为剑南西川治安使，前往镇压。王继恩分兵两路，派人从东面堵住巫峡的起义军，自己率领大军向剑门进发。

剑门是西川通向关中的要道。李顺占领成都之后，也派将领进攻剑门，不幸遭到官军阻击，打了败仗。

王继恩顺利地通过了剑门，集合各地宋军，进攻成都。那时候，驻守成都的起义军还有十几万，但是在敌人重兵包围之下，经过英勇激战，战死了三万人。成都城终于被攻破，李顺也在战斗中牺牲。

后来，民间传说在成都陷落的时候，李顺并没有死，他化装成一个和尚，秘密逃出成都，继续率领农民军战斗。宋军进城时，抓到一个胡子很长的人，外貌很像李顺，就把他当李顺杀了。又过了四十年，在广州街上出现了一个老翁，有人认出他是李顺，官府把他抓了起来，在监狱里秘密杀死了。这些传说虽然不一定可靠，但是说明李顺在群众中，影响是很大的。

女词人李清照

金兵横行中原，但是南宋王朝却没有丝毫抵抗的准备，宋高宗在行都扬州过着纸醉金迷的生活。1129 年正月，金将宗翰带兵南下，接连攻下许多城池，沿路南宋官员降的降，逃的逃，金兵前锋很快渡过淮河，逼近扬州。

宋高宗①正在扬州行宫寻欢作乐，听到金兵打来，才手忙脚乱带了五六名亲信太监骑上马，一口气狂奔到江边，找到一只小船，连夜渡江。金兵在扬州大肆烧杀抢掠，最后放火把扬州烧成一片焦土，才满载掠夺到的财宝退回北方。

宋高宗逃到临安，把黄潜善、汪伯彦撤了职，南宋朝廷发生了一场内讧。金太宗见南宋王朝腐败可欺，这年十月，又派大将兀术大规模南侵，占领了建康（今江苏南京）。宋高宗听说金兵追来，又从临安逃到越州（今浙江绍兴），从越州逃到明州（今浙江宁波）。兀术带兵紧紧追赶，宋高宗走投无路，就乘着海船，漂洋过海逃到温州，直到金兵北撤才回到临安。

金兵南下的残暴掠夺，宋王朝的腐朽昏庸，给人民带来了说不尽的苦难，许多人遭受了家破人亡的痛苦。北宋著名女词人李清照，也有同样的悲苦遭遇。

李清照是历城（今山东济南）人，是我国著名的女词人。她的父亲李格非也是个文学家，在宋徽宗时期做过官，因为为人正直，又是苏轼的学生，受到蔡京的打击。李清照从小受父亲的熏陶，十分爱好文学，喜欢吟诗作画，特别是作词方面，有很高的成就。18 岁那年，她结了婚。她的丈夫赵明诚也是个官家子弟，夫妻俩志同道合，除都能诗善文外，还有一个共同的爱好就是收藏金石（古代铜器和石碑上镌刻的文字书画）。这些文物既是我国古代的精湛艺术的结晶，又保存着丰富的历史材料。

那时候，赵明诚还在京城太学里读书。赵、李两家虽然都担任不小的官职，但不是豪富人家，没有多余的钱让他们购买文物。但这并不影响他们对金石的追求。每逢初一月半，赵明诚请假回家，就拿了些衣服到当铺里去押半吊钱，到大相国寺去。

大相国寺是东京最大的佛寺，那里经常举行庙会，在庙会上，摆满了各种商品，也有出卖书籍、古玩和碑帖字画的。赵明诚在那里，看到中意的碑文字画，就买下来。回到家里，和李清照一起细细整理、欣赏。夫妻俩把这件事当做他们生活上的最大乐趣。

过了两年，赵明诚当了官，他把所得的官俸几乎全花在购买金石图书上，他的父亲有一些亲戚朋友在国家的藏书阁里工作，那里有许多外面没有流传的古书刻

---

① 宋高宗（1107～1187 年），名赵构，字德基，南宋开国皇帝，北宋皇帝宋徽宗第九子，宋钦宗之弟，曾被封为“康王”。赵构政治上昏庸无能，然精于书法，擅真、行、草书，笔法洒脱婉丽，自然流畅，颇得晋人神韵，传世墨迹有《草书洛神赋》《正草千字文》《光明塔碑》等。

本,赵明诚通过这些亲友,千方百计把它们借来摹写。这样日积月累,他们家收藏的金石书画越来越多。李清照建立了书库大橱,编好目录,发现有一点污损,一定随时整理好。经过将近二十年的努力,赵明诚完成了一部记载古代历史文物的著作,叫《金石录》。

在国家动荡的年代,要埋头整理文物已经不可能了。东京被金兵攻陷的时候,李清照和赵明诚还在淄州(今山东省)。不久,风声越来越紧,李清照跟着赵明诚到了建康。他们把最名贵的金石图书,随身带走了十五车。后来金兵攻下青州,李清照留在老家的十几间文物,竟被战火烧成一堆灰烬。

到了建康以后,赵明诚接到诏令,被派到湖州当知府。那时候兵荒马乱,李清照不可能跟他上任。临走的时候,李清照问丈夫说:“万一金人再打过来,我该怎么办?”

赵明诚坚定地说:“瞧着办吧。实在不行,你把家具衣被先放弃了,再不行,把书画古器丢了,但是有几件珍贵的古代礼器,你可一定得亲自保护好,要看作自己生命一样。”

想不到赵明诚这一去,就得了一场疟疾死去了。

李清照死了丈夫,她的伤心可别提了。但是最要紧的还是继承丈夫的遗志,把文物保护好。赵明诚有个妹婿在洪州(今江西南昌),那时候李清照身边还有图书二万卷、金石刻本二千卷,就托人带到洪州。没有多久,金兵打到洪州,这些文物又不知去向。

赵明诚病重的时候,有个名叫张飞卿的学士来看望他,随身带着一个玉壶。李清照是善于鉴别文物的人,一眼就看出那玉壶并不真是玉制的,而是一种玉石制品。后来,张飞卿把那个壶带走了。赵明诚死后,有人捕风捉影说赵明诚把名贵文物送给了金朝人。这种谣言使李清照大为冤屈,她想找朝廷申诉,但是宋高宗的小朝廷已经逃之夭夭了。

李清照为了逃难,到处奔走。到她在绍兴定居的时候,她身边的文物散失的散失、被偷的被偷,只留了一些残简零篇了。

国家山河的破碎,珍贵文物的散失,对李清照的打击实在太大了。她把国破家亡的痛苦写成了许多诗词,她的词在艺术上有很高成就,有的还富有爱国精神。她在一首诗里表达了她对南宋统治者渡江南逃的不满。诗中说:

生当作人杰,死亦为鬼雄。

至今思项羽,不肯过江东。

正气歌

元军攻下崖山以后，张弘范召集将领，举行庆功宴会，把文天祥请来。宴会席上，张弘范对文天祥说："现在宋朝灭亡，丞相已经尽到最后一片忠心。只要您回心转意，归顺我们大元皇上，还能保持您丞相的地位。"

文天祥含着眼泪说："国破家亡，我身为宋朝大臣，没能够挽回局势，死了还有罪孽，怎么还能贪图活命呢？"

张弘范一再劝降，没有结果，只好派人把文天祥押送到大都。

过了半年，文天祥被押到大都，元朝皇帝下令把他送到上等的宾馆里，用美酒好菜招待他。过了几天，元朝丞相博罗派投降官员留梦炎去劝降。文天祥对这个叛徒早已深恶痛绝，现在见他居然老着脸皮来劝降，更是火冒三丈。没等留梦炎开口，就一顿痛骂，把留梦炎骂得抬不起头，灰溜溜地走了。

元朝对文天祥劝降不成，就把他移送到兵马司衙门，戴上脚镣手铐，过着囚徒的生活。过了一个月，博罗把文天祥提到元朝的枢密院，亲自审问。

文天祥被兵士押着，来到枢密院大堂，只见博罗满脸凶相，坐在上面。文天祥正眼也不看，昂起头，挺直腰杆走上前去。左右兵士吆喝他跪下，被文天祥拒绝了。

博罗恼羞成怒，喝令左右动手。兵士们把文天祥拉的拉，推的推，将文天祥按倒在地上。

博罗说："你还有什么话可说？"

文天祥坦然说："自古以来，国家有兴有亡，做大臣的被灭被杀的，哪一个朝代没有？我是宋朝的臣子，现在既然已经失败，只求早死。"

博罗怕审问出现僵局，想缓和一下气氛，就说："自从盘古到现在，有几个帝王，你倒说来听听。"

文天祥哼了一声，说："一部十七史（指《史记》等十七部历史书），从哪里说起？我今天不是到这里来应考，哪有心思跟你们闲扯。"

博罗被文天祥抢白几句，讨个没趣，就无理取闹地责问文天祥为什么丢了临安逃走，为什么要另立二王（指赵昰、赵昺）。文天祥一条条据理驳斥，最后，他慷慨激昂地说："我文天祥今天落在你的手里，早就准备一死，何必再啰嗦！"

博罗气得吹胡子瞪眼睛，喝令把文天祥押回兵马司。他想杀掉文天祥。但是元世祖恐怕杀了文天祥民心不服，不同意把他杀害。

文天祥被关的那间土牢又矮又窄，阴暗潮湿。遇到雨天，屋面漏水，满地是水，一到夏天，地面上发出一阵阵蒸汽，更加闷热。牢房的隔壁，有狱卒的炉灶，有陈年的谷仓，发出阵阵烟火气、霉气，再加上厕所里大粪的气味，死老鼠的臭味，使人极其难受。

文天祥被关在这间牢房里，恶劣的环境只能折磨他的身体，却并不能摧毁他的意志。他相信，只要有爱国、爱民族的浩然正气，就能够战胜一切恶劣的环境。

他在牢房中，写下了千古传诵的《正气歌》。他在那首诗里，举了历史上一些坚持正义、不怕牺牲的忠臣义士的例子，认为这都是正气的表现。他在诗中写道：

天地有正气，杂然赋流形。

下则为河岳，上则为日星。

于人曰浩然，沛然塞苍冥。

……

时穷节乃见（同"观"字），一一垂丹青。

（意思是：天地之间有一种正气，分别表现为各种物体。如地上的大河高山，天空的日，月星辰。在人的身上就表现，为浩然之气，充塞在宇宙之间。……到了危急的关头，才表现出他们的气节，他们的事迹一件件留在史册上。）

文天祥进牢的第三年，河北中山府发生了一场农民起义。起义领袖自称是宋朝皇室的后代，聚集几千人马，号召大家打进大都，救出文丞相。

这一来可把元王朝吓坏了，如果不杀文天祥，恐怕要闹出大乱子来。元世祖还没有丢掉招降的幻想，决定亲自劝降文天祥。

一天，文天祥被人从牢房里押出来，带到宫里。

文天祥见了元世祖，不肯下跪，只作了个揖。元世祖问他还有什么话说。文天祥说："我是大宋宰相，竭心尽力扶助朝廷，可惜奸臣卖国，叫我英雄无用武之地。我不能恢复国土，反落得被俘受辱。我死了以后，也不甘心。"说着，咬牙切齿，不断地捶打自己的胸膛。

元世祖和颜悦色地劝说："你的忠心，我也完全了解。事到如今，你如果能改变主意，做元朝的臣子，我仍旧让你当丞相怎么样？"

文天祥慷慨地说:“我是宋朝的宰相,哪有服侍两朝的道理?我不死,哪还有脸去见地下的忠臣烈士?”

元世祖说:“你不愿做丞相,做个枢密使怎么样?”

文天祥斩钉截铁地回答说:“我只求一死,别的没有什么可说了。”

元世祖知道劝降已没有希望,才叫侍从把文天祥带出去。第二天,就下令把文天祥处死。

这一天,北风怒号,阴云密布。京城柴市的刑场上,戒备森严。市民们听到文天祥将要就义的消息,自发集中到柴市来,一下子就聚集了一万人,把刑场团团围住。只见文天祥戴着镣铐,神色从容,来到刑场。他问旁边的百姓,哪一面是南方。百姓们指给文天祥看了。他朝着正南方向拜了几拜,端端正正坐了下来,对监斩官说:“我的事结束了。”

1283 年 1 月,这位 47 岁的民族英雄最终牺牲,在民族危亡的时刻,他表现了一身的浩然正气。

马可·波罗周游中国

古代的时候,从欧洲到亚洲是一个漫长而艰险的旅程。但是神秘的东方国度,对那些欧洲的商人、探险家们有着难以抵挡的诱惑。早在西汉时,就有“丝绸之路”将这两个洲联系了起来。到了中世纪,商业贸易衰落了,欧洲几乎和中国隔绝。直到元世祖忽必烈建立了这个地跨欧亚的疆域宽广的帝国后,从欧洲到中国的路途才重新打开。于是又有一些勇敢的旅行家踏上这条世界上最长、最艰险的到达中国之路了。他们当中有教士、商人和工匠,最著名的就是马可·波罗。

马可·波罗出生在意大利威尼斯一个商人家庭里,在他很小的时候,他的父亲和叔叔就到东方经商去了。他们兄弟二人一直到达了元朝的都城大都(今北京),还朝见了元世祖忽必烈,并且带回了忽必烈给罗马教皇的信。

父亲和叔叔回到家后,小马可·波罗天天缠着他们给自己讲那些东方旅行的见闻。这些故事引起了小马可·波罗的兴趣,他下定决心要跟着父亲和叔叔到中国去。

在家乡度过了两年的时光，当新的教皇被选举出来以后，马可·波罗的父亲和叔叔带着新教皇派出的传教士和17岁的马可·波罗一起向东方出发了。他们从威尼斯出发，进入地中海，然后横渡黑海，经过两河流域来到古城巴格达。在这里，他们遇到了强盗，被抓了起来。后来，他们终于逃了出来，可是同行的旅伴却不知去向。

马可·波罗和父亲及叔叔一路上跋山涉水，克服了疾病、饥渴的困扰，终于到达了中国。一到这里，马可·波罗的眼睛便被吸引住了。美丽繁华的喀什、盛产美玉的和田，还有处处花香扑鼻的果园，马可·波罗他们继续向东，穿过塔克拉玛干沙漠，来到古城敦煌，瞻仰了举世闻名的佛像雕刻和壁画。接着，他们经玉门关见到了万里长城。最后穿过河西走廊，终于到达了上都——元朝的北部都城。这时，距离他们离开祖国已经有四个年头了！

马可·波罗的父亲和叔叔向忽必烈呈上了教皇的信件和礼物，还向忽必烈介绍了马可·波罗。忽必烈十分欣赏年轻聪明的马可·波罗，还特意请他们讲述了沿途的见闻，并携他们同返大都。

马可·波罗很聪明，很快就学会了蒙古语和汉语。他借奉忽必烈之命巡视各地的机会，走遍了中国的大江南北。他的足迹遍布新疆、甘肃、内蒙古、山西、陕西、四川、云南、山东、江苏、浙江、福建以及北京等地。期间，他还在扬州做过三年的官。回到大都后，马可·波罗又详细地向忽必烈进行了汇报。元世祖听后，大大赞赏了马可·波罗。以后，凡是有重要的任务，元世祖总是派马可·波罗去办理。

马可·波罗在中国度过了十七年，思念家乡的情绪越来越浓。1292年，马可·波罗和父亲、叔叔受忽必烈的委托，护送一位蒙古公主到波斯成婚。他们就趁机向忽必烈提出回国的请求，忽必烈答应了他们。于是他们就乘船经过印度洋，把公主送到了波斯，又经过三年的跋涉，才回到了威尼斯。

马可·波罗一行从中国回来的消息迅速传遍了整个威尼斯。他们的见闻引起了大家的极大的兴趣。

1298年，马可·波罗参加了威尼斯与热那亚的战争，不幸被俘。在狱中他遇到了作家鲁思梯谦，于是便有了马可·波罗口述、鲁思梯谦记录的《马可·波罗游记》。这本书在欧洲广泛流传，激起了欧洲人对中国文明与财富的倾慕，最终引发了新航路和新大陆的发现。

明太祖大杀功臣

在经过了政治军事上一系列的改革和发展后，明朝初年的社会逐渐进入了相对安定的时期。这个时候，猜忌心很强的明太祖朱元璋为了永保朱家的天下，开始了一场血雨腥风的大杀功臣的行动。在这场长达十几年的大屠杀中，那些跟随明太祖一起打天下的开国元老们，一个个地倒在了血泊之中。

胡惟庸①谋反案就是明太祖大杀功臣的首当其冲的一件政治案件。

胡惟庸是明朝的开国功臣之一，他很有才能，又颇能揣测太祖的心思，因此地位一天比一天高，最后一直做到了明朝的宰相。

自从当了宰相以后，胡惟庸逐渐得意起来，开始独断专行。京城内外的官员呈送的奏章，凡是有不利于他的内容的，他都私自截下，不报到明太祖那里。他还暗中收下各地官员的无数贿赂。

1380 年，胡惟庸被告发谋反，明太祖立刻把他满门抄斩，同时还要追查他的同党。经过一系列的追究，竟然株连了文武官员达一万五千人之多。明太祖一怒之下，将这些人全杀了。

被胡惟庸案件牵连的，还有李善长和宋濂这两位开国功臣。

李善长是明朝的头号开国功臣，明太祖曾经把他比作自己的萧何。而且他的儿子娶了明太祖的公主，是明朝的驸马。在封爵位的时候，明太祖还赐他两道免死的丹书铁券。可是胡惟庸的案件过了十年以后又被人翻了出来，有人告发李善长和胡惟庸往来密切，明知胡惟庸秘密谋反却不检举揭发。虽然此时李善长已经七十多岁了，可是明太祖还是翻脸将他们一家七十多口全杀了。

大学士宋濂是明朝开国初期跟刘伯温一起受明太祖重用过的，后来他又成了太子的老师，明太祖一向称他为“宋先生”。

宋濂为人谨慎小心，可是明太祖对他仍然不放心。有一天上朝的时候，明太祖问宋濂道：“你昨晚请人喝酒了吗？请的是哪些人？”宋濂一一照实回答了，太祖满

① 早年随朱元璋起兵，历任元帅府奏差、宁国主簿、知县、吉安通判、湖广佥事、太常少卿、太常卿等职。洪武三年，拜中书省参知政事。六年七月，凭李善长推荐，任右丞相，约至十年进左丞相。

意地说："看来你没有欺骗我。"原来，宋濂请人喝酒的那天，太祖偷偷派人去监视，知道宋濂讲的都是实情。后来，太祖在上朝的时候称赞宋濂说："宋濂伺候我十九年，从来没对我说过一句谎话，也没说过别人一句坏话，真是个贤人呀！"

宋濂六十八岁告老还乡，明太祖送给他一匹锦缎，说："你留着它，再过 32 年，做件百岁衣吧！"

可是，胡惟庸的案件追查到了宋濂的孙子宋慎时，明太祖派锦衣卫把宋濂从老家抓到京城，要把他处死。

明太祖的妻子马皇后知道这件事后，和太子一起为宋濂求情。由于明太祖与马皇后的感情很好，最终免去了宋濂的死罪，但是没有完全放过已经七十多岁的他，将他充军到四川茂州（今四川茂县）。宋濂最终死在了充军的途中。

为了巩固皇帝的权威，明太祖废除了宰相这一职位，将其权利分散为吏、礼、户、兵、刑、工六部，由六部尚书（六部长官）直接对皇帝负责。又把统管军权的大都督撤了，改设左、右、中、前、后五个都督府，由皇帝直接发布命令，这样就大大加强了明朝皇帝的权力。

1393 年，锦衣卫又告发大将军蓝玉谋反，明太祖又杀了蓝玉，并且再次追查同谋，又有文武官员一万五千多人被杀。

经过这两次案件以后，明朝的开国功臣差不多都被清洗一空。明太祖也成了历史上以残暴和专权著称的君主之一。

三保太监下西洋

明成祖用武力从他侄儿手里夺得了皇位，有一件事总使他心里不大踏实。皇宫大火扑灭之后，并没有找到建文帝的尸体。那么建文帝到底是不是真的死了？京城里传说纷纷，有的说建文帝并没有自杀，趁宫里起火混乱的时候，带着几个侍从太监从地道里逃出城外去了。别的地方传来的消息更离奇，说建文帝到了什么什么地方，后来还做了和尚，说得有鼻子有眼睛，使明成祖不得不怀疑。他想，如果建文帝真的没死，万一他在别的地方重新召集人马，用朝廷的名义讨伐他，岂不可怕？为了把这件事查个水落石出，他派了心腹大臣到各地去秘密查问建文帝的下落，但是又不好公开宣布，就借口说是求神仙。这一找，就找了二三十年。

明成祖又想，建文帝会不会跑到海外去呢？那时候，我国的航海事业已经开始发展起来。明成祖心想，派人到海外去宣扬国威，跟外国人做点生意，采购一些珠宝，顺便探听一下建文帝的下落，岂不是一举两得？

这样，他就决定派一支队伍出使国外。让谁来带这支队伍呢？当然非得是自己的心腹不可。他想到跟随他多年的宦官郑和，倒是个挺合适的人选。

郑和，原来姓马，小名叫三保，出生在云南一个回族家庭里。他的祖父、父亲都信奉伊斯兰教，还到麦加（伊斯兰教的主要圣地，在今沙特阿拉伯）去朝过圣。郑和小时候就从父亲那里听说过外国的一些情况。后来，他进燕王宫里当了太监，因为他聪明能干，很快得到明成祖的信任。这"郑和"的名字还是明成祖给他起的。但是民间把他的小名叫惯了，所以一直把他叫做"三保太监"，后来，有的书上也写成"三宝太监"。

1405 年 6 月，明成祖正式派郑和为使者，带一支船队出使"西洋"。那时候，人们叫的"西洋"并不是指欧洲大陆，而是指我国南海以西的海和沿海各地。郑和带的船队，一共有两万七千八百多人，除了兵士和水手外，还有技术人员、翻译、医生等。他们乘坐六十二艘大船，这种船长四十四丈，阔十八丈，在当时是少见的。船队从苏州刘家河（今江苏太仓浏河）出发，经过福建沿海，浩浩荡荡，扬帆南下。

郑和第一次出海，先到了占城（今越南南方），接着又到爪哇、旧港（今印度尼西亚苏门答腊岛东南岸）、苏门答腊、满剌加、古里、锡兰等国家。他带着大批金银财物，每到一个国家，先把明成祖的信递交国王，并且把带去的礼物送给他们，希望同他们友好交往。许多国家见郑和带了那么大的船队，态度友好，并不是来威吓他们的，都热情地接待了他。

郑和这一次出使，一直到第三年九月才回国。西洋各国国王趁郑和回国，也都派了使者带着礼物跟着他一起回访。在出使的路上，虽然遇到几次惊涛骇浪，但是船上有的是经验丰富的老水手，船队从没出过事。只是在船队回国，经过旧港的时候，遇到了一件麻烦事。

旧港地方有个海盗头目，名叫陈祖义。他占据了一个海岛，纠集了一支海盗队伍，专门抢劫过往客商的财物。这回听到郑和船队带着大批宝物经过，分外眼红，就和同伙计议，表面上准备迎接，趁郑和不防备，就动手抢劫。

这个计谋被当地人施进卿得知，他偷偷地派人到船队告诉了郑和。

郑和心想，我手下有二万兵士，还怕你小小海盗？既然你要来偷袭，就非得给你点教训不可。他命令把大船散开，在旧港港口停泊下来，命令船上的兵士准备好火药、刀枪，严阵以待。

夜深的时候，海面上风平浪静，陈祖义带领一群海盗乘着几十艘小船直驶港口，准备偷袭。只听到郑和的坐船上一声火炮响，周围的大船都驶拢来，把陈祖义的海盗船围住。明军人多势大，早有准备，把陈祖义打得大败。大船上的兵士丢下火把，把海盗船烧着了。陈祖义想逃也逃不了，只好乖乖地当了俘虏。

郑和把陈祖义捆绑了起来，押回中国。到了京城，向明成祖献上了俘虏。各国的使者也拜见了明成祖，送上大批珍贵的礼物。明成祖见郑和把出使的任务完成得很出色，高兴得眉开眼笑。

后来，明成祖相信建文帝确实是死了，没有必要再去寻找。但是出使海外的事，既能提高国家的威望，又能促进跟西洋各国的贸易往来，好处很多。所以打那以后，一次又一次派郑和带领船队下西洋。从 1405 年到 1433 年将近三十年里，郑和出海七次，前前后后一共到过印度洋沿海三十多个国家，最远到达非洲的木骨都束国（今索马里的摩加迪沙一带）。

到郑和第六次出使回国的那年，明成祖得病死了。他的儿子明仁宗朱高炽即位后，不到一年也死了。继承皇位的明宣宗朱瞻基，是一个八九岁的孩子，由祖母徐太后和三个老臣掌权。大臣们认为郑和出使七次，国家花费太大，到国外航行的事业就停了下来。

郑和的七次航行，表现了我国古代人民顽强的探索精神，也说明当时我国航海技术已经有很高的水平。通过郑和的出使，促进了我国和亚非许多国家的经济文化交流和友好往来。直到现在，那些国家里还流传着三保太监的事迹。

于谦保卫北京

千锤万凿出深山，烈火焚烧若等闲。粉身碎骨浑不怕，要留清白在人间！

这首《石灰吟》诗，几百年来激励了多少仁人志士，很多人都将这首诗作为自己的座右铭。诗的作者就是一直被人们颂扬的有“救时宰相”之称的明朝的大清官于谦。

明朝五十万大军在土木堡之战中全军覆没，那些逃回北京的残兵败将，给在京城中焦急等待的人们带来了大军惨败、皇帝被俘、瓦剌大军很快就要打到北京的可怕消息。京城上下都惊呆了，太后和皇后急忙从宫中内库挑拣出大量奇珍异宝，偷偷派太监带着这些财物去和瓦剌军谈判，想把明英宗赎回来。可是，仍旧毫无希望。

皇太后只得让英宗的弟弟郕王朱祁钰监国（代理皇帝的职权），并召集大臣商议守卫京城的事情。大臣徐有贞说："瓦剌军队强大，我们是怎么也抵挡不了的。我夜观星相，发现京城要遭大难，不如逃到南方去，再作打算。"

此时担任兵部侍郎的于谦非常气愤，大声斥责道："谁主张逃跑，就应该先砍了他的头！京城本是国家的根基，如果放弃，整个国家就完了，大家难道忘记了南宋的教训了吗？"

于谦的一席话得到了许多大臣和成王的支持，太后就叫于谦指挥军民保卫北京城。

于谦年轻时曾中过进士，先后出任过河南、山西巡抚。

当时的京城，权贵接受地方官的贿赂成了风气，于谦对此很不满。他每次到京城办事，都空着手。还作诗一首表达了自己的态度："清风两袖朝天去，免得闾阎话短长。"

这次京城面临危机，于谦及时承担起保卫城池的重任。他一边加紧调兵遣将，一边整顿内务。一天，成王上朝，大臣们都要求宣布王振的罪状，郧王犹豫不决。有个宦官马顺是王振一派的，见大臣不愿退朝，就吆喝着要将大臣赶出宫去。愤怒的人群抓住马顺就是一阵痛揍，没一会儿就把他打死了。一时间，局面混乱。于谦在这时挺身而出，说："王振是这次战争失败的罪魁祸首，如果不惩办他，难以平民愤。群臣也是忠心为国。请殿下宣布王振的罪状。"郧王依照于谦的话做了，众人这才散去。

为了消除国家没有皇帝的局面，于谦与群臣一起劝说郕王尽快登基，皇太后也同意了。于是，郕王做了新皇帝，史称代宗。于谦也被升为兵部尚书。

瓦剌首领也先得知明朝决心抵抗，就以送明英宗为借口，大举进犯北京，很快瓦剌大军就打到北京城下。

于谦立即召集将领商量对策。大将石亨主张避开敌兵的锐气，军队全部撤进城里，城外坚壁清野，等敌军疲惫了再去攻打他们。于谦表示反对，表示明军应该主动出击。接着，他分派将领带兵出城，在京城的九个大门外摆开阵势。

明军上下团结一条心，经过五天激战，瓦剌军队死伤惨重。此时，明朝各地的援军也不断开来，也先见形势不妙，就挟持着英宗逃出关外，北京保卫战取得了辉煌的胜利。

也先见明朝的政治已经稳定，知道明英宗在他手中也没有用了，就把明英宗放回了北京。

明英宗成为太上皇后，深居宫中，耐不住寂寞，在徐有贞、石亨等人的帮助下，发动政变，重登皇位，废除了明代宗。明英宗对支持朱祁钰做皇帝的大臣们恨之入骨，再加上徐有贞等人说了于谦许多坏话，于是将这位忠心耿耿、功勋卓著的忠臣杀害了。

戚继光抗倭

中日两国一衣带水，很早以来，两国人民就友好交往。但在明朝的时候，由于日本国内形势的变化，造成了倭寇侵扰中国沿海地区的倭患，出现了以戚继光为首的中国军民抗击倭寇的斗争。

倭寇之患从明初以来就一直存在。朱元璋建立明朝的时候，日本正处于封建割据的南北朝时期。早在元顺帝至元二年(1336 年)，打进京都的足利尊氏废黜了后醍醐天皇，另立天皇，自任征夷大将军，设幕府于京都。后醍醐天皇南逃吉野，建立朝廷，史称南朝，在京都的朝廷被称为北朝。后醍醐天皇为了恢复王权，推翻幕府，派他的儿子在九州设征西府。除了南、北两个朝廷外，还有许多割据势力——守护大名。他们掠夺财富，除互相争战之外，还常常支持和勾结海盗商人骚扰和掳掠中国沿海地区，形成了元末明初的倭患。

朱元璋即位后，连续派使者到日本，以恢复两国关系，更重要的是为了消弭倭患。但由于日本处于分裂对抗状态，几次派使都毫无结果，倭寇侵扰日渐繁复。北起山东，南到福建，到处受到劫掠。

嘉靖时期，随着东南沿海一带商品经济的发展，官僚豪富下海经商的人日益增多，他们之中的一些人如汪直、徐海等与倭寇勾结，组成武装劫夺集团。一些明朝官僚也与这些寇盗建立了联系。嘉靖二十七年(1548 年)，明朝派朱胯巡抚浙江，兼提督福建军务。朱脖到任后，封锁海面，击杀了通倭的李光头等九十六人。朱脖的海禁触犯了通倭的官僚、豪富的利益，他们指使在朝的官僚攻击朱脖擅杀，结果朱脖被迫自杀。从此，罢巡视大臣不设，朝中朝外不敢再提海禁之事。倭寇更加猖獗起来。

戚继光（1528～1587年），字元敬，山东牟平人。嘉靖年间，任都指挥佥事，在山东抗倭。他曾用“封侯非我意，但愿海波平”的诗句表达自己消除倭患的决心和志向。

嘉靖三十四年（1555年），戚继光从山东调到浙江抗倭，他看到卫所官军毫无作战能力，而人民却英勇抗战，于是招募义乌等地的农民和矿工三千人加以训练，组成戚家军。戚家军纪律严明，战斗力旺盛。戚继光注意到倭寇的倭刀、长枪、重矢等武器的特点，创造了新的阵法鸳鸯阵，使长短兵器相互配合，大大提高了战斗力，在抗倭战斗中屡建奇功，戚家军名闻天下。

嘉靖四十年（1561年），倭寇几千人袭击浙江台州、桃渚、圻头等地，戚继光率部队在人民群众的配合支持下，九战九捷，歼灭大量倭寇，取得了决定性的胜利。卢镗、牛天赐也在宁波、温州大败倭寇。浙东的倭寇被全部扫除。

第二年，倭寇大举进犯福建。从温州来的倭寇与福宁、连江的倭寇一起攻陷寿宁、政和、宁德，自广东南澳来的倭寇与福清、长乐等地的倭寇攻陷玄钟所，并延及龙延、松溪、大田、古田、莆田。倭寇在距宁德五公里的横屿凭险固守，官军与倭寇相持一年多。新来的倭寇又在牛田、兴化筑营固守，互为声援，使福建频频告急。戚继光又率军进入福建剿寇。戚继光攻下横屿，斩首两千六百人。又乘胜攻下牛田，捣毁倭寇巢穴。

倭寇逃向兴化，戚继光乘胜追击，连夜作战，连克六十营，斩首无数。戚家军进入兴化城，受到了人民的热烈欢迎。戚继光回师福清，又歼灭登陆的倭寇二百人。

戚继光返回浙江后，大量倭寇又进扰福建，并包围兴化城。明朝命俞大猷为福建总兵官，戚继光为副。不久，倭寇攻占了兴化城。嘉靖四十二年（1563年），戚家军再次进入福建。明朝军队在平海与倭寇战斗，戚继光率军队率先登城，杀敌二千二百人，并救出被掠人口三千人。戚继光因战功而升为总兵官。

第二年，倭寇又纠集余党万余围攻仙游，戚继光先败之于城下，继而又追击余寇，歼灭大量倭寇。其后戚继光又在福宁大败倭寇，并与俞大猷一起最后扫清了福建境内的倭寇。

俞大猷也是一位抗倭英雄。在福建境内的倭寇被平定后，广东倭患严重。广东的倭寇主要是由俞大猷平定的。他在任广东总兵官前，就招收过漳州农民武装六千人，到广东之后，先后调汀、漳等地军队一万多人到广东，其主要部分就是他在福建招收的那支队伍。到广东后，俞大猷又招募和组织农民武装力量，在抗击倭寇的战斗中获得很大成功。嘉靖四十三年(1564 年)，在海丰附近的战斗中，农民武装"花腰蜂"等英勇杀敌，取得了胜利。俞大猷领导广东军民歼灭了广东境内的倭寇。至此，东南沿海的倭患被最终平定。

郑成功收复台湾

隆武帝在福州建立政权之后，他手下的大臣黄道周是个真心抗清的人，一心想帮助隆武帝出师北伐。但是掌握兵权的郑芝龙，只想保存自己的实力，不愿出兵。过了一年，清军进军福建的时候，派人向郑芝龙劝降。郑芝龙贪图富贵，就抛弃了隆武帝，向清朝投降，隆武政权也就灭亡了。

郑芝龙有个儿子叫郑成功(福建南安人)，当时是个才 22 岁的青年将领。郑芝龙投降清朝的时候，郑成功苦苦劝阻他父亲。后来，他眼见父亲执迷不悟，气愤之下，就单独跑到南澳岛，招募了几千人马，坚决抗清。清王朝知道郑成功是个能干的将才，几次三番找人诱降，都被郑成功拒绝。清将又派他弟弟带了郑芝龙的信劝他投降。他弟弟说："你如果再不投降，只怕父亲的性命难保。"

郑成功坚决不动摇，写了一封回信，跟郑芝龙决绝。

郑成功兵力渐渐强大起来，在厦门建立了两支水师。他跟抗清将领张煌言联合起来，乘海船率领水军十七万人开进长江，分水陆两路进攻南京，一直打到南京城下。但是清军用假投降的手段欺骗他。郑成功中了清军的计，最后打了败仗，又退回厦门。

郑成功回到厦门，清军已经占领福建大部分地方，他们用封锁的办法，要福建、广东沿海百姓后撤四十里，断绝对郑军的供应，想困死郑成功。郑成功在那里招兵筹饷，都遇到困难，就决定向台湾发展。

台湾自古以来就是我国的领土。明朝末年，欧洲的荷兰人趁明王朝腐败无能，霸占了台湾的海岸，修建城堡，向台湾人民勒索苛捐杂税。台湾人民不断反抗，遭到了荷兰侵略军的镇压。

郑成功少年时期就跟随他父亲到过台湾，亲眼看到台湾人民遭受的苦难，早就想收复台湾。这一回，他下决心赶走侵略军，就下命令要他的将士修造船只，收集粮草，准备渡海。

恰好在这时候，有一个在荷兰军队里当过翻译的何廷斌，赶到厦门见郑成功，劝郑成功收复台湾。他说，台湾人民受侵略军欺侮压迫，早就想反抗了。只要大军一到，一定能够把敌人赶走。何廷斌还送给郑成功一张台湾地图，把荷兰侵略军的军事布置都告诉了郑成功。郑成功有了这个可靠的情报，进攻台湾的信心就更足了。

1661 年 3 月，郑成功要他儿子郑经带领一部分军队留守厦门，自己亲率两万五千名将士，分乘几百艘战船，浩浩荡荡从金门出发。他们冒着风浪，越过台湾海峡，在澎湖休整几天，准备直取台湾。这时候，有些将士听说西洋人的大炮厉害，有点害怕。郑成功把自己乘坐的战船排在前面，鼓励将士说："荷兰人的红毛火炮没什么可怕，你们只要跟着我的船前进就是了。"

荷兰侵略军听说郑军要进攻台湾，十分惊慌。他们把军队集中在台湾（今台湾东平地区）和赤嵌（今台南地区）两座城堡，还在港口沉了好多破船，想阻挡郑成功的船队登岸。

郑成功叫何廷斌领航，利用海水涨潮的时机，驶进鹿耳门，登上了台湾岛。

台湾人民听到郑军来到，成群结队推着小车，提水端茶，迎接亲人。躲在城堡里的荷兰侵略军头目气急败坏地派了一百多个兵士冲来，郑成功一声号令，把敌军紧紧围住，杀了一个敌将，敌兵也溃散了。

侵略军又调动一艘最大的军舰"赫克托"号，张牙舞爪地开了过来，阻止郑军的船只继续登岸。郑成功沉着镇定，指挥他的六十艘战船把"赫克托"号围住。郑军的战船小，行动灵活。郑成功号令一下，六十多只战船一齐发炮，把"赫克托"号打中起了火。大火熊熊燃烧，把海面照得通红，"赫克托"号渐渐沉没下去。还有三艘荷兰船一看形势不妙，吓得掉头就逃。

荷兰侵略军遭到惨败，龟缩在两座城里不敢应战。他们一面偷偷派人到巴达维亚（今爪哇）去搬救兵，一面派使者到郑军大营求和，说只要郑军肯退出台湾，他们宁愿献上十万两白银慰劳。

郑成功扬起眉毛，威严地说："台湾本来就是我国的领土，我们收回这地方，是理所当然的事。你们如果赖着不走，就把你们赶出去！"

郑成功喝退荷兰使者，派兵猛攻赤嵌。赤嵌的敌军还负隅顽抗，一时攻不下来。有个当地人给郑军出个主意说，赤嵌城的水都是从城外高地流下来的，只要切断水源，敌人就不战自乱。郑成功照这个办法做了，不出三天，赤嵌的荷兰人果然乖乖地投降了。

盘踞台湾城的侵略军企图顽抗，等待救兵。郑成功决定采取长期围困的办法逼他们投降。在围困八个月之后，郑成功下令向台湾城发起强攻。荷兰侵略军走投无路，只好扯起白旗投降。1662 年初，侵略军头目被迫到郑成功大营，在投降书上签了字后，灰溜溜地离开了台湾。

郑成功从荷兰侵略者手里收复了我国神圣领土台湾，成为我国历史上杰出的民族英雄。

林则徐虎门销烟

进入 19 世纪以后，以英国为代表的西方资本主义国家由于本国的生产力过剩，就急于在海外打开市场，将过剩的产品倾销到外国去，而中国这个巨大的市场正好符合西方资本家的要求。就这样，一场倾销大战拉开帷幕，而用来倾销的商品，竟然是"恶之花"——鸦片！

那时的清朝实行的是闭关锁国的政策，只允许在广州一地同外国通商，中国的经济还处于自给自足的小农经济，因此西方资本主义国家倾销的工业品是没有什么销路的。

西方商人绞尽脑汁，转向了罪恶的鸦片贸易。鸦片是一种对人的身心健康非常有害的毒品，很容易使人吸食上瘾，而且鸦片交易的利润极高。西方商人开始向中国全力倾销鸦片，仅在道光帝执政的前十五年，就造成了六千万两以上白银的流失，全国有二百多万人染上了烟瘾。

面对这祸害大于洪水猛兽的灾难、面对白银外流所造成的经济困境与吸毒所造成的国民体质衰弱与道德沦丧，禁烟的呼声一浪高过一浪。其中呼声最高的就是湖广总督林则徐。

林则徐在1839年上书道光帝，表达了自己的担忧：如果不严禁鸦片，那么几十年后，中国将没有能够与敌人应对的军队，也没有可以维持军队的饷银。林则徐的这道奏折使道光帝触目惊心，感受到了禁烟的重要性。于是就任命林则徐为钦差大臣，全权负责，前往广州查禁鸦片。

林则徐一到广东就对鸦片贩子的走私活动进行调查，并派人对英国鸦片商的大本营——驻广州的英国商馆进行控制，并通过洋商伍崇曜到英国商馆，命令把停泊在伶仃洋面上二十二艘船只上的鸦片在三日之内交出。英国大烟贩子颠地是外国鸦片商人的头目，他只是呈报了一千箱鸦片，企图蒙混过关。林则徐早就调查过海上商船的情况，知道他撒谎，就下令传讯他，并且提出警告。可是颠地回船后，仍旧拖延时间，还对稽查人员进行武力挑衅，于是林则徐决定逮捕他。

英国商人一律将颠地藏匿在商馆里，拒绝交出来。林则徐针锋相对，封锁了黄埔一带的江面，又派兵包围了商馆。义律没有办法，最后只得交出了商船上所有的两万多箱鸦片。

林则徐在虎门码头海滩的高地上，让人挖掘两个方形大池，在里面放入盐，再引进海水，把缴获的走私鸦片在投进去的同时放人石灰，让鸦片同加了石灰、盐的海水起化学变化，即使大烟鬼想乘机闻烟味、过烟瘾也不可能。

为了杜绝鸦片走私，林则徐要求所有外国商人不许在商品中夹带鸦片，一旦违禁，船只、货物被没收，该船商人即被正法。

林则徐在查禁鸦片的同时，还加强了海岸的军事防备。他加固并且增筑炮台，在珠江口的海面上设置木排铁链，还招募水兵，组织团练，发动民众保卫海疆。虎门销烟后，义律虽然曾率英国兵船多次发起武力挑衅，都被中国军队击退。

中国人民在林则徐的带领下，向世界展示了抗击外来侵略的决心和力量！

火烧圆明园

1856年10月8日上午，停泊在广州海珠炮台附近码头的“亚罗”号划艇正作起航准备。这时，有一艘清军的巡逻船急驶而来，广东水师官兵登上划艇，把全船十四名水手挨个盘问身份，并把其中十二人加以扣留，押到巡逻船上，带回广州。

“亚罗”号原是中国人苏亚成的一艘载重一百吨的划艇，后来被海盗抢走，几经辗转，后属于中国方亚明所有，成了走私船。为了走私的便利，曾在香港当局领过执照，但已过期失效。中国水师搜查走私船，捕走中国水手，纯属中国内政。但英国驻广州领事巴夏礼却借口该船曾在香港注册，领有执照，硬说是英国船。因此，他向两广总督叶名琛发出强硬照会，无理要求立即送回被扣的全部人犯，还要向英国道歉和赔偿。

10月23日，英国海军上将西马縻各里率领英国军舰突入省河，向广州进攻，挑起了第二次鸦片战争。大敌当前，两广总督叶名琛一味妥协，下令不许还击。10月29日，英军攻人广州城，叶名琛慌忙逃命。

1857年春，“亚罗”号事件的消息传到伦敦，英国大资产阶级掀起战争叫嚣，英国议会通过了扩大侵华战争的提案。3月，英国政府任命前加拿大总督额尔金为全权专使，率领一支陆海军来中国，同时向法、美、俄等国发出照会，提议联合出兵，迫使清政府签订新的不平等条约。10月，法国拿破仑三世（即路易·波拿巴）也借口“马神甫事件”任命葛罗为全权公使，率领一支侵略军，打着为“保卫圣教而战”的幌子，继英军之后开到中国。美国和俄国也同意英国的提议，积极支持英、法发动新的侵华战争。这样，四个野心勃勃的侵略者，基于共同的利益，暂时结成了联合侵华阵线，进一步扩大由英国首先挑起的第二次鸦片战争。

1858年4月，英、法、美、俄等国军舰陆续北上来到大沽。5月20日上午8时，英法联军照会清政府，限令清军在两小时内交出大沽炮台。清政府不予理会。两小时后，英法联军悍然以数十只小汽轮和舢板闯进大沽口，向大沽炮台发动猛烈攻击。守炮台的爱国官兵奋起反抗，给侵略者以迎头痛击。但终因防御薄弱，力量相差悬殊，大沽当天被占。26日，英法联军到达天津城外，清政府急忙于29日派大学士桂良和吏部尚书花纱纳到天津，与英、法等国代表谈判，并于6月26日和27日分别签订了《天津条约》。

英、法等国得寸进尺，又以到北京换约为名，准备扩大侵华战争。1860年春，英、法军舰陆续开到中国，并于7月底再次集结大沽口外。8月1日，英法联军攻占北塘，14日攻占塘沽，21日又攻占大沽，24日进入天津。清政府急忙派桂良和恒福到天津求和。但侵略者存心要攻占北京，在谈判中漫天要价，不断节外生枝，使谈判失败，英法联军逼近北京。9月18日，英法联军攻陷张家湾和通州，21日攻下八里桥。咸丰皇帝吓破了胆，派他的六弟恭亲王奕䜣为钦差大臣，留守北京，主持和议。22日清晨，咸丰皇帝带着后妃、皇子、亲王和一批大臣，慌忙逃到热河行宫（今河北承德避暑山庄）。

10月5日，英法联军兵临北京城下。根据俄国外交官伊格纳提耶夫提供的情报：清朝守军集中在东城，北城是最薄弱的地方，应先攻取，并听说中国清朝皇帝正在西北郊的圆明园。于是，英法联军绕抄安定门、德胜门，进犯圆明园，并将圆明园洗劫一空，制造了震惊中外的“火烧圆明园”事件。

圆明园位于北京西北郊，始建于明朝。1709年，清朝康熙帝把该园赐给四子胤禛（后来的雍正帝），并赐名圆明园。经雍正、乾隆、嘉庆、道光、咸丰五位皇帝一百五十多年的经营，集中了大批物力，役使了无数能工巧匠，倾注了千百万劳动人民的血汗，把它精心营造成一座规模宏伟、景色秀丽的离宫。

圆明园不仅汇集了江南若干名园胜景，还创造性地移植了西方园林建筑，集当时古今中外造园艺术之大成。可以说，圆明园是中国劳动人民智慧和血汗的结晶，也是中国人民建筑艺术和文化的典范。不仅如此，圆明园内还珍藏了无数各种式样的无价之宝，极为罕见的历史典籍和丰富珍贵的历史文物，如历代、书画、金银珠宝、宋元瓷器等，堪称人类文化的宝库之一。也可以说，它是当时世界上最大的一座博物馆。

首先闯入圆明园的是法国侵略军，他们见物就抢，每个法国士兵口袋里装进的珍品，都价值三四万法郎。他们空手而进，满载而归。在法国军营里，堆积着珍奇的钟表、五光十色的绫罗绸缎，以及珍贵的艺术品，价值达三千万法郎。

英国侵略军虽然来迟了一步，但金银财宝也装满了口袋。更可恶的是，对那些搬不走的大瓷器和珐琅瓶，他们竟打得粉碎。

英法侵略军把圆明园抢劫一空之后，为了销赃灭迹、掩盖罪行，英国全权大臣额尔金在英国首相帕麦斯顿的支持下，竟下令烧毁圆明园。大火连烧三昼夜，使这座世界名园化为一片焦土。

10月13日，英法侵略军攻占了安定门，控制了北京城。

10月18日和19日，这伙强盗抢劫了万寿山、玉泉山和香山等几处属园中所藏的珍贵文物，并进行第二次大焚烧。

这时，逃到热河的咸丰皇帝竟下谕“只可委曲将就，以期保全大局”。奕䜣秉承此旨意，全盘接受英、法提出的条件，于10月24日和25日分别与额尔金和葛罗在礼部大堂交换了《天津条约》，并签订了中英、中法《北京条约》；11月14日又同俄国签订了中俄《北京条约》。这些丧权辱国的不平等条约，使中国的半殖民地程度进一步加深，也使中国人民的灾难更为深重了。

左宗棠收复新疆

新疆古称“西域”。很早以前，西域就同内地有密切联系，西汉曾经在西域设置都护府，此后中国历届中央政府都在西域设官建制。可是到了19世纪60年代，新疆各族民众在西北回民起义的影响下，发动了反清起义。一些封建主和贵族借着有沙俄撑腰，企图把新疆从中国的版图上分裂出去。而从鸦片战争以来，对中华民族贡献最大的人左宗棠最终收复了新疆。

鸦片战争后，新疆各地也卷入了太平天国运动和陕甘回民起义影响下的各民族反清起义的浪潮。封建宗教头目趁机而起，新疆出现了割据纷争、各自为王的混乱局面。占据南疆的金相印为了能够取胜，竟然向原来藩属中国的中亚浩罕汗国阿古柏求援。不料，阿古柏却盘踞在新疆和沙俄及英国狼狈为奸，对各族人民实行残酷奴役和掠夺，把新疆搞得南北分裂、民不聊生。

面临新疆危机，清政府内部出现海防与塞防之争。海防论的主要代表是直隶总督兼北洋大臣李鸿章，他主张舍弃西北，专注东南；塞防派的主要代表是湖南巡抚王文韶，他认为俄国侵吞西北，一日比一日厉害，应该及时防范。陕甘总督左宗棠也极力主张出兵收复新疆，他说：“新疆是中国的门户，如果我们放弃了，那么不仅甘肃、陕西会有麻烦，山西和内蒙古也会卷入战争中，最后甚至都会影响到北京！”

经过激烈的争论，朝廷终于同意了左宗棠出兵收复新疆的意见。公元1872年7月，左宗棠率师进驻兰州。对于这次西征，左公准备采用“缓进速决”的战略。所谓“缓进”就是要用一年半的时间筹措军饷，积草屯粮，调集军队，操练将士，创造好出战必胜的一切条件。他排除一切干扰，整顿了军队，减少了冗员，整肃了军纪，增强了军队的战斗力。为了适应出关西征的需要，他对自己的主力湘军也大力整编，剔除空额，汰弱留强。他还规定，凡是不愿出关西征的，一律给资，遣送回籍，不加勉强。经过整顿，官兵士气饱满，情绪高涨，成为一支敢于冒险犯难、一往无前的军队。

所谓“速决”，考虑国库空虚，军饷难筹，为了紧缩军费开支，减轻人民负担，大军一旦出发，必须以迅雷不及掩耳之势，速战速决，力争在一年半左右获取全胜，尽早收兵。因此，在左宗棠申报这笔军费预算之前，他从大处着眼，小处人手，亲自做了深入调查和细致精微的计算，他从一个军人，一匹军马，每日所需的粮食草料人手，推算出全军八万人马一年半时间所需的用度。然后，再以一百斤粮运输一百里为一甲一位，估算出全程的运费和消耗。甚至连用毛驴、骆驼驮运，还是用车辆运输，哪种办法节省开支也做了比较。经过周密计划，估算出全部军费开支共需白银八百万两。

1876 年，左宗棠率清军分三路进入新疆。他采取先北后南、缓进速战的正确方针，先收复了乌鲁木齐及周围地区，然后攻占吐鲁番，打开了通向南疆的门户。清军得到新疆当地各族人民的支持和拥护，当地各族人民纷纷拿起武器，加入战斗，痛击阿古柏军队，最终收复新疆。

戊戌变法

戊戌变法又称戊戌维新，是发生在 1898 年（农历戊戌年）的资产阶级改良主义政治运动。

中日甲午战争后，民族危机空前严重，以康有为、梁启超、谭嗣同、严复为首的维新派，代表着民族资产阶级上层和开明绅士的政治要求走上历史舞台，主张在不动摇封建阶级统治的前提下，实行君主立宪制，发展资本主义，以挽救民族危机，使国家臻于富强。

1895 年 4 月，清政府在甲午战争中失败，被迫与日本签订了丧权辱国的《马关条约》。消息传到北京，群情激奋，正在参加会试的康有为和他的学生梁启超联合全国十八省在京举人，聚集在达智桥松筠庵，讨论上书请愿。会后由康有为起草“万言书”，提出拒绝《马关条约》、迁都抗战、变法图强三项建议，联络一千三百多举人签名，呈递都察院，都察院拒绝代呈。

这就是著名的“公车上书”，它是维新变法运动的起点。此后，康有为接连向光绪帝上书，陈述变法主张。

从1895年夏到1898年春，维新派积极组织学会，创办报纸，开办学堂，为维新运动制造舆论，培养人才。1895年8月，在康有为、梁启超的奔走推动下，由翰林院侍读学士文廷式出面组织了强学会，这是维新派创立的第一个政治团体，该学会每十天集会一次，每次都有人演讲“中国自强之学”。11月，上海成立强学分会，但强学会遭到封建顽固派的攻击、诽谤，不久被查封。1896年8月，黄遵宪、汪康年在上海创办《时务报》，邀请梁启超担任主笔。

1897年10月，严复在天津创办《国闻报》。该报热情宣传西方资产阶级社会政治学说，抨击封建专制统治，提倡民权，主张实行君主立宪，有力地推动了维新运动的发展。1897年至1898年，谭嗣同、黄遵宪、唐才常、梁启超等汇集湖南，在湖南巡抚陈宝箴的支持下，出版《湘学报》（初名《湘学新报》）、《湘报》，创办时务学堂，组织南学会，使湖南维新运动得到了蓬勃发展。据不完全统计，1895年至1897年全国共有学会、学堂、报馆等共三百余个，出版三十多种报刊，表明维新运动具有一定的群众性。

1897年冬，德国强占胶州湾，民族危机空前严重，变法声浪日高。康有为迅速从广东赶到北京上书，提出速行变法的具体建议。1898年1月，康有为应诏上《统筹全局折》，建议仿效日本，全面变法。4月，康有为、梁启超等在京创立以“保国保种保教”为宗旨的保国会。同时，保滇会、保川会、保浙会等也先后成立。士大夫经常集会，讨论时政，变法空气日浓。康有为乘时鼓动帝党官员上书，敦促变法。6月11日，光绪帝接受变法建议，发布《定国是诏》，正式开始变法。在此后到慈禧太后于9月21日发动政变的一百零三天中，光绪帝发布了一系列除旧布新的变法诏令，罢黜一批顽固大臣，擢拔了一批维新分子，一时欢声雷动，维新运动达到高潮，史称“百日维新”。

当时光绪帝发布的这些诏令，属于政治方面的主要有：广开言路，提倡官民上书，不许任何人阻挠；撤除闲散衙门和重叠机构，裁减冗员；准许旗人自谋生计。属于经济方面的主要有：设立农工商局，提倡实业，奖励发明；设立铁路矿务总局，鼓励商办铁路矿务；裁减驿站，设立邮政局；创办国家银行，编制国家预决算。属于文化教育方面的主要有：废除八股文，改试策论；将各省书院和过多的祠庙改为学堂，鼓励地方和私人办学堂，创设京师大学堂，各级学堂一律兼习中学和西学；允许自由创办学会、报馆；设立译书局，编译外国新书；派人出国游历、留学。属于军事方面的主要有：裁减绿营，淘汰冗兵，采用新法练兵，添设海军，实行保甲。

变法运动一开始就遭到封建顽固派的抵制和反对，随着运动的开展，维新派与顽固派的矛盾和斗争迅速加剧。1898 年 9 月 21 日,以慈禧太后为首的封建顽固派发动政变,慈禧重新“训政”,光绪帝被幽禁,谭嗣同等六位维新志士惨遭杀害(这六位志士为谭嗣同、康广仁、林旭、杨深秀、杨锐、刘光第,史称“戊戌六君子”)。康有为、梁启超逃亡日本,新政全部被推翻,变法运动彻底失败。

戊戌变法是一次具有进步意义的救亡运动,也是一次具有深远影响的思想解放运动。它的失败证明,在半殖民地半封建的中国,资产阶级改良的道路是根本走不通的。

武昌起义

1911 年 10 月 10 日,在湖北省武汉市的武昌城,爆发了由资产阶级革命党人领导的武装起义。在滚滚硝烟中,中国三千年的封建帝制,清王朝二百六十八年的残酷统治终于被彻底埋葬了。

在武昌起义之前,以孙中山为首的资产阶级革命派曾在国内发动过一系列的武装起义。但是,这些起义都失败了。起义失败的原因是多方面的,最根本的原因显然与革命力量相对薄弱有关。尽管这一系列的起义都遭致失败,但革命党人前仆后继、英勇无畏的献身精神却是非常可贵的,它不断给后人以鼓舞。

武昌起义正是在这样一个特殊的环境和背景之下,在革命党人发扬了英勇顽强、不怕牺牲的革命精神后,终于取得了胜利。

武汉是当时仅次于上海的全国第二大城市,也是革命和反革命斗争最激烈的地区之一。1911 年 9 月上旬,湖广总督瑞原奉清政府之命调部分新军人川,镇压保路运动,武汉地区的反革命力量减弱。9 月 14 日,在同盟会总会推动下,文学社和共进会决定消除彼此的成见,建立了统一的起义领导机关。军事方面,由蒋翊武任总指挥,孙武为参谋长,政治方面,由刘公任总理。9 月 24 日,两个革命团体召开第二次联席会议,决议在 10 月 6 日发动起义,蒋翊武为临时总司令。对各标营的任务也作了安排,并派人约湖南革命党人焦达峰响应。

10 月 9 日,孙武等人在汉口俄租界配制炸弹时不慎引起爆炸。俄国巡捕闻声而至,秘密泄露。湖广总督瑞澄下令关闭四城,四处搜捕革命党人。情急之下,革命党决定立即于10月9日晚12时发动起义。但武昌城内戒备森严，各标营革命党人无法取得联络，蒋翊武以临时总司令的名义起草命令，派人送往各标营革命党人手中，约定当晚12时，以南湖炮队的炮声为号，城内城外同时起义。

但是，瑞澂已于事先听到风声，派军警查抄了各个革命机关，逮捕了刘复基、彭楚藩、杨宏胜等人，蒋翊武逃离武汉。瑞澂下令杀害刘、彭、杨三人，按查获的名册搜捕革命党人。由于武昌戒严，内外交通断绝，起义的命令未及时送到南湖炮队，10月9日晚起义的计划落空。在紧急关头，新军中的革命党人自行联络，约定10月10日晚以枪声为号，按原计划发难。

10月10日晚，新军工程第八营的革命党人打响了武昌起义的第一枪，夺取位于中和门附近的楚望台军械所，吴兆麟被推举为临时总指挥。

到了10月12日，武汉三镇均处在起义军控制之下。革命党人发表宣言，改国号为中华民国，号召各省起义响应，成立中华民国军政府湖北都督府，推举旧军官黎元洪为都督。两个月内，湖南等十三省宣布独立，形成全国范围内的革命高潮。

1912年1月1日，中华民国临时政府成立。1912年2月12日，清帝退位，清王朝终于被推翻，中国开始进入一个新的历史阶段。

司马说慎断劫案

北朝后魏司马说，官居豫州刺史。

豫州境内上蔡县人董毛奴，一次外出经商，邻居张堤前来送行。说话间，董毛奴把这次外出要去的地方和自己携带五千银两，都告诉了张堤。董毛奴离家几天后，有人发现他的尸首倒毙①在大道一旁，银钱被劫一空。上蔡县令接到报案之后，到董毛奴家查问，发现只有张堤知道董毛奴外出的实情，怀疑张堤是抢劫杀人的凶手，于是派衙役到张堤家搜查，果然搜得银钱五千，就将张堤捉拿归案。到了县衙大堂上，张堤已吓得魂不附体，怕自己吃不消刑讯，就痛痛快快地承认了自己

① 死在地上。

犯了杀人抢钱的罪。县令将朱笔一挥，判了张堤死刑。死刑案卷呈报到豫州刺史司马说的衙门。

司马说反复翻阅案卷，觉得人命重案，只抓住这一个线索，无所旁及，深恐差错。虽然犯人直供不讳，但没有杀人抢劫的直接罪证，很怕枉杀了好人，放纵真正的凶犯。哀矜审慎之下，派人把董毛奴的哥哥董灵之找来。司马说问董灵之道："贼人杀人抢钱，定有搏斗争夺，当时心慌意乱，行动狼狈，应该有所遗失，你可曾在杀人现场发现什么物品吗？"董灵之答道："是一刀鞘。"司马说以刀鞘察看后说道："这把刀鞘不是一般小店铺制作的！"于是，司马说把州内做刀的工匠都找来，让他们辨认刀鞘是谁做的。

其中有一个刀匠看了之后说："启禀大人，这个刀鞘是我做的，去年卖给了邻居董及祖。"司马说立即传董及祖讯问。董及祖恐慌战栗，口口声声服罪，供认了杀人抢劫的经过，不仅交出赃款，还交出董毛奴的衣服，元凶落网归案，张堤即刻获释。

许进投荆释妇冤

明朝成化年间。有一天，单县衙前来了一对老年夫妇击鼓鸣冤。县官升堂一问，原来他们是告发儿媳妇的。这对老年夫妇告状说，儿媳妇给正在地里干活的丈夫送饭，丈夫吃了以后，立时死去。县官听说毒杀人命，立即命差役把儿媳妇拘来，过了一堂，那个妇女便承认自己毒杀丈夫。

县里审结了案，案卷上报。许进在复查时发现县里的卷宗有不少破绽。许进一向是以"察狱详慎"出名的。他想，夫妇之间都是愿意白头到老的，而真要下毒杀人，总是要周密策划一番的，那有在自己往地里送饭时下毒杀人的呢？于是许进下令将囚妇提来讯问，问她都送了什么饭食，又问她送饭时所走过的路线。

囚妇答道："送的是鱼汤米饭。送饭时，离家后穿过房前的荆林，送往地里的。"

许进一想，莫非是荆花之毒，致人死命。于是，命差役买鱼做饭，饭菜做好后，就往里投入荆花，喂给猪狗吃了，全都中毒死去。至此，案情大白，当堂开释了那妇人。

范太守明析投毒案

河间府有个录事参军，名叫宋儋年。有一天，宋参军在宅中大宴宾客，散席后，过了一阵就连声喊叫肚子痛，当晚就死了。

河间府太守范纯仁怀疑有人下毒，就下令检验尸体，仵作验尸完毕，呈上尸单。范太守见上面写道："死者九窍流血，肌肤紫黑，显然是中毒身亡。"这时参军太太出面告发说，参军小妾与一个门客有私情，很可能是他俩谋害的，于是就将二人拘捕。

范太守派了一个手下的官员负责讯问，两人供认了毒杀宋儋年的事实。当追问如何下毒的情节时，小妾又供出是把毒药下在清蒸甲鱼这道菜里。宋某是食后中毒身死的。

案件审结后，范纯仁又亲自仔细地复查案卷，发觉其中颇有疑点。

范太守问经办案的吏员说："清蒸甲鱼是第几道菜？"

吏员答道："是第四道菜。"

范太守问道："客人吃没吃这道菜？"

吏员说："都吃了。"

范太守说："我看奸人所下的毒药，吃了之后，毒性便发作，宋参军岂能于席散后毒发身亡呢？再说，众多宾客吃了这菜，怎么无一中毒的呢？可见犯人所供，其中必有原因。"

吏员诺诺称是，只得又重新审问犯人，这次小妾招认，是客人散去后，宋某返回厅堂，休息用茶，在茶水中下了毒。这才是作案的真实情况。原来犯人早已深思熟虑，故意假造作案情节，准备将来上诉时，再行翻供。范纯仁识破伪供，使真相大白，防止了犯人翻供。

程颢据情责论诈

泽州县城有一家姓张的人家,家道颇为殷实。

一天早晨,主人起床漱洗已毕,只听得有人叫门。开门看时,原来是一个不认识的老头,当即问道:"老丈清早就来敲门,有何见教。"

老头进门便说:"老夫乃是你的父亲,分别多年,如今前来和你同居。"

主人听了心中惊疑,想自己的父亲才去世不久,怎么又来了一个父亲呢?老头见他心中有疑,就把前后情由说了一遍。主人一时弄不清楚真假,就提出一同到县衙请县太爷明断,老头同意,两个人便来到县衙。

这时程颢正在晋城县当县令,在大堂之上他问老头的来历。老头说,自己早年是医生,出门到外地行医,妻子在家生个儿子,因为家道贫穷,于是把孩子送给了张家,是某年某月某日某人抱去,有某人可以作证。

程颢道:"听你说的这事,发生的年月也很久了。你怎么知道得这么详细呢?"老头说:"小人起先也不知道我妻子把儿子送人的事,是我回乡以后才知道的。这些事情经过都记在小人的药书后面。"说罢,便从怀里取出药书呈给程颢观看。

程颢看到上面果然清楚记着某年某月某日某人抱某某小儿给张三翁。程颢一看心中就明白了几分。他问姓张的道:

"你今年多少年岁了?"

"小人今年 36 岁。"

"你先人倘在世,现在应是多大年岁?"

"76 岁。"

程颢问老头道:"你听见我俩的话吗?"

"小人听见了。"

"我且问你,姓张的今年 36,其父活着已是 76 岁;他出生的时候,他父亲刚刚 40 岁,是吗?"

"是!"

"4 岁的年纪,能称呼他'三翁'吗?这是根本不可能的事。这本药书后面记的事情经过,岂不是假的吗?"

老头心中大吃一惊,承认了自己是来诈骗的。

柳庆智谋捕群盗

后魏朝雍州知府柳庆,在职时曾遇到这样一起劫案。

有一名叫胡翊的人家被劫,郡县的官吏经过勘察调查,始终不知道盗贼的踪迹,然而,却把失主家邻近的老百姓抓了不少,送进了监牢。

柳庆接办了这起案件,认为虽然这起案件是结帮成伙抢劫犯罪,但是,似乎这伙贼徒并非深交故知,而是一伙乌合之众。既然如此,他们之间必定会存在一些矛盾和猜疑,可以运用手段,加深他们之间的隔阂,从而破案。

于是,他就假造了一张匿名信,张贴在衙门旁边,信中的大意是说:"我们共劫胡家,可是一伙人很混杂,迟早不免有人把行抢的情况泄露出去。如今想去自首,又怕不能免去死罪。若给第一个自首的免罪,我就可以前来告发。"

接着,柳庆又贴出了一张宣布带头自首免罪的榜文。过了两天,果然广阳县王欣的家奴,前来投案自首。从而,为案件侦破打开了缺口,经过反复审问,扩大战果,把同党全部捉住,破获了抢劫案。柳庆机智明察,辨明了不少疑难案子。

欧阳晔后堂定凶犯

端州桂阳地方有两伙人,因为争抢一只小船,互相械斗,打死了一个人。当时,捕快把参与械斗的几个人抓住,审问了几次,都不承认自己是打死人的凶手,因此案子久久定不下来。

端州刺史欧阳晔亲自审理此案。这天,他吩咐差役把人犯都带到庭中。人犯带齐后,又传命松去他们的刑具。

差役们不敢怠慢，上前七手八脚地把犯人的手铐脚镣都卸在一边。随后，欧阳晔道："取酒饭来。"犯人见给酒饭吃，心中欢喜，都狼吞虎咽吃了起来。一会儿吃完后，欧阳晔便令差役留下一名犯人，将其余的照样收监。

单独留下来的犯人心中疑惑，顿时变了脸色，欧阳晔对他说道："快快把你抢船时打死人命的事从实招来！"

那人以为欧阳晔并没有掌握真凭实据，尚可抵赖，道："那天抢船，小人并未打死人，求大人明察。"

欧阳晔道："你就是打人致死的凶犯。方才这么多人吃饭，我仔细观看，只有你是左手执筷。这次械斗打死的人，伤在右肋，说明是善使左手的人所为，这凶犯不是你又是谁呢？"

犯人痛哭流涕道："是我打死了人，决不敢连累他人。"

商鞅不走

两千三百多年前的战国时代，有个人叫商鞅，原名公孙鞅。公孙鞅年轻时候爱好法律学，曾经给魏国国相公叔痤当过管家。公叔痤发现他勤奋好学，历史知识很丰富，法学更是出色，就把公孙鞅叫到身边，问："你看怎样才能治理好国家？"

"按照实际情况制定出法律，严格按法律办事。"公孙鞅毫不犹豫地回答说，"有法律不能很好的执行，往往是上面执法不严造成的。上面的人无视法规，就不能责求下面的人普遍执行法律，有法不执行，那就和没法一样，国家也就治理不好。"

公叔痤默默点头，他想："这是一个有奇才的青年，我要把他推荐给国王。"

可是，还没来得及推荐，公孙痤病倒了。

有一天，魏惠王亲自登门来看望公叔痤。魏惠王说："公叔痤啊，您的病不轻，一旦有什么不测，我们的国家怎么办呢？"

公叔痤想，推荐公孙鞅的时机到了。他便说："人活百岁也总有一死，谁也难免。国家的安危，我反复考虑过了。我的管家公孙鞅，虽然年纪轻轻，但才能出众，希望大王今后能重用他，可以把国家交给他治理。"

魏王默不作声，似笑非笑地点点头，表示听到了。

魏王要离开时，公叔痤要周围的人先退下，压低嗓子对魏王说：

“国王如果不采纳我的建议，不任用公孙鞅，那一定要及早把他杀掉，不要让他离开魏国。他聪明过人，如果到了别的国家，对咱们魏国很不利。”

“好的。”魏惠王随口答应着。

魏王走后，公叔痤把商鞅叫到病榻前，抱歉地说：“刚才国王来过了，他问今后谁可以当国相，我推荐了你，让你出任国相管理国家。但是国王缄默其口，从他的表情看，是不同意。我作为国相，须先君后臣，先要为国王考虑，因此我对国王说，假如不任用公孙鞅，就赶快把他杀掉。国王答应了。你是我的管家，年轻而有才华，我不能不为你考虑，你不能就这样陨落，你必须立即离开魏国，否则异常危险！”

公叔痤吃力地说完这些话，气喘吁吁。停了会儿，向商鞅挥挥手，加重语气说：“你快离开魏国，不然，他们会把你抓起来杀掉。”

商鞅却毫不在意，平静地说：“我不走。”

“不走？”公叔痤惊讶地问。

商鞅说：“你向国王亲自推荐了我，国王不肯任用我，说明他不听你的话，不相信你。既然不相信你，不听从你的话，你说要杀掉我，国王当然也就不会采纳了。”公叔痤觉得商鞅的分析和判断是有道理的，但总为他担心。

而事情的发展完全像商鞅说的那样，魏王根本没把公叔痤的话放在心上。魏王走出公叔痤的大门，就对左右的官员说：“公叔痤的病越来越重，令人悲伤，但他竟要我让一个管家公孙鞅出任国相，掌管国家大事，岂不是糊涂了，荒谬了！一个小小管家能成什么气候？”

后来，商鞅看到魏王不重用人才，愤然离开魏国到了秦国。在秦孝公的支持下，严格法制，实行改革，这就是历史上有名的“商鞅变法”。变法使秦国很快强大起来。

少年康熙计除奸贼

清代康熙皇帝爱新觉罗·玄烨，八岁时就登基，但实权掌握在贵族鳌拜等人手中。特别是权臣鳌拜[①]骄横跋扈，无视年幼的康熙，滥杀无辜，排斥异己，欺压百姓。康熙虽然年幼，但却聪明机智，心里明白，如果不除掉鳌拜这个奸贼，大清的江山必然毁在这个恶人之手。于是他刻苦习文学武，决心做一个能文善武的“马上皇帝”。过了数年，康熙亲自执政后，派自己的亲信掌管京城的警卫权，并决定亲自训练一批12～15岁的少年近身侍卫，从近卫王府里挑选了百来名子弟，由吏部右侍郎索额图担任总领班，近身侍卫曹寅任教练。表面上以练习摔跤或相扑作掩护，暗中加紧对这些少年的武艺训练。

有一天，康熙为了试探鳌拜的底细，便穿上便服同索额图一道去拜访鳌拜。皇上的突然驾到，使鳌拜神色慌张，急忙伸手向炕上褥垫下摸去。说时迟，那时快，机警的索额图一个箭步抢上前去抓住鳌拜的手腕，用力往外一拉，只见鳌拜手中握着一把尖刀。鳌拜顿时脸红筋胀，结结巴巴地解释着：“皇……皇上，臣……臣该……该死，不……不……知为……何摸……摸这……这刀……”康熙心里早就明白他想干什么，但表面上却若无其事，并说：“这没有什么，想我满人自古以来就有刀不离身的习惯，有何奇怪？”说完便走了。

康熙加紧训练少年兵之事，鳌拜从不放在心上，认为这些娃娃不过是嬉戏打闹而已。却不知康熙正是利用这些娃娃，才除掉鳌拜的。康熙知道平常入朝，因人多不便对鳌拜下手，便同索额图密谋，想出一条妙计。

有一天，康熙传旨叫鳌拜一人入朝商议要事。鳌拜上殿后，康熙便吩咐少年兵端椅送茶，这少年兵端了一把缺一条腿的椅子给鳌拜坐，然后靠着椅背不让椅子倒

① 鳌拜（满语：Oboi），中国清初权臣。出身瓜尔佳氏，生年不可考，满洲镶黄旗人，清朝三代元勋，康熙帝早年辅政大臣之一。以战功封公爵。鳌拜前半生军功赫赫，号称“满洲第一勇士”，后半生则操握权柄、结党营私，结果被生擒之后，老死于囚牢中，为影响清初政局的一个重要人物。

下。另一名少年兵端了一碗滚烫的茶来，递给鳌拜。鳌拜刚接过茶，因茶太满又烫手，“砰”的一声掉在地上摔碎了。鳌拜惊慌失措，正想向皇上赔礼，这时靠住椅背的那位少年兵将椅子一推，鳌拜一下扑倒在康熙面前，还来不及说什么，康熙勃然大怒，立即命令把鳌拜拿下。然后，列数鳌拜罪状30条，革职拘禁。这条祸根和他的党羽便被除掉了。

康熙利用少年兵，计除鳌拜，先是以假象迷惑，使之放松警戒，然后瓮中捉鳖，手到擒来，取得了成功。

不看抓情看水情

有一天，清代乾隆皇帝在新任宰相和绅和三朝元老刘统勋陪同下，在承德避暑山庄烟雨楼观景赋诗。

乾隆皇帝随口说出一句：“什么高，什么低，什么东，什么西?”刘统勋随口应道：“君王高，臣子低，文在东来武在西。”宰相和绅见刘统勋抢先附和，心里很不高兴，但又不便形于脸色，便接着说：“天最高，地最低，河(和)在东来流(刘)在西。”这里采用的是“暗示法”，因为热河向西流入离宫湖，自然河(和)在上，流(刘)在下，同时，从皇家礼仪来讲，东为上，西为下。以此暗示刘统勋虽是三朝元老毕竟在我和绅之下。

话又说回来，这三朝元老刘统勋哪有不懂得和绅的“暗示法”的呢？心想，我得找机会报复他。当三人行至桥上时，乾隆皇帝突然说：“我们不妨以水为题，拆一字，说一句俗语，各做一首诗。”刘统勋好不高兴，心想机会来了，便捋捋胡子，望了望水中映出的自己老态龙钟的面容，再偷视了一下和绅那得意的样子，摇头晃脑，边走边吟诵道：“有水念溪，无水也念奚，单奚落鸟便成鸡。得食的狐狸欢如虎，落坡的凤凰不如鸡。”此时，和绅一听知道是在挖苦自己，暗想这老头儿还有一手，看我怎样讽刺你。于是冷冷一笑，便诵道：“有水念湘，无水念相，雨落相上便为霜。各人自扫门前雪，哪管他人瓦上霜。”意在说你这老头儿休管闲事。乾隆皇帝听他们二人互相挖苦讥讽，新老不和不太好，于是上前拉着他们二人的手，对着水中倒映的三人合影说："二位爱卿听着，寡人也有一首：有水念清，无水也念青，爱卿共协力，心中便有情。不看僧面看佛面，不看孤情看水情。"二人一听，心中为之一震，顿时脸上烧得火辣辣的，知道皇上是在劝导他们应当共同协力。二人当即拜谢乾隆皇帝，从此和绅与刘统勋便结为忘年之交。

一起无赖案

明朝时候，有个著名的文学家叫汤显祖，是江西临川人，人们尊称他临川先生。他在浙江遂昌县做知县的时候，曾经审理过这样一个案子。

与遂昌县相邻的龙游县里，有个叫卜为仁的，家里很富，常年放高利贷。有一回，一个经营绸缎布匹的商人吕豆明，向他借了两千贯钱。借约上写明，用房产、土地作抵押，借期一年，一年期满用本利相赎。

吕豆明的买卖做得很顺利，只用八个多月的时间，获得的利润就够还清债务的。这一天，吕豆明到卜为仁家，要提前还清借债。

"即使提前还，利息也得算一年的。"卜为仁阴沉着脸说。

"行。买卖好不在税上，不差那几个。"吕豆明倒显出慷慨大方的样子。他从褡裢里掏出钱，一数，是一千八百贯。他就先还了这一千八百贯，约好第二天交清欠款，取回借约，因为只有一夜之隔，又互相熟悉，所以也就没有写收据，也没有在借据上注明。

第二天，吕豆明拿了钱去取借约时，卜为仁竟不承认昨天还钱的事。

"你说还了我一千八百贯，有什么证据？"卜为仁倒伸出手向吕豆明要证据。

"天地良心！我亲手还给你的，还想赖账吗？"吕豆明气得两手直抖。

"钱财大事，哪有付了一千八百贯而不取收据的？你借的两千贯，我这里还有借据……"

吕豆明一气之下,到龙游县衙去告状。但因没有凭证,反被判有诬告陷害罪,直到花钱送上礼,才免受处罚。

吕豆明真是有口难辩,愤愤不已,而又无可奈何。这时,他听说在遂昌县做知县的临川先生,关心民间疾苦,秉公办事,善断疑案,便星夜投奔而去。

临川先生问明情况后,觉得事关邻县,不便越权审理,要吕豆明回龙游县解决。

吕豆明跪在大堂上,声泪俱下,苦苦哀求。

临川先生又经反复查问,答应审理此案,并要吕豆明暂时住在县中,等候解决。

临川先生立即叫来差役,说:“拘捕来的强盗招供,龙游县灵山村的卜为仁是个窝主,你们去把他捉来,但要想法不惊动他的家属。”

差役把卜为仁捉来后,临川先生厉声审问:“捕到的强盗已招认,赃物在你家窝藏着,你要从实招来,否则,与强盗同罪!”

卜为仁一再申辩,他确实没有窝藏赃物。

“本官不能只听你信口乱说,我马上派人到你家搜赃,如果没有赃物,你的冤枉自然会消除。你可把你家的主要财物当堂讲明,以便查对。”临川先生命令道。

卜为仁便把自己家有多少牛羊、布帛、粮油一一说出,最后说还有邻人还债的一千八百贯钱。

“一千八百贯?”临川先生故作惊讶地说,接着逼问道,“这钱是赃物,还是邻人所还?”

“是邻人吕豆明还的,确实不是赃物。”

“这么说你不是个窝主,而是个无赖之徒!”临川先生鄙视地用手指指他,转身喊道,“叫吕豆明出堂对质。”

卜为仁无法抵赖,只好低头认罪。一起无赖案就这样了结了。

刁员外受训

故事发生在北宋年间，寇准在成安县当知县的时候。

这一天，秋高气爽，日光融融。知县寇准到下面巡视了一圈儿。正坐在颤巍巍的小轿里准备回县城去。

忽然，有低低的哭声传来。寇准忙叫停下，掀开轿帘，往外一看，一位教书先生模样的人正坐在路旁一个小铺盖卷上，垂头啜泣。寇准觉得奇怪，走下轿来，示意随从上前询问询问。

“老先生，为什么在这里伤心落泪？”

老先生抬起泪眼看了看，嘴唇颤动着没出声。

“寇大人在此，有话可以直说。”

一听说寇大人，老先生忙抹去眼泪，转身跪倒在地上。他知道寇大人是个秉公办事、有才有识的知县，便把自己的冤屈诉说了一遍。

原来，老先生在一个刁钻吝啬的员外家教书。他明明知道员外的小儿子天宝顽皮任性，再加上父母娇惯，很难管教，有几个先生去教过，没过几年，都被员外找个借口打发走了，但是为了糊口，他又不得不接受员外的聘请。

一连教了三年。这天，员外和儿子天宝一起走进书房。老先生感到有些奇怪。员外板着面孔，要他儿子在纸上写了一个字，问先生是个什么字。

老先生一看傻了眼，竟是个“井”字，“井”字中间加一点，他可从来没见过这么个怪字，顿时显出惊惶的神色。

“这是投石落井的声音，念‘啪’。连这么个字都不认识，还有脸来教我？”天宝用讥讽的口气说，转脸又对他父亲说，“爸爸，我不让他教了，让他走吧！”

老先生哪里受得了这样的欺侮，一气之下，当即卷起铺盖告辞了。走到半路，想到自己三年来辛辛苦苦，竟落了这样一个下场，不禁伤心地哭起来。

寇准听了老先生的叙述，知道是员外自己造了一个字，捉弄老先生，用这个办法凭空把他撵走。寇准当即想了个办法，他对几个衙役做了吩咐，便回城去了。

员外父子被带到县衙，寇准对天宝说："听说你年少才高，本县令特向你请教一个字。"说完，提笔写了一个"竹"字又在下面加个"肉"，送给天宝，天宝看了摇摇头。

寇准沉下脸来，喝道："连这个字都不认识，来人，先打十大板！"

天宝被扒下裤子，轻轻打了几下，就哭爹喊娘地叫起来。寇准叫住手，再让天宝认那个字，他还是不认识。

"看来儿子不如老子，这么普通的字，员外肯定能认识。"寇准又让员外认那个字。员外横看竖看，也张口结舌地说不上来。

"连如此简单的字都不认识，来人啊，重打四十大板。"寇准厉声吩咐。

员外被摁在大堂上，重重地打了几下，寇准又叫住手，让员外再认那个字。员外愁眉苦脸，还是不认识。

寇准问员外："这字上面是什么？"

"是竹。"

"下面呢？"

"是肉。"

寇准哈哈大笑，说"上竹下肉，用竹板子打肉，这字就是竹板子打肉的声音，和'井'字中间点一点，是投石落井的声音一样，也念'啪'。竹板子打在你的屁股上还不认得，看来还得重重地打！"

员外和儿子天宝这才猛然醒悟过来，连连向寇准磕头求饶。

"看来你俩是真心求饶，那就暂到这里。不过，要把这个字带回去，好好保存，不得撕毁，不得丢失。"寇准严厉地说，"要给老先生去赔礼道歉。以后如再欺侮、戏弄教书先生，还要用竹板子伺候！"

员外父子连声说"是"，狼狈地离开县衙。

诬告人中计

唐朝有个人叫李靖，他在岐州当刺史的时候，有个人为了博得皇帝的宠爱，控告他有野心，要聚兵造反。

皇帝得知这一情况后，立即命令一个御史前去调查，并对御史说："如果查明李靖真的要阴谋造反，可以当场处决。"

这个御史知道李靖奉公守法，体贴百姓，不可能图谋造反。说他要造反，肯定是诬告、陷害。可是，怎么才能把这件事弄个真假分明呢？

御史思前虑后，想出了办法。他请求和那个控告人一块儿去办这个案子，皇帝答应了他的要求。

御史领了圣旨，和那人一起，直奔岐州。

走了几百里地，管行李事务的随从把控告人原来写的状纸丢失了。御史大发脾气，用鞭子狠狠地抽打那个随从。随从惊恐万状，只顾磕头求饶："把状纸弄丢了，小人罪该万死！请大人饶命！请大人饶命！"叫得很是凄惨，悲哀。

看着随从那个可怜样子，御史不忍心再打了，叹了口气，对那个控告人说："李靖谋反事实很清楚。我们奉圣旨去查办，谁能想到，随从把状纸给丢了，这是要掉脑袋的。"我们俩办不成此事，也有和李靖勾结的嫌疑。

那个控告人一听后，觉得有些不妙，问御史怎么办才好。

御史又摇头又叹气，表示事情非常棘手。踌躇了半天，他说："要想我们都不受连累又能救随从一命，我看只有一个办法，你重新写一张状纸，就当没丢失，我们还是照常去查办。"

那个控告人也觉得再没第二个好办法了。就重新写了一张状纸给了御史。

控告人哪里知道，这是御史和随从定的一计，假装随从把状纸丢了，实际上并没有丢，就在御史的衣袖里。拿出来和重新写的状纸一对照，发现内容很不相同。御史立即返回京城，向皇帝报告了这个情况。

皇帝一时还闹不清这里面有什么文章。御史说："如果李靖造反真有其事，控告人不管在什么时间，在什么地方，也不管是在什么情况下，写出的状纸应该是一致的，现在出入很大，有些是牛头不对马嘴，说明是控告人凭空捏造的。”

皇帝立即对控告人进行审讯。果然是控告人捏造事实，进行诬陷。皇帝把那个控告人判为诬告陷害罪，进行了处罚。

斗败窃书贼

李汝珍①在苏州一家刻书坊修改《镜花缘》。谁知他刚把书稿修改完，开始刻字，江宁的桃红坊竟已把《镜花缘》刻印出来，在庙市上出售了，而且内容一模一样。这是怎么回事呢？李汝珍为了弄个水落石出，他决定到江宁去走一趟。

来到江宁，李汝珍到庙市上一看，桃红坊售出的《镜花缘》果然与自己手中的书稿一字不差。他惊讶万分，状告衙门，发誓一定要找出这个窃书贼。谁知一张状纸递上去，立即被知县驳回，说是天下同名同姓的人多得很，无根无据，不予受理。

原来这桃红坊老板钱锥子，是江南总督王仁的小舅子，知县惹不起。李汝珍不服，第二张状纸又递到江宁府，江宁知府也是装聋作哑，后来虽未将状纸驳回，但一定要李汝珍自己拿出书稿被窃的证据，才予受理，事情等于又被搁下来。

正在李妆珍左右犯难的时候，他的好朋友卞銮来南京探亲，特地到客店来看望李汝珍，听李汝珍诉说此事，十分恼火。他问李汝珍："你在苏州修改书稿，可曾与人交往？"李汝珍说："是有一个落魄书生，曾荐与书坊誊抄。不过他每天都是当着我面誊抄的，从不曾将书稿取走啊！"

卞銮听李汝珍这么一说，当即拍案而起："是了，就是他！"说罢，拉起李汝珍直奔江宁府，要求知府传讯桃红坊老板，交出他们所刻的《镜花缘》作者李汝珍。两个李汝珍当面对质，真伪自有分晓。这一来，江宁知府坐不住了，一面答应次日升堂问案，一面又差人连夜送信给江南总督王仁。

原来，当时苏州、江宁等地的刻书坊老板，风闻李汝珍写出《镜花缘》初稿，争

---

① 李汝珍（约1763 ~约1830年），字松石，号松石道人。直隶大兴人（今属北京市）。19岁随兄李汝璜来板浦（今江苏省连云港市板浦镇），居住在板浦场盐保司大使衙门里。

相要求替他付刻。啥原因？有利可图！李汝珍经过再三考虑，选中了苏州一家刻工最精的书坊。谁知这一来，却惹怒了江宁桃红坊老板钱锥子。钱锥子是江南总督王仁的小舅子，他眼见一块肥肉落入别人之口，气得一跳三丈高，眼珠一转，便带上厚礼去找姐夫王仁帮忙。王仁一看厚礼，二看至亲，马上叫来师爷金灵，商议对策。

于是第二天，金灵便乔装成一落魄书生来到苏州。他在李汝珍住的客店门口摆了一个写字摊，李汝珍生来热心肠，见金灵一手秀丽端正的毛笔字，便向书坊老板推荐，让金灵誊抄《镜花缘》书稿，暂且度日。李汝珍哪里料到这金灵有着惊人的记忆力，他每天都把誊抄的部分暗暗默记下来，晚上就抄在纸上，差心腹传到江宁，立即付刻。所以，这里李汝珍刚修改抄完，那里桃红坊已将书刻印出售了。李汝珍万万也没想到，正是自己"引狼入室"啊！

话说第二天，江宁知府开堂问案，桃红坊老板带了一个书生上场。知府问："《镜花缘》可是你写的？"只见那书生胸有成竹，一字不差地背了出来。知府便对李汝珍说："此书确乃人家所作。天下巧合之事甚多，本府宽大，诬告不究，你下堂去吧！"李汝珍又气又急，说："启禀大人，百回回目可以背诵。我要问他：书中百名才女，共有多少姓？征四关，去了多少人？"原来李汝珍在书中安排百名才女，只有七十个，其余是姐妹同姓，征四关，仅三十五个才女，并非个个参战。那书生一听，支支吾吾说不清了。桃红坊老板见势不妙，马上来个缓兵之计，说是真作者李汝珍生病，书生仅是代之受审，且等作者病愈再问。

堂下，桃红坊老板和王仁计议，说是要打赢官司，只有金灵熟知书中内容，非金灵亲自出马不可。金灵怕李汝珍认出他，所以怎么也不肯上堂。王仁蛮横惯了，一看金灵退退缩缩的样子，拍着桌子非逼着他上不可。

第二堂开审时，金灵化装一番，成了一个阔少爷，大摇大摆地走上堂来。知府问他："《镜花缘》可是你所写？"他点点头。知府正要问他书中内容，李汝珍觉得此人好面熟，细细一打量，想起来正是旅店门口摆写字摊的那个穷书生。李汝珍气得面孔发白，指着金灵上前说："启禀大人，他就是窃书贼。"随后便把当初誊抄之事诉说一遍。知府说："我不信会有如此过目不忘之人，此纯属无稽之谈也！"李汝珍见知府有意偏袒，便说："既然《镜花缘》是这位先生所作，请问，'枯枝牡丹'出自何处？'多九公'可有其人？"金灵再精灵，也不会算出世上真有"枯枝牡丹"出在盐城便仓，更不会知晓"多九公"本是海州人，是个渔民。他不懂装懂，答道："枯枝牡丹、多九公，皆出自笔下，焉得认真？"李汝珍一听，立刻据实反驳。知府眼看局面难以收拾，便宣布暂退堂。改日再审。

王仁心毒手狠，见事情败露，无法挽回，便决定抛出金灵作替罪羊，知府心领神会，第三堂审问干脆得多了。他判金灵为窃书犯，依法律充军，桃红坊私刻，罚金若干，存书尽毁。李汝珍终于打赢了官司，便和卞銮作别，高兴地回苏州去了。

谁知，这一判决，把王仁的师爷充了军，弄得王仁面上无光，桃红坊被罚款，小舅子又来抱怨。王仁越想越气，恼羞成怒，先找知府一个岔子将他革了职，后诬苏州的刻书坊老板私通太湖匪盗，抄没书坊。结果，弄得李汝珍的《镜花缘》刻了个半途而废，李汝珍也因此气出了一场大病。据说，后来还是卞銮帮忙，才由苏州另一家书坊把《镜花缘》刻印了出来。

外国历史故事

狮身人面像

哈夫拉金字塔旁边，有一尊高20多米、长约57米的巨型雕像，仅雕像的一只耳朵就有两米高。雕像的面部为哈夫拉的形象，而身体却配上了巨大的狮子的卧姿，因而显得特别引人注目。这就是举世闻名的狮身人面像。由于它和希腊神话中的人面怪物斯芬克司相似，所以很多人又称它为“斯芬克司”。狮身人面像坐西向东，蹲伏在哈夫拉的陵墓旁。在哈夫拉雕像的后脑部，是一只鹰的形象。为什么哈夫拉要把自己的形象雕琢成这样一个神怪形象呢？据说，埃及人在开采建造金字塔的石料时，预先留下了这样一块巨石。哈夫拉在巡视自己的陵墓工程时，吩咐工匠为他雕琢一尊石像。工匠别出心裁地雕琢了一头狮子，而以哈夫拉的面像作为狮子的头。在古埃及，鹰和狮子是人们最为崇拜和尊奉的动物。人们把鹰视为最高的神兽，称作荷拉斯，即太阳神；狮子代表着战神萨克米，是力量的象征，也是各种神秘地方的守护者。所以说，狮身人面像体现了埃及法老至高无上的统治权与神源的力量，雕像从内容到形式都是为了展现这种神秘的力量。

也有些学者认为，狮身人面像是妖魔斯芬克司的塑像，其依据是流传埃及以至全世界的一则民间故事：相传有一个怪物，它有一个美女的脑袋，狮子的身躯，还长着两只翅膀，它就是传说中巨人堤丰和蛇怪厄喀德娜所生的女儿之一，取名为斯芬克司。斯芬克司生性十分残暴，最喜欢吃人肉。它长期驻守在古希腊中部的底比斯，盘坐在一块巨大的岩石上，对底比斯的居民提出各种各样的谜语。凡是猜不出谜语的人，都被它撕碎吃掉，连国王克瑞翁的儿子也被吞食了。国王迫于无奈，只好公开张贴告示，宣布谁能除掉这可怕的怪物，谁就可以获得底比斯的王位，并可以娶他的姐姐伊俄卡斯特为妻。

正在这时，俄狄浦斯来到底比斯，他爬上山岩，见到斯芬克司坐在上面，便自愿提出解答谜语。斯芬克司说：“什么东西在早晨用四条腿行走，在中午用两条腿行走，到晚上用三条腿行走？”

俄狄浦斯答：“这是人啊！人在幼年，即生命的早晨，是个软弱无力的孩子，他用两条腿和两只手在地上爬行，这就等于四条腿；他到了壮年，正是生命的中午，当然只用两条腿走路；但到了老年，已是生命的迟暮，只好拄着拐杖，好像三条腿行走。”他猜中了，斯芬克司羞愧难当，从山岩上跳下去摔死了。国王克瑞翁为了让人们记住这个恶魔，便在斯芬克司经常出现的地方，即今天狮身人面像的所在地，用巨石刻出斯芬克司的形象。

14 世纪以来，狮身人面像遭到人为的破坏。18 世纪末，法国皇帝拿破仑一世侵略埃及时，为了打开一个入内的进口，以便搞清楚它内部的奥妙，竟下令用大炮轰击，结果狮身人面像的鼻子被炮弹轰掉，成了没鼻子的丑八怪。

埃及的泛滥节

文明古国埃及的人民世世代代生活在世界上最长的河流——尼罗河两岸。埃及人民不仅不将尼罗河泛滥视为不幸和灾难，反而还盼望其来临。他们视尼罗河为神明，每年河永泛滥之际，都要举行隆重的庆祝活动，这就是尼罗河的泛滥节。

每年 6 月中旬，尼罗河水开始变绿，它是尼罗河即将泛滥的预兆。人们喜气洋洋地聚集在河畔，举行盛大的“落泪夜”庆祝活动。八月，当河水漫过河床堤坝、淹没土地时，人们还要庆祝一次。祭司高声念着祷词，以求吉祥幸福，并将尼罗河神的木雕像，放置岸边。人们看到这个雕像，都毕恭毕敬地低头表示敬意。人们在举行仪式和歌舞活动之际，还把拉姆西斯三世雕成美女，敬献给尼罗河神，使他们成为夫妻。秋季到来，汛期过去，河水下降，人们再把雕像请回，放置原处。

尼罗河泛滥节据说源于这样一个古老而美妙的传说：有一天，女神伊兹斯的丈夫外出遇难身亡，她悲痛欲绝，泪水如暴雨似的洒落到尼罗河里，河水陡然上涨，漫过两岸。人们为了不让她过分伤心，便吹吹打打，又跳又唱。女神在人民的热情感召下，幸福地笑了。因泛滥到两岸的河水是女神的眼泪，所以凡是河水过处，无不生机勃勃，五谷丰登。之后，每当尼罗河泛滥，人们便载歌载舞，热闹一番。其实，尼罗河泛滥节之所以成为埃及人民的传统节日，是因为尼罗河和他们的生活、文明有着密切的关系。在阿拉伯语中，尼罗河[1]是“河流之父”的意思，它是世界文明发祥地之一。它的水位每年 6 月份开始上升，9 月份达到高峰，11 月以后开始下降。水退以后，两岸便淤积下大量的泥土，那是极好的天然肥料。数千年来，两岸的人民利用这种肥料从事农业生产。世世代代生活在尼罗河两岸的埃及人民，饮水思源，感激尼罗河的恩典赐予，一年一度的泛滥节，便是他们这种情感的表现。

最早的起义

在欧洲两个著名的博物馆里，分别珍藏着 3000 多年前的两部纸草卷文书。这两部文书虽然已经残缺不全，但却记载着世界上最早的一次大规模的奴隶起义。

这一事件大约发生在公元前 1750 年的埃及。

请看下面的记载：

“……那永远不会发生的事情竟然发生了。国王被穷人捉去了。”

“暴动者在一小时内就占领了京城，这时就发生了这件事……国王宫廷的大门、列柱、屋顶都烧成灰烬，只剩下王宫的一些断墙残垣。”

“三角洲在哭泣，因为国王的粮仓已经成为一切人的财产了。”

“国内的官长们都逃跑了……宫廷的官吏已经被从王家赶了出来。”

“那宏大的审判厅已经成为一个任意出入的场所了，穷人进出那宏大的宫殿。”

“那美丽的审判厅啊，它的法令已被抛出，在十字路口，人们就在那纸卷上行走了。审判官被赶到国内各地。”

“盗走显贵人的财产，把它交给穷人。有财产的人遭受损失，而穷人则很满意。”

“他们做成了铜箭，用血来强求面包。”

“大地像做陶器的轮子一样旋转起来……”

---

① 尼罗河是一条流经非洲东部与北部的河流，与中非地区的刚果河以及西非地区的尼日尔河并列非洲最大的三个河流系统。尼罗河长 6650 公里，是世界上最长的河流。2007 年虽有来自巴西的学者宣称亚马逊河长度更胜一筹，但尚未获得全球地理学界的普遍认同。尼罗河有两条主要的支流，白尼罗河和青尼罗河。发源于埃塞俄比亚高原的青尼罗河是尼罗河下游大多数水和营养的来源，但是白尼罗河则是两条支流中最长的。

用不着多做解释，这是记载一场翻天覆地的大起义。

自从公元前2400年左右埃及的古王国瓦解之后，经历了大约300多年，在公元前2000年之前，建立了埃及的中王国。中王国以底比斯为京都，建立起一个极权统治的国家。法老、贵族、奴隶主们的财富增加了，而被压迫的奴隶，以及耕作自己土地的农民，却一天比一天贫困。他们再也忍受不下去，一场全国规模的大起义终于爆发了。

有农民参加的奴隶大起义，沉重地打击了埃及的贵族奴隶主。由于历史资料的欠缺，至今对于这次大起义的全过程不太清楚，甚至连这次起义组织者的名字也不知道。但是，从这两个纸草的残卷上，就足以看出这次起义的威力。

这次起义持续了40年。开头是一些零星的、分散的暴动，然后才汇合成全国性的大起义。从纸草卷的记载中还可以看出，起义队伍只是在政治上打击了压迫者，而并没有组织起全国性的政权；在经济上剥夺了剥削者，却没有及时重视发展自己的经济，以致生产受到了相当大的影响。纸卷文书上写着：

"……河渠空空如也，人们可以涉水过河。河里露出的土地比河底的水多。"

"在一切的道路旁，谷物都枯萎了。人们没有衣服，没有油脂，更没有奶油……"

推翻了反动统治，而不注意建设自己的新生活，起义的胜利就不能持久。中王国的法老终于重新组织起他们的政权，农民和奴隶们依旧受压迫。

在这次大起义后不久，亚洲的喜克索人侵入了埃及。他们以马车战术见长，轻快的马车风驰电掣地突入了埃及人的队伍，埃及军队只能望风而逃。因为，当时埃及人还不知道怎样使用战马，只会用步兵打仗，而步兵是无法阻挡骑兵和战车的。

喜克索人统治了埃及大约150年。公元前1580年，底比斯城的统治者阿摩西斯发兵攻击喜克索人，把他们逐出埃及，建立了埃及的新王国。从此，埃及人学会了养马和使用马车。

空中花园

一提到巴比伦文明,令人津津乐道、浮想联翩的首先是“空中花园”。它被誉为世界七大奇迹之一。

千百年来,关于“空中花园”有个美丽动人的传说。新巴比伦国王尼布甲尼撒二世娶了米底的公主米梯斯为王后。公主美丽可人,深得国王的宠爱。可是时间一长,公主愁容渐生。尼布甲尼撒二世不知何故。公主说:“我的家乡山峦叠翠,花草丛生。而这里是一望无际的巴比伦平原,连个小山丘都找不到,我多么渴望能再见到我们家乡的山岭和盘山小道啊!”原来公主得了思乡病。于是,尼布甲尼撒二世令工匠按照米底山区的景色,在他的宫殿里,建造了层层叠叠的阶梯形花园,上面栽满了奇花异草,并在园中开辟了幽静的山间小道,小道旁是潺潺流水。工匠们还在花园中央修建了一座城楼,矗立在空中。巧夺天工的园林景色终于博得公主的欢心。由于花园比宫墙还要高,给人感觉像是整个御花园悬挂在空中,因此被称为“空中花园”,又叫“悬苑”。当年到巴比伦城朝拜、经商或旅游的人们老远就可以看到空中城楼上的金色屋顶在阳光下熠熠生辉。所以,到公元二世纪,希腊学者在品评世界各地著名建筑和雕塑品时,把“空中花园”列为“世界七大奇迹”之一。从此以后,“空中花园”更是闻名遐迩。

令人遗憾的是,“空中花园”和巴比伦文明其他的著名建筑一样,早已湮没在滚滚黄沙之中。我们要了解“空中花园”,只能通过后世的历史记载和近代的考古发掘。

19 世纪末,德国考古学家发掘出巴比伦城的遗址。他们在发掘南宫苑时,在东北角挖掘出一个不寻常的、半地下的、近似长方形的建筑物,面积约 1260 平方米。这个建筑物由两排小屋组成,每个小屋平均只有 6.6 平方米。两排小屋由一走廊分开,对称布局,周围被高而宽厚的围墙所环绕。西边那排的一间小屋中发现了一口开了三个水槽的水井,一个是正方形的,两个是椭圆形的。根据考古学家的分析,这些小屋可能是原来的水房,那些水槽则是用来安装压水机的。因此,考古学家认为这个地方很可能就是传说中的“空中花园”的遗址。当年巴比伦人用土铺垫在这些小屋坚固的拱顶上，层层加高，栽种花木。至于灌溉用水是依靠地下小屋中的压水机源源不断供应的。考古学家经过考证证明，那时的压水机使用的原理和我们现在使用的链泵基本一致。它把几个水桶系在一个链带上与放在墙上的一个轮子相连，轮子转动一周，水桶就跟着转动，完成提水和倒水的整个过程，水再通过水槽流到花园中进行灌溉。这种压水机现在仍在两河流域广泛使用。而且，考古学家也的确在遗址里发现了大量种植花木痕迹。然而，到目前为止，在所发现的巴比伦楔形文字的泥版文书，还没有找到确切的文献记载。因此，考古学家的解释是否正确仍需进一步研究。总之，传说中的“空中花园”，它的真实面目依旧隐身于历史的迷雾之中。

尚武好斗的斯巴达人

在古希腊所有的城邦中，斯巴达人的尚武凶猛是出了名的。由于斯巴达国家是在征服周边地区的过程中建立起来的，斯巴达人必须维持对希洛人的压迫与剥削，镇压希洛人的反抗，因此，在斯巴达人内部，实行严格的军事训练，整个斯巴达城如同一座军营。

斯巴达人从小就接受一种尚武好斗的教育。在斯巴达人看来，他们的每个后代都必须成为勇猛、顽强的战士。因此，每个孩子出生后，都必须被抱到指定的地方去接受身体检查。婴儿强健合格，才准许父母养育，如果婴儿畸形或先天不足，则将被抛弃到山谷冷坳。而且，还要由母亲用烈性酒给婴儿洗身，如果婴儿经受不住而出现昏厥，则任其死去。

斯巴达儿童从小就培养出沉着和大胆的品质，养成不爱哭、不挑食、不怕黑暗、不怕孤独等习惯。男孩年满七岁便要离开家庭，开始过集体生活，并接受严格的体育和军事方面的训练，如跑步、掷铁饼、拳击、击剑和搏斗等。当他们年满20岁时，就正式参加军队，一直到60岁以后才退伍。斯巴达的女孩虽然仍然住在家庭里，但她们不像其他希腊城邦的女孩那样，成天学习纺织和其他家务劳动，而要进行体格锻炼，例如，学习竞走、掷铁饼、搏斗等等。斯巴达人认为，这些未来的母亲必须身体强健，将来生下的孩子才会强健，斯巴达才会有强壮的战士。斯巴达妇女的勇敢和坚强在古希腊也是很有名的。据说有个母亲交给她即将出征的儿子一个盾牌，叮嘱他说："拿住它！否则就躺在上面！"意思是要儿子拿着盾牌胜利归来，或者英勇地战死，让别人用盾牌把尸体抬回来。

斯巴达人不仅从体力、胆量、纪律、性格等方面培养合格的战士，而且从思想上向孩子们进行热爱国家、忠于国家和憎恨奴隶的教育。长辈们常常向孩子们讲述斯巴达英雄人物的故事，也常常问孩子"谁是斯巴达最好的公民"之类的问题，让孩子从小就有崇拜、模仿和学习的对象。斯巴达人还常常当着孩子们的面，任意侮辱和鞭打希洛人，以此灌输给孩子们一种观念：斯巴达人是地位优越的主人，希洛人是天生被统治的奴隶。

由此可见，斯巴达人尚武好斗的民族品格，正是在这些思想观念的长期熏陶下形成的。

科学"贤人"泰勒斯

埃及大金字塔建成以后，经过了一千多年，可是还不知它到底有多高。不少数学家用各种方法量了又量，算了又算，仍旧说不出塔的确切高度。

公元前6世纪的一个春天，天气晴朗，春色宜人。一个希腊游客来到大金字塔前。人们听说他懂得数学，便故意问道："你能算出这塔有多高吗？"

"可以。这很简单！"

游客的回答引起了人们的一阵哄笑，但他仍旧从容不迫地说道："这确实很简单，如果不相信的话，把你们法老请来，我当场算给你们看。"

第二天，人们果真把法老请来了，法老身后还跟着一大群随从官员。椰树浓荫里已经聚集了好几千人，在那里比比划划，议论纷纷。不一会儿，这位希腊游客骑着一匹珠光宝气的骆驼，在人们的簇拥下，又来到金字塔前，几千人在他四周围成了一个大圆圈。游客抬头看了看太阳，比了比太阳的方位，然后不慌不忙走下骆驼，往人圈中心一站，阳光立刻给他身后投下一条长长的身影。每隔几分钟他就叫人把身影的长度量一量,待到身影和他的身长恰好相等时,他便立刻叫人在大金字塔那影子的三角尖顶处做个记号,然后,他跑过去丈量塔底中心到塔影顶端的距离,很快就报出了该塔的准确高度。

“你怎样知道这就是塔的真正高度呢?”坐在一旁的法老看了半天,还不太明白。

“这道理也很简单……”游客用手比划着给人们讲了如何利用“身影=身长”,代入“塔影=塔高”的数学道理。当时,阳光正以45度角射向地面,立在地面上的金字塔,其影子和塔顶而下的光线,正好组成等腰直角三角形。在此三角形中,塔高和塔影是相等的两条“腰”。

“只要量一下塔影的长度,就可以知道塔身的高度了!”游客话音一落,人群立即爆发出热烈的欢呼声,都拥向前去要一睹他的风采。这个聪明的游客到底是谁呢?他就是当时希腊的大科学家泰勒斯。

泰勒斯生于公元前7世纪。他的父母都出身于贵族家庭。泰勒斯很小的时候,就被送到当时著名的科学家和哲学家那里受教育。十几年以后,他便超过了给他授业的老师,而以学识渊博、富于独创的思想闻名于希腊。

泰勒斯对天文学很有研究,他不相信当时人们所说的太阳只不过是一只直径一英尺的小圆体的说法,他经过仔细的计算,认为太阳大得惊人,其直径起码等于黄道带的1/720。当然,现代人借助仪器测量,知道其真正直径为8630英里。不过两千多年前有如此成就,确是很不简单了。

当时,人们对日食的现象还很不了解,认为这是怪物要吞食太阳。每当发生日食的时候,人们都要向空中泼水、射箭,以拯救太阳,夺回光明。泰勒斯却能识破“怪物食日”的奥秘,了解日食的成因,并且还能预报。有一年的春天,他当众宣布:到5月20日,太阳要有短暂黑暗。大家听了,都嘲笑他、讽刺他,说他是“疯子”。5月20日这一天上午,天气晴朗,阳光灿烂,正是米亚人和吕底亚人在小亚细亚进行激烈交战的时刻。正当两军对垒,厮杀得血肉横飞、难解难分的时候,忽然太阳渐渐暗淡下来。不一会儿,天空一片漆黑。交战双方都以为触犯了神灵,立即鸣金收兵,订立和约,从此再也不敢妄动干戈。泰勒斯听到这消息,不由得哈哈大笑:“不打仗这确是好事,可这和日食有什么关系呢?”

泰勒斯一生还做过许多极有价值的事。如他不借助任何仪器,能推算出一年有365天,他通过对尼罗河定期泛滥的研究,总结出精辟的数学理论。所以,希腊人都称颂他为科学“贤人”,与政治改革家梭伦齐名。

亚历山大港的灯塔

埃及的亚历山大城是马其顿的国王亚历山大在东侵时于公元前332年建立的。起初它只是个军事据点，后来慢慢发展成具有经济意义的港口城市。

亚历山大城位于尼罗河三角洲①西北端，地中海南岸，北控法罗斯岛。在马其顿托勒密王朝统治时期，它既是埃及的首都，也是地中海和近东的一个巨大国际贸易和科学研究中心。

亚历山大海港介于海岸与法罗斯岛之间，被连接法罗斯岛和海岸的一道一公里多长的堤坎分割成东港和西港。东港也称大港，是巨大的商港和军港，西港是渔港。堤坎上有两道口子，便于两港船只穿行。

由于亚历山大港的经济意义十分重要，所以在这里修筑了一座巨大的灯塔，以便指引夜间航行。

公元前282年前后，在法罗斯岛的东端建成了一个大灯塔，它立于距岛岸7米处的岩礁之上。

亚历山大灯塔塔身是由上、中、下三个部分组成的。下层塔身底部呈方形，塔身随着上升逐渐收缩，高约71米。底部每边边长为高度的一半，上面四个角分别安置一尊海神波赛冬的儿子口吹海螺的铸像，用来表示风向方位；中层比下层细，呈八角形，高约34米，相当于下层高度的一半；上层呈圆柱形，高约9米。上层塔身之上是圆形塔顶，塔顶上巨大的火炬不分昼夜地冒着火焰。塔顶之上铸着一尊高约7米的海神波赛冬青铜立像。

从塔身最下层至塔顶之上的青铜像，全塔总高度约135米。塔顶火炬发出的火光在距离它60公里的海面上都可看见。

灯塔的内部结构在当时是十分先进的。从塔身下层至塔顶筑有螺旋式上升阶梯。塔顶有类似升降机的装置，用以运送火炬燃料和各种物品。下层塔身周围由

---

① 位于埃及北部，临地中海。由尼罗河携带的泥沙在入海口冲积而成。面积2.5万平方公里。三角洲地势低平，土壤肥沃，河网纵横，渠道密布，集中了全国三分之二的耕地。气候炎热干燥，光照强，水源充足，灌溉农业发达，是世界古文化发祥地之一，也是世界长绒棉的主要产地。

50 个房间组成。人们猜测这些房间大多是值班人员占用的，也有可能是天文学家在此观察天象。

亚历山大灯塔共耗资 20 吨白银。

这座灯塔自建成后一直安然无恙地屹立近千年之久。亚历山大灯塔毁于公元 796 年的一场大地震。

东罗马科学家把它列为“世界七大奇迹”之一。

耶稣的传说

1900 年前，在地中海东岸一带的犹太人中间，流传着这样一个故事：

耶路撒冷城里有一个少女，名叫马利亚。她已经订婚，但是没有出嫁就怀孕了。她的未婚夫约瑟很想解除这个婚约。一天夜里，约瑟做了一个梦。梦中，上帝的使者对他说：“马利亚怀的孕，是受上帝圣灵感动得到的。她怀的是上帝的儿子，名叫耶稣，是来拯救世上百姓苦难的。”约瑟相信了这个梦，把马利亚娶了过来，不久果然生了一个男孩，就取名耶稣。

耶稣出生的那天，有一颗明亮的星星从天上落向耶路撒冷城。东方有几个博士看到以后，不觉高呼起来：“救世主基督降生到人间来了！”

原来，犹太人早有自己的宗教——犹太教。他们信奉上帝耶和华，相信世界是上帝在七天内创造出来的：第一天创造天、地和白天、黑夜；第二天创造空气和水；第三天创造树木、蔬菜和瓜果；第四天创造太阳、月亮和星星；第五天创造鱼、兽和各种动物；第六天按照上帝自己的模样，创造了人；第七天就休息。上帝看到人类苦难太多，准备派他的儿子——救世主基督来到人间，把人们从苦难中拯救出来。

博士们兴冲冲地到城里去向马利亚祝贺。不料，这件事情被耶路撒冷的统治者知道了。他认为这件事是有意蛊惑人心。为了彻底除掉产生这种传说的根源，竟然下令要把全城两岁以下的婴儿统统杀死。约瑟和马利亚得知了这个消息，连夜抱了耶稣逃到埃及。

耶稣长大以后，走遍了中东各地。一天，他走到约旦河的边上，有一个名叫约翰的教士，一面口诵经文，一面把耶稣浸入水中，行了个洗礼。据说，受了洗礼，就是接受了上帝的圣灵。

耶稣受洗之后，又经受了种种考验，譬如要连续40天不吃不喝等等，终于，他头上出现了一束巨大的光圈，百姓们都能在黑暗中清楚地看见他。从此，耶稣自称是上帝的儿子，到处传教，收了不少门徒。

跟随耶稣的人愈来愈多了，耶稣登上高山向他们训话："你们听着，凡是虚心的人都是幸福的，天国将属于他们；凡是和睦的人都是幸福的，他们将被称为上帝的儿子；凡是被人辱骂、被人欺凌的人都是幸福的，他们死后将在天上得到赏赐；凡是仇恨别人的人，一定要受到上帝的审判！"耶稣顿了一顿，强调地说："你们还听着，要爱自己的仇敌，不要同恶人作对。有人打你的右脸，你就再把左脸送给他打；有人抢你的外衣，你就再把内衣送给他拿去……"

耶稣下了山，有一个麻风病人来朝拜他。耶稣伸手一摸，麻风病就好了。耶稣走到他的门徒彼得家里，看到他的岳母躺在床上发烧。耶稣伸手一摸，热度马上退了下去。

耶稣带了门徒去航海。忽然，大风大浪来了，海水冲上了船舷。眼看航船快要沉没了，门徒们都怕得要命。耶稣安慰他们说："不要怕！"他站起来痛骂了大风大浪一顿，海水马上平静下来。

一天，几千跟随耶稣的人没有饭吃。耶稣就拿了几个饼，用手一掰，一个变成两个。耶稣不停地掰，不停地分给众人吃。结果，几千人都吃饱了。剩下的碎饼，足足装了几篮子。

后来，耶稣带了12个门徒回到耶路撒冷，给人治病。据说不论什么病，耶稣一摸就好了。就是哑巴，耶稣也能使他开口讲话。耶稣还经常向人们传道，用种种比喻，劝说人们做好事。他说："不要贪财！富人死后是不能进天堂的，他们进天堂比骆驼想穿过针孔还难！"

耶稣在传教时，总要劝说人们信仰上帝。一天，耶稣指着一棵无花果树说："从今以后，你永远不结果子！"那棵无花果树立刻就枯萎了。人们看了都很奇怪。耶稣就教训说："只要你诚心信仰上帝，就有力量把一座山挪到海里去！"

由于相信耶稣的人愈来愈多，耶稣遭到了官吏和祭司长的仇恨。他们想尽办法要杀死耶稣。这时，耶稣12门徒中有个名叫犹大的，到祭司长那里去问："我把耶稣交出来，你们给我多少钱？"祭司长马上给他30块银币。

那天晚上，耶稣和12个门徒一起共进晚餐。耶稣说："有人出卖了我。"门徒们都很惊慌。做贼心虚的犹大故意问道："您说的是我吗？"耶稣说："你说得对！"犹大不安地低下了头，一声不响。

第二天，耶稣和12门徒一道出去，正遇着祭司长和官吏带了好多拿着棍棒和大刀的打手走来。犹大向祭司长使了一个眼色，一把抱住了耶稣，表示要向耶稣请安，亲耶稣的嘴。这时，打手们一拥而上，抓住了耶稣。一个门徒马上拔出刀来反抗，一刀砍掉了打手的耳朵；耶稣连忙阻止说："不要动刀！凡是动刀的，将来一定要死在刀下！"这个门徒只好把刀插回鞘里。耶稣终于被抓走了。

耶稣被捕以后，受尽了打骂和侮辱。最后，被罗马帝国派驻该地的总督判处死刑。耶稣是被钉死在十字架上的。和他一道钉死的，还有两个强盗。

三天以后，耶稣复活了。人们都赶来朝拜他。耶稣对人们说："只要你们遵照我的吩咐去做，我是永远会和你们在一起的。"据说，耶稣复活的那一天，是在过春分月亮圆了之后的第一个星期日。这天就是现在基督教的"复活节"。之后，又把耶稣的生日（12月25日）作为"圣诞节"。

关于记载耶稣传说的书，就是《新约全书》。基督教的《圣经》，就是原来犹太教编的《旧约全书》和后来信仰耶稣的人编的《新约全书》的合订本。"基督"即"救世主"的意思，传说中的耶稣是上帝派来普救众生的，所以后来都称他为耶稣基督。基督教宣传的道理，固然有劝说大家帮助别人和不做坏事的一面，然而，它反对同邪恶作斗争，甚至主张爱护仇敌，这实际上是麻痹人们斗志的精神鸦片。罗马帝国原先是禁止基督教的。公元4世纪时，罗马统治者内外交困，感到基督教对他们有利，就把基督教定为国教。从此，基督教传遍了全世界。

耶稣虽然是一个传说中的人物，但是，传说中耶稣出生的那一年，却普遍地作为纪年的标志。这就是现在世界各国通行的公元纪年法。

穆罕默德

公元630年1月下旬的一天，一群穆斯林战士骑着骠健的阿拉伯马，裹着宽大的白色头巾，手持利剑冲进了阿拉伯半岛西部的麦加城。

"向克尔白庙进军！"穆斯林的领袖挥手高呼。

战士们呼啸着向一座大庙冲去。

“消灭荒谬!”领袖又一次高呼。

战士们纷纷跳下马背,冲进大庙,把庙里的360个神像统统捣毁。

“真理已经来临!荒谬已经消灭!荒谬是一定要消灭的!”领袖第三次高呼。接着,他亲吻了嵌在这大庙石壁上的玄石。

战士们充满着胜利的欢悦,一个个兴高采烈地走到这块玄石前面,用嘴唇亲吻着它。

克尔白庙是麦加城里最宏伟的一座古庙,它是阿拉伯人古老的多神教的中心。玄石是一块黑色的陨石,它是阿拉伯人的传统崇拜物。自从穆罕默德创立伊斯兰教以后,阿拉伯人大都改信伊斯兰教,成为“穆斯林”(阿拉伯语的音译,意为“顺从者”,是伊斯兰教教徒的通称)。伊斯兰教只信奉一个神,这个神的名字叫“安拉”。伊斯兰教徒认为,“安拉”是创造宇宙万物的唯一主宰,也称之为“真主”。这次克尔白古庙落到了穆斯林手里,标志着阿拉伯人古老的多神教已经终结,也标志着一种新兴的独神教——伊斯兰教,已经在阿拉伯半岛确立。

这些穆斯林战士的领袖,就是伊斯兰教的创始人穆罕默德。

穆罕默德于公元570年出生在麦加的一个没落贵族家庭。诞生以前,他的父亲就去世了,六岁时又丧失了母亲,小时候由叔父抚养。十几岁时,曾跟随商队往返于巴勒斯坦、叙利亚一带,到过不少世界闻名的城市,也接触过犹太教和基督教这两个相同来源的独神教的教义。25岁那年,和麦加一个有钱的寡妇结婚。从此,他有了财富和地位,成为麦加城里一位很有名望的人。

麦加城的郊外有一座希拉山。希拉山上边有一个小山洞。这个洞很小,只能容纳一个人。穆罕默德经常隐居在这个小山洞里,日日夜夜地冥思苦想。他怀疑现实,探索真理,以致心烦意乱。一天,他在山洞里突然听到一种声音,好像是在命令他:“你应当遵奉你的造物主的名义宣读……”

“啊,真主给我启示啦!”穆罕默德兴奋得跳了起来。从此,穆罕穆德向人们声称:他自己就是真主的天使。后来,伊斯兰教就把这一天的晚上称为“高贵的夜间”。

“真主是独一无二的,是全能的,是宇宙的创造者。将来,有一个审判的日子,凡是奉行真主意志的人到天堂里去享福,违反真主意志的人到地狱里去受罪……”穆罕默德到处向人宣传他自己创立的新教——伊斯兰教的教义。很多阿拉伯人都跟随着他。

伊斯兰教的教义规定,只信奉真主和他的使者穆罕默德;每星期五做礼拜,把克尔白古庙作为朝拜的方向;缴纳财产的百分之二点五作为宗教用途,用来赈济贫穷的穆斯林等。同时,把政权与宗教统一起来。此外,还规定教徒不吃猪肉,允许一夫多妻,每年的教历九月作为“斋月”,自黎明至日落不准进餐……

穆罕默德的传教活动,受到了当时阿拉伯贵族势力的反对,许多人甚至要杀害他。公元622年7月的一个夜晚,穆罕默德率领教徒逃出麦加,到了麦地那城。从此,他以麦地那为根据地,开展宗教的武装斗争。八年之后,终于用武力打进麦加城,统一了阿拉伯半岛的大部分,建立起宗教政权。现在穆斯林通用的教历,就是以公元622年7月16日,即穆罕默德到达麦加的第二天作为元旦的。

十年后,穆罕默德率领着一个庞大的“朝觐团”来到麦加。“朝”是朝拜,“觐”是拜见。这是伊斯兰教徒拜谒圣地的一种礼节。穆罕默德在克尔白古庙周围进行了一连串朝觐圣地的活动以后,在广场上发表了长篇的演讲。

“……众人啊!静听我的话,而且要牢记在心。你们要知道,每个穆斯林都是其他穆斯林的兄弟,大家都是同胞。因此,别的兄弟所有的任何东西,不得他的同意而据为己有,这对于你们中任何人都是非法的……”

广场上的穆斯林们虔诚地听着他的教导。大家知道,穆罕默德是孤儿出身,他所制定的法律,特别照顾孤儿、奴隶、弱者和受欺压的劳动人民。很多人还看到,他们宗教和国家的领袖穆罕默德,过着非常清苦的生活:住在泥土筑成的小屋子里,自己缝补衣服。他的信徒可以随时到他家里去访问。而在作战的时候,穆罕默德却是一位身先士卒的指挥官,是一名不怕牺牲的战士。

穆罕默德从麦加朝觐回到麦地那不久,就生病去世了。穆斯林们把这次朝觐称为“告别的朝觐”。根据教规,穆斯林们去麦加城的克尔白古庙朝觐,是一生的最大幸福。直到现在,全世界的穆斯林还有去麦加朝觐的风俗习惯。

穆罕默德一生的最大功绩,是用宗教的信念把阿拉伯各个部落统一了起来,成为一个强大的民族。他的言论,被弟子们编为《古兰经》——伊斯兰教的唯一经典。“古兰”是阿拉伯语的音译,意思是“诵读”。穆罕默德的陵墓,就修建在麦地那城的先知寺内,所以麦地那也是穆斯林朝觐的中心。

哥白尼

在长达两千年的时间里，大多数欧洲人认为他们了解他们抬头见到的天空。地球位于宇宙的中心，其他一切天体——太阳、月亮、行星和恒星——都绕它旋转，它们都被嵌在巨大的水晶球体中。二世纪的希腊哲学家托勒密曾描绘了这样一个天体系统（我们今天称之为托勒密理论），而差不多所有的欧洲天文学家都接受了它。这也恰好是从地球上所看见的天空的情景，所以相信以地球为中心的宇宙看来是唯一的共识，事情如此地显而易见以致大多数人都不再过多地思考它。

一个16世纪的波兰天文学家却不满意于这一显而易见的解释。他的名字叫哥白尼，出生于托伦——波兰北部维斯图拉河沿岸的一座繁荣的城市。在叔叔的帮助下，24岁的哥白尼成了弗兰恩伯里教堂牧师会的一员，哥白尼一生就是以此职业维持生活的。天文学是他最感兴趣的，虽然他因为忙于教会的事务和为其主教管区的人们治病而不能随心所欲地为此投入更多的时间。他还是有规律地观察太阳、月亮和行星的运行路线，试图推测它们的运行轨道。

许多天文学家，包括哥白尼，都为托勒密理论所困扰，他们看见天空中的行星亮度会发生变化并且有时甚至移到后面，简单的圆形轨道理论无法对此做出解释。

哥白尼重新阅读了古希腊天文学家的作品，并且在其中发现了一种新理论的萌芽。这一理论惊人的简单，设想地球不是宇宙的中心——它是围绕太阳旋转的，只是太阳系中的众多天体之一。这一理论可以立刻解决托勒密理论中的几个问题，比如说为什么行星的亮度会发生变化且向后移动。

在科学上只是提出一种新理论是不够的，理论必须经过检验才是真理，所以哥白尼花了多年时间进行天文观测以为自己的理论找到证据。他的观测表明了与地球相关的行星的真正顺序。古人认为，地球是被月球、水星、金星、太阳、火星、木星和土星一圈圈围绕（这是当时天文学家所知晓的所有行星，他们把月亮和太阳也看做是行星）。哥白尼认为正确的安排是把太阳放在中心，水星、金星、地球、火星、木星、土星环绕着它，月亮实际上是绕地球旋转的唯一天体。

哥白尼对于出版他的著作还心存犹豫。1510 年,他开始把他有关理论的手写稿拿给朋友看。朋友们都很激动,催促他向大众公开自己的观点。但直到 1543 年去世,他的著作才作为一本书出版,题目叫《天体运行论》。据说,哥白尼在去世的那一天拿到了第一本书。

教会的领袖们对哥白尼的理论充满敌意,因为他的观点与教会的宇宙观相抵触。几百年来,教会的宇宙观一直是以托勒密理论为基础的,如果像基督教所认为的那样,耶稣的生活是历史上最重要的事情,那么耶稣所生活的地球就必须像托勒密所提出的是宇宙的中心,若像哥白尼那样把太阳放在中心,一切都将颠倒,有关教会信条的各种其他问题也将出现。几十年后,其他天文学家,著名的布鲁诺和伽利略都因为公开支持哥白尼的理论而受到教会的迫害。

哥白尼理论的影响是深刻的,在其后不到 100 年的时间里,天文学家不再相信托勒密理论。但是哥白尼仍然认为天体是在正圆形的轨道上运行。后来哥白尼的追随者开普勒证明了太空的行星和所有其他物体都是沿着椭圆形而非圆形轨道运行的。

随着时间推移,哥白尼的简单理论导致了人们对许多其他旧有观念的怀疑,不只是在天文学方面,还有物理学、医学、数学和宗教,今天我们称其为“哥白尼革命”,以纪念这位最早意识到我们在宇宙中所处真正位置的天文学家。

女英雄贞德

贞德是英法百年战争时期法国抗击英军的女英雄。

英法百年战争后期,法国国王查理五世死后,他的继承人查理六世有病不能治理国家。法国的两大封建主集团乘机争权夺利,结果给英国造成了可乘之机。

1415 年 8 月,英国 6 万大军进攻法国,并迅速占领了法国北部和巴黎。法国王子查理率领一部分部队退到了南方。

1428 年,英军围攻通往南方的门户奥尔良,形势十分危急。

就在这时,东北边境一个十几岁的农家姑娘贞德挺身而出,决心拯救危难中的祖国。

贞德在听到奥尔良被围的消息后，连夜赶来求见王子，要求让她带兵去解围。贞德的爱国热情使查理深受感动。查理答应了贞德的要求，给了她一支军队。

1429 年，贞德身着军装，骑着战马，带着武器，率领军队开赴奥尔良。法军突破英军的重重包围，冲进城内。贞德的英勇行为，鼓舞了奥尔良城内外成千上万的法国人。法军士气大振，终于击退了围攻的英军。从此，这位奥尔良战役中的女英雄，被人们亲切地称为“奥尔良姑娘”。

奥尔良战役使法国抗英斗争开始走向胜利。当贞德正准备继续前进，全部光复法国国土的时候，法国封建主对她的影响却深感不安，他们阴谋出卖贞德。

1430 年 5 月下旬，贞德在康边城附近跟英军和英军帮凶勃艮弟贵族作战时，被勃艮弟贵族俘虏。英国人用一万金币把贞德从勃艮弟贵族手中买来，囚禁在铁笼子中。

1431 年 5 月 31 日，贞德被英国人以“女巫”的罪名，在卢昂的广场上活活烧死。临死时，她的年龄还不满 20 岁。

贞德牺牲后，法国人民十分悲痛。他们把贞德当作爱国主义的象征，在贞德精神鼓舞下，法国军民连续收复失地，1437 年收复巴黎，到 1453 年战争结束时，只有北部的加来港还在英国手里。

小英雄于连

在比利时首都布鲁塞尔[①]中心广场，有一座引人注目的“撒尿小孩”铜雕像。这个浑身黝黑的小孩有着卷曲蓬松的头发，光着身子，挺着小肚皮站在大理石雕花台座上在撒尿。经过人工蓄水，他的“尿”源源不断地流到下面的水池里，这就是被比利时人民称誉为“布鲁塞尔第一市民”的小英雄于连。

关于这座铜像有这样一个故事：500 多年前的一天晚上，比利时首都布鲁塞尔的中心广场上闪烁着五光十色的灯火，全城的人都跑出来唱歌跳舞，欢庆

---

① 布鲁塞尔（法语：Bruxelles，荷兰语：Brussel）是比利时最大的城市，也是欧洲联盟的主要行政机构所在地。位于布鲁塞尔首都区的布鲁塞尔市（法语：Bruxelles-ville，荷兰语：Stad Brussel），是比利时的首都。

自己打败了外国侵略者。钟声、礼炮声和人们的欢呼声交织成雄壮的乐曲，在首都的上空回荡。就在人们欢庆胜利的时候，隐藏的敌人悄悄溜进了市政厅的地下室。地下室里放着许多火药，只要一颗火星溅到火药上，就会引起爆炸，城市将毁于一旦。敌人堆好炸药，用一条导火线接上，一直伸到外面的院子里，点上火后慌忙溜走了。着了火的导火线，正呲呲地向地下室延烧进去，谁也没发现这危险的火花。一场巨大的灾难即将降临！正在危急关头，偏巧有个叫于连的小男孩到小院里玩耍，他在墙角边发现了闪着火花的导火线，燃烧的导火线正在一寸寸变短。他知道地下室里有火药，并且在战争中懂得了导火线在火光中变短是怎么一回事。他想去用水扑灭，可这里没有水，到远处去打水已经来不及了，就是跑出去喊大人来，恐怕也已救之不及。正在危急时刻，小于连忽然想出了一个办法：他跑到墙角边，朝导火线上撒了一泡尿。真灵，这泡尿竟把导火线浇灭了。一场灾难消失了，布鲁塞尔城在顷刻间化险为夷。

人们把这个撒尿的小英雄高高地举到头顶，欢呼起来。有人提议为小英雄于连塑一座铜像，这个提议立刻得到全城人民的拥护。他们请来全国最杰出的雕塑大师捷罗姆克思诺，一座高50厘米的光屁股撒尿孩子的铜像从此便矗立在了布鲁塞尔城里，并且题名“布鲁塞尔第一公民”像。平常于连尿的是自来水，逢特殊的日子尿啤酒，人们在铜像下面举杯共饮，互相庆祝。

据说，后来的几百年间，陆续有不少国王、贵族显要，也包括很多普通的老百姓给于连赠衣服。由于世界各地赠衣服的人太多，不得不成立一个专门的委员会来负责审核和管理。因为于连的衣服尺寸比较特殊，而且给他穿的时候是一块一块现缝上去的，所以裁剪也有一些特殊要求。尽管有如此多的要求，现在于连的衣服也已达到了700多套，中国也曾赠给于连衣服，一件是中国人民解放军军装，另一件是在布鲁塞尔建城千年时北京送的汉族的对襟小裤褂。

欧洲黑死病

人类有史以来最大的灾难当数公元 14 世纪至 17 世纪于欧洲大陆蔓延一时的鼠疫。鼠疫,俗称黑死病,据说,最早发生在中国和突厥斯坦,1347 年传到克里米亚。1348 年 1 月,三艘意大利商船从这一带的港口出发开回热那亚,船上不幸带回已经染上黑死病的老鼠。很快,热那亚开始流行起黑死病来。大街小巷到处都有死人,每家每户都有人染病,病人的症状是:头痛发烧,接着全身颤抖,头晕目眩,腹股沟和腋窝出现黑色坚硬的结节,淋巴腺肿大,最后在吐血中痛苦地死去,从发病到死去一般不会超过三天。当时的医生没有任何办法治疗和预防,因此,鼠疫很快蔓延到欧洲各国的 20 万个城镇和乡村。

黑死病在欧洲猖獗了三个世纪,估计夺去了 2500 万人的生命。但到了 1666 年,黑死病突然消失了。一般认为是环境卫生和个人卫生条件的改善消灭了这种病菌。

文艺复兴

中世纪的欧洲处在天主教会的严格控制下,哲学、文艺和自然科学都变成了神学的附庸,科学和文化的发展都受到严重阻碍。公元 14 世纪至 16 世纪,在西欧封建社会向资本主义社会过渡的历史转折时期,新兴的资产阶级经过同封建领主的斗争,在一些城市取得了自治权。人文主义思想家、艺术家、诗人等,无不热衷于研究古代希腊、罗马的文化典籍,发掘和利用其中一切与基督教神学相对立的文化因素作为思想武器。这场资产阶级文化运动发端于意大利,其新思潮的代表人物提出了人道主义。他们主张以人为中心,反对以神为中心,宣扬摆脱教会对人们思想的禁锢,大力提倡复兴希腊、罗马的古文化,因而被称为“文艺复兴”运动。

文艺复兴运动很快就扩展到了德国、法国、英国等国家。它猛烈地冲击着封建制度和基督教会，为即将诞生的资本主义创造了条件。在这场运动中，群星璀璨，巨匠辈出，为后人留下了大量宝贵的文化遗产。

意大利是文艺复兴的发祥地。佛罗伦萨人彼特拉克是最早的人文主义思想家。他广泛搜集希腊、罗马的古籍，宣扬以人而不是以神为中心的思想。佛罗伦萨诗人但丁也是意大利文艺复兴运动的先驱。他的名著《神曲》描写作者游历天堂、地狱的见闻，把许多僧侣放到了地狱里受苦，反映了他对中世纪神学的憎恶。另外一位佛罗伦萨人薄伽丘是位小说作家，他的名著《十日谈》以幽默、尖锐、辛辣的笔触，揭露了教士的伪善和丑行，鞭挞了教会的禁欲主义。达·芬奇是文艺复兴时期文化巨匠的典型，才华横溢，具有极丰富的想象力和创造力。他终身勤奋工作，成就显著，在绘画、雕刻、数学、力学和建筑等方面都为后世留下了丰厚的财富。

莎士比亚

莎士比亚是文艺复兴时期英国最伟大的戏剧家和诗人。1564 年 4 月 23 日，莎士比亚出生在英国中部斯特拉特福镇一个羊毛商家庭。他 7 岁进当地文法学校念书，从小就对戏剧产生了爱好。13 岁时，因父亲破产而中途退学，退学后仍然坚持自学，掌握了不少戏剧知识。22 岁时他到伦敦谋生，决心要当戏剧家。但是，非“大学才子”很难进入伦敦戏剧界。他起初只能在戏院门口为看戏的绅士们看管马匹，后来才当上了一名配角演员，并参加了编剧工作。他从改写剧本慢慢发展到独立创作。26 岁起因写《亨利六世》《理查三世》等历史剧而获得了极大的成功。到莎士比亚晚年时，伊丽莎白女王和后来的詹姆士一世都常召他进宫去演戏。在 20 多年的创作生涯中，他一共写有 37 个剧本，154 首十四行诗和两首叙事长诗。他塑造的那些不朽的人物形象，如哈姆雷特、奥赛罗、李尔王、罗密欧与朱丽叶等，都为世界各国人民所熟悉。1616 年 4 月 23 日他在故乡逝世。他的戏剧集是在他死后 7 年出版的。他的朋友、著名戏剧家本·琼生为这本戏剧集题词，认为莎士比亚和他的戏剧是“时代的灵魂”“舞台的奇迹”，还说：“得意吧，我的不列颠，你拿得出一个人，他可以折服欧罗巴全部戏文。他不属于一个时代而属于所有的世纪！”

圈地运动

你听说过温驯的绵羊“吃人”吗？公元 15、16 世纪时的英国，竟然真的发生过“羊吃人”的事。

当时，英国、尼德兰（荷兰）等国的毛织业很繁荣，羊毛的需求量激增，导致羊毛价格不断上涨，牧羊成了很赚钱的行当。英国的地主不再满足于传统的农业耕作方式，他们纷纷把自己的和公共的土地用篱笆圈起来放牧羊群，还强行圈占了农民的土地。这种“圈地”行为规模越来越大，形成了一股浪潮。被逐出家园的佃农、自耕农因此丧失生计，颠沛流离，沦为乞丐、流浪者。这就是英国历史上著名的“圈地运动”。英国著名思想家莫尔强烈地批判了这种剥夺农民土地的行为，并形象地把它比作“羊吃人”。

英国的圈地运动开始于公元 15 世纪末，结束于公元 19 世纪上半叶，是一场自上而下进行的资产阶级性质的土地改革。这种资产阶级土地革命的特殊形式，并不是用消灭封建地主土地所有者的办法，而是采取剥夺农民的土地、保存大地主所有者的途径来进行，并在此基础上发展资本主义。但这种方式极其残酷，使得农民迅速丧失生产资料，而地主和农业资本家却得以顺利地积累大量的原始资本。

尽管在公元 17 世纪由于农民的反抗，圈地运动的事态有所回落，但在公元 17 世纪以后又开始回升。到了公元 18 世纪，英国的圈地运动发展得更加迅猛。英国国会甚至以立法的方式扩大了圈地规模，整个公元 18 世纪共圈地近 1.3 万平方公里。到了公元 18 世纪末，英国的小土地所有者已经基本被消灭殆尽。

圈地运动是资本主义原始积累的典型形态。它破坏了“快乐的英格兰”固有的宁静生活。在地主贵族逐渐向资产阶级转化的同时，背井离乡的贫苦农民成了廉价的劳动大军，为资本主义的发展创造了条件。

布鲁诺

16 世纪，天主教①会是欧洲最有权威的机构，持有与其宗教信条相抵触观念的任何人都会受到宗教法庭的审判。在几年时间里，宗教法庭已经宣判了许多这样的人有罪，包括持异端者（具有非正统信仰的基督徒）、被控使用巫术的妇女以及犹太人。被带到宗教法庭的人面临着两种可能：在严刑拷打下被迫认罪或者因拒绝合作而被烧死在火刑柱上。大多数人很快就承认被控的一切罪名以免一死。布鲁诺则是一个不愿在宗教法庭面前屈服的人，他也是因坚持与教会信条相冲突的先进科学理论而被处决的第一人。

布鲁诺原名菲利普·布鲁诺，是一名军人的儿子。在进入意大利那不勒斯王国的一个多明我会接受作为一名天主教神甫的教育之前，他曾学习过文学、逻辑和辩论。他最初与教会权威的麻烦是读了几本教会禁止的书，被教会认为更糟的是，他还和其他人讨论这些书。还有人看见他研究存在争议的学科，像天文学和星占学。1567 年他因被指控为异端而被迫离开了当时处于西班牙控制之下的那不勒斯而前往相对安全的罗马（西班牙宗教法庭是最为严厉且最有可能做出死刑判决的，罗马宗教法庭被认为更宽大些）。但他在那里也因为阐述自己的观点而遇到了麻烦，所以他又逃往了北意大利，然后又去了瑞典，在 1781 年又到了法国的巴黎。途中布鲁诺加入了新教，但新教也认为他是一个异端分子。抵达巴黎时，布鲁诺已被天主教和新教教会双双开除教籍（逐出教会）。于是他定居下来作为一个流浪学者，以传授自己的技能和观念为生。

在法王亨利三世的宽容统治之下，布鲁诺在巴黎度过了一段安全时期。1583 年，他迁往英国，与法国驻英大使米歇尔·卡斯特尔诺建立了友谊。

大约此时，布鲁诺开始在牛津大学讲授哥白尼的宇宙太阳中心论。布鲁诺自

---

① 天主教是基督宗教的主要宗派之一，又称公教，自明朝时就沿用的名称“天主教”，已成为正式的中文代名词。在基督宗教的所有公教会之中，罗马公教会（罗马天主教会）的会众最为庞大，全世界人数有 11.3 亿，占世界总人口 17%，因此“公教会”（天主教会）一词往往指的是“与罗马教宗共融的天主教会”，目前天主教会也是所有基督宗教的教会中最为庞大的教会。

己的天文学观念是很现代的，比哥白尼还现代。他认为宇宙是无限的，它可能充满了恒星系和与我们一样的世界，宇宙的形式和物质是一个并且是相同的，宇宙由原子组成。布鲁诺还怀疑《圣经》的科学性。

返回巴黎后，布鲁诺犯了一个错误，他写了四本小册子嘲弄哲学观点不为其所喜欢的一位著名政治家。布鲁诺被迫于 1586 年离开巴黎。他在德国流亡了几年，写作和宣讲他的哲学以及所有宗教和平共处的必要。他在哪儿也无法久留，因为一旦知道他是谁，当地的教士就会设法让他离开。

布鲁诺对于记忆的艺术做过专门的研究。在 16 世纪，印刷的书籍还不普及，大多数人不得不记忆他们可能需要了解的一切。多明我会修道士因创造了一门改善和增强记忆的“学科”而闻名，这门“学科”确实不只是一些简单的智力诀窍和游戏。但因为多明我会不肯公开它的秘密，所以多数人认为它非常神秘。布鲁诺在书中说，他已经把这门记忆“学科”发展成一种观点，它“不仅有助于记忆，而且对于所有精神力量的培养都有好处”。1591 年一位威尼斯贵族邀请他去威尼斯。布鲁诺觉得时间已经过去这么久，现在返回意大利应该是安全的。他还希望能在博杜瓦大学得到一个教授的职位。结果被捕，在威尼斯受到宗教法庭的审判。1593 年他被送往罗马，在那里他在狱中度过了七年，他的案子也一直在辩论之中。布鲁诺的起诉者想让他完全承认错误并否认他的理论，但他不愿意。他声明，他的理论是哲学的，不是宗教的，因而对教会没有威胁。

最终，布鲁诺的固执使他付出了生命的代价。教会不接受他的辩护，并在 1600 年 2 月判处其死刑。“也许你们对我宣判时的恐惧比我接受判决时的恐惧还大。”布鲁诺对法官说。一星期后，他被从狱中提出，手被缚着，口被塞着，被绑到火刑柱上活活烧死。

布鲁诺的命运震惊了许多人。30 多年后，教会以相似的罪名审判伽利略，伽利略想到布鲁诺的前车之鉴，立刻认罪了。从那以后，布鲁诺作为一名倡导科学观念的早期斗士逐渐地被人们遗忘了，一位 18 世纪的历史学家甚至对他是否被烧死的事实提出质疑。但到了 19 世纪，完成了意大利统一的改革家和政治家们把布鲁诺看做是一位英雄，因为他的勇气和决心解放了思想。于是，意大利的许多街道和广场被以布鲁诺的名字命名，在他殉难的地方还树起了他的雕像。

伽利略

比萨大学的一群医科学生，正跪在大教堂里做祷告。大厅里一片寂静。一个教堂司事注满了一盏从厅顶悬挂下来的油灯，漫不经心地让它在空中来回摆动。

挂灯链条摆动的嘀嗒嘀嗒声响干扰了学生的祈祷。这时，有一个学生渐渐被挂灯的嘀嗒声吸引住了。他觉得链条的节奏似乎是有规律的，尽管往返的距离越来越短，但是挂灯往返摆动一次的时间却似乎一样长。

突然，那年轻学生跳了起来，其他的祈祷者大吃一惊，都看着他往门外跑去。他回到家里，立即找来两根同样长的绳索，各坠上一块相同重量的铅块，让它们来回摆动，然后加以比较。就这样，证实了他的新发现——摆锤的等时性。

那位年轻的医科学生是谁？他就是后来成为意大利伟大的数学家、物理学家和天文学家的伽利略。

伽里列奥·伽利略于1564年2月，生于意大利比萨城。他父亲是一个没落贵族，又是一个卓越的音乐家，并且通晓数学。伽利略从小喜爱图画和音乐，但他父亲不愿让儿子做画家或音乐家，而是让他到修道院去学拉丁文和希腊文。17岁时，又送他到比萨大学去学医。在大学里，他细心听讲，认真做笔记，但又勇于提出问题，善于独立思考。他特别喜欢搞各种实验，很快便显示出他惊人的才能。

伽利略离开大学以后，利用阿基米得关于杠杆和“浮体比重”原理，发明了水平仪，不久又写出了一篇著名的论文《固体内的重心》。顿时，伽利略名声大振，被人们称为“当代的阿基米得”。比萨大学聘请他担任数学讲师。

当时欧洲的知识界，仍然在亚里士多德的思想统治下，大学教授们宣布，所有科学上的问题都最后被亚里士多德解决了。不论哪个学生提出异议，教授们便说：“导师（指亚里士多德）已经指示过了！”于是学生再也没有什么可说的了。可是，伽利略却偏偏要向固有的教学秩序挑战。他宣称，发现真理的道路，不是靠背诵亚里士多德的教条，而是要通过“学习大自然这本宝书”。

有一次讲课时，他对学生们说：“亚里士多德有这样一个论点：不同重量的物体，从高处下降时，速度也不一样。例如，一个10磅重的物体，它的下降速度要比一磅重的物体快 10 倍。这从表面看来,似乎很合理,其实,这是错误的。"学生们听了都表示怀疑,有的不客气地嘲笑他。

"这完全是胡说八道,"教授们也骂得他狗血喷头,"除了傻瓜,没有人会相信一根羽毛同一颗炮弹以同样速度通过空间下降!"

教授们要伽利略在全体师生面前表演,想让他当场出丑。

伽利略接受了挑战。他选定的地点是比萨斜塔。这一天,教授们身着紫色丝绒长袍来到塔前,学生和市民们都兴高采烈地来看伽利略出洋相。

伽利略一步步走上斜塔。他一手拿着一个 10 磅重的铅球,另一只手拿着一个一磅重的铅球。

"下面的人看清楚,铅球下来了!"

说着,他把手一松,铅球果然同时落到地上。在场的观众都十分惊讶。但教授们仍不相信自己的眼睛,更不相信亚里士多德会有错误,竟胡说什么伽利略在铅球里施行了魔术。

伽利略愤然辞去比萨大学的教职。不久,又在 16 世纪欧洲著名的帕多亚大学谋得了数学教授的职位。1600 年,正当他在大学讲课期间,意大利著名哲学家布鲁诺因为宣传哥白尼学说,在饱尝了 10 年铁窗生活以后,于 2 月 17 日在罗马广场被教皇用火刑处死。伽利略当然知道这惨绝人寰的迫害。他心如刀绞,悲痛欲绝。伽利略虽然也是哥白尼的信徒,但当时却不敢公开为布鲁诺辩护。为了追求真理,他私下进行各种科学试验,力图进一步发展哥白尼的学说。

有一次,他听到一个荷兰眼镜商人有一个奇怪的发现:如果将一块凸镜片和一块凹镜片合在一起。看到远方的景物就好像近在眼前。伽利略对这个发现产生了极大的兴趣。经过反复研究,终于在 1609 年发明了世界上第一架能放大 32 倍的望远镜。

伽利略用这个工具进行天文观测,首先发现月球表面既不平滑又不纯洁,而是覆盖着山峦,并且有火山口的裂痕;其次又发现木星旁边有四颗卫星,围绕着木星运转。伽利略把他的天文发现,编成《星体通报》,向世界报道,立刻引起知识界的震惊。向伽利略购买望远镜的订货单源源而来,可是他不计任何报酬,把这个发明献给了威尼斯公爵。公爵下令聘请他为帕多亚终身教授。不久,他又被他从前的学生——托斯坎尼大公科西莫二世邀请到佛罗伦萨,担任宫廷数学家。

在宫廷里,伽利略继续进行天文观察。他发现了金星的位置,太阳的黑点和太阳的旋转,又研究了木星的卫星运动,观察了土星。他对朋友说:"我成为第一个观察者……看见了过去不曾揭示出来的许多奇异现象。但是最伟大的奇迹是，我发现了四颗新的行星。我观察到它们环绕着太阳运行。”尽管他对地球环绕太阳运转问题避而不谈，但他的一言一行，早已引起了宗教裁判所的注意。1616 年 3 月，他奉命到宗教裁判所，出席对他的审讯。

红衣主教劝他放弃关于地球、太阳和星宿的那些异端邪说，还命令他不许想这些念头，更不许散布这些东西。伽利略表面上答应遵命，但回到家里仍旧暗暗做自己的实验。时间一久，他忍耐不住，又出版了一本论天文的书。宗教裁判所以“重犯”罪第二次传讯他受审。这时，伽利略已年近 70，且正在病中。医生证明：“伽利略生病在床，他可能到不了罗马，就到另一世界去了。”但是宗教裁判所无情地下令：“只要他能勉强成行，就把他锁上铁链，押到罗马来！”

1633 年 6 月 22 日，伽利略被传到宗教裁判所。这一次他在刑房受审，没有人旁听。在百般恫吓之下，他精神恍惚，被迫说地球并不环绕太阳而运行。接着他在判决书上签了字。当他的朋友们搀扶着这位发抖的、精疲力竭的老人离开宗教法庭时，他喃喃咕咕地小声说：“但是地球确是在运动啊！”

伽利略被投进了监狱。在狱中，他被严令禁止进行科学研究，但是他还是写出了他一生最伟大的一本书——《运动的法则》。这本书对力学的基本原则进行了总结。书秘密写成后，他设法偷运到荷兰去出版。

伽利略不久就双目失明了。1642 年 1 月 8 日临终时，他怀抱着这本书，以模糊不清的声音说：“我认为这是我一切著作中最有价值的，因为它是我极端痛苦的果实。”

华盛顿

1781 年 10 月 19 日，美国东海岸约克顿的郊外鼓乐喧天。士兵们虽然衣衫破旧，但是个个兴高采烈。他们挥舞着星条旗纵情跳跃，放声高歌“天翻地覆，世界倒转过来”。整整六年半的独立战争获得最终胜利，美国从殖民地变成独立国，这不是天翻地覆的大事吗？

8000 名服装整齐的英军垂头丧气地走来。他们的军旗是倒过来举的，旗尖顶几乎擦着地面。走在前面的一位将军,双手捧着一柄作为权力象征的佩剑。他看到对面站着一位满头金发的美军统帅,连忙低着头跨前一步,把佩剑缴了上去。美军统帅昂首挺胸,双手接过英国将军的佩剑。英军的投降仪式就正式开始了。

这位美军统帅名叫华盛顿。

乔治·华盛顿,1732 年生于美国弗吉尼亚州的一个大种植园主家庭。年轻时当过测量员,并在西部俄亥俄河流域做过土地买卖。在英法两国争夺北美殖民地的战争中,他指挥弗吉尼亚地方武装,协助英军把法军赶出北美,因而晋升为上校。可是,英军占领北美后,把西部和北部的土地作为王室私产,不准他人垦殖。这样一来,华盛顿的几万亩土地全被英国吞没,从此,他竭力反对英国的殖民政策。

波士顿惨案发生以后,北美各州人民纷纷起来支援。1774 年 8 月 1 日,弗吉尼亚州召开紧急会议。会上,华盛顿慷慨激昂地说:“我愿意自己出钱招募一千名战士,亲自率领这支队伍去救援波士顿。”接着,他代表弗吉尼亚州出席在费拉德尔菲亚城(简称“费城”)召开的“大陆会议”,商讨成立北美十三州反英的统一领导机构。1775 年,华盛顿当选为大陆军总司令。这时,莱克星顿的枪声已经打响,战争刻不容缓,华盛顿立即骑马出发,于 7 月 3 日抵达波士顿。

可是,当华盛顿把大陆军的队伍集合起来时,却大吃一惊。“这是什么队伍啊?”华盛顿骑在马上环顾四周说。只见那些参差不齐站队的人,大多是满脸胡须的农民。武器陈旧不堪,有的还是些猎枪,衣服破破烂烂,而且各式各样,根本不像一支军队。华盛顿知道,他们是从各州临时凑集而来的民兵,尚未经过正规的军事训练。于是,他花了半年时间,把民兵编成一个个具有独立作战能力的团队。接着,发兵围攻波士顿的英军总部,切断它在陆上的一切供应线,封锁海港。英军粮尽援绝,被迫于 1776 年 3 月 17 日逃离波士顿。大陆军旗开得胜,人民群众纷纷前来参加。华盛顿的队伍一下子发展到 1.8 万人。

在欢庆胜利的日子里,第二届大陆会议开幕了。1776 年 7 月 4 日,通过了一个重要文献——《独立宣言》。这个宣言是世界上第一次以纲领形式提出的资产阶级政治要求,里面写道:“人人生而平等,他们都从造物主那边被赋予某些不可转让的权利,其中包括生命权、自由权和追求幸福的权利!”同时,宣告了北美殖民地正式独立。《独立宣言》道出了北美人民的心声,纽约人民马上行动起来,打碎了树立在那里的英王乔治三世铜像,把它铸成子弹,去打击英国殖民军。以后,美国就把 7 月 4 日定为国庆节。

英国殖民当局进行疯狂的反扑。他们纠集了大量军舰和3.5万兵力，围攻纽约。华盛顿的部队只有英军一半，又无兵舰大炮，虽经几个月的顽强抵抗，但因损失过重，被迫撤退。此时，华盛顿的兵力不足5000，但士气旺盛。当他们行经漂满浮冰的特拉华河时，华盛顿酝酿了一个反败为胜的战略。他悄悄地访问了当地的渔民，了解到英军的实际部署和河流的水流情况，终于制定了新的作战方案。12月25日，英国殖民军正在"圣诞节"寻欢作乐，华盛顿乘机发动突然袭击，出其不意地连夜渡河，占领特伦顿城，一下子俘虏了英国的德籍雇佣军一千余人。接着，又于1777年1月3日深夜，袭击英军重要根据地普林斯顿，把英国的精锐部队打得一败涂地。

英国侵略军恼羞成怒，进一步增兵入侵，占领了美国当时的首都费城。华盛顿处境相当困难。为了孤立英国的侵略政策，美国又多方开展了外交活动，争取法国等国援助。1778年6月，法国军舰开进美国，英军被迫从费城撤退，把主攻方向转向南方。1780年，英军把主力转移到南方海港城市约克顿。法军与华盛顿部队两路进击，前者用海军封锁海港，后者用陆军猛攻城市。英军困守围城，挣扎了一个多月，毫无办法，只能缴械投降。美国独立战争终于取得彻底的胜利。

华盛顿在击败英军以后，于1787年主持制定了美国宪法，并于1791年4月当选为美国第一任总统，成为美国的开国元勋。

做完了两任总统，华盛顿回到弗吉尼亚州的维尔农山庄，去过退隐的生活。美国国会曾邀请他出任第三任总统，被华盛顿谢绝。1799年12月14日，华盛顿在家乡病逝。

为了纪念他的功绩，美国国会在1791年决定，于大西洋岸的波托马克河畔建立一个新的首都，取名"华盛顿"。1800年，新都建成，美国政府就从费城迁到华盛顿城，还在那里建造了一座华盛顿纪念塔，以缅怀这位美国独立战争的统帅。

林　肯

美国伊利诺伊州的一家小店里，来了一个年轻的小伙计。他买卖公平，态度和气，深受顾客欢迎。一次，有个老婆婆买过东西走了，小伙计回头一算，她少拿了一角二分钱找头。小伙计到处打听，知道老婆婆的家离小店有五公里，第二天一早，就亲自把一角二分钱送去。老婆婆非常高兴，夸奖他是一个诚实的青年。

这个诚实的青年，名叫亚伯拉罕·林肯。

林肯生于 1809 年 2 月 12 日。他的父亲是农村的木匠，家境贫困，到处流浪。林肯小时候只读过一年书，完全靠自学。当时，因为纸张很贵，他总是用木炭在破板箱上做练习，到正式书写时才誊到白纸上去。21 岁那年，他们全家迁到了伊利诺伊州，林肯在这家小店里做伙计。

可是，这家小店不久关了门，林肯只好另找职业。这时，邮政部门要在镇上办一个小邮局，林肯就兼任了这一工作。这家邮局总共只有一个人，局长是他，职员是他，投递员也是他，工资每月只有一美元。这样的邮局当然办不长，两个月以后，邮政部门就通知他停办，也不要他清理账目。林肯却把邮局内的全部账目算得清清楚楚，把账本和钞票都放在一只破袜里，吊在自己家的屋梁上。一年以后，林肯在路上遇到邮政部门的一个官员，就把他拉到家里，爬上梯子，从屋梁上取下袜子，慎重地交了上去。大家知道以后，都十分敬佩林肯办事老实。从此，人们都叫他“诚实的林肯”。

由于大家的信任，林肯当选为州议员，并且通过考试，担任了一名律师。

他做律师，专门替别人打抱不平。所以，人们遇到冤枉的事，往往去找林肯。林肯也经常主动帮人家平反冤狱。

一次，报上刊登一则消息，说是有个名叫安斯特朗的青年，犯了谋财害命罪。林肯看了感到十分奇怪。因为，林肯原是安斯特朗家的邻居，是看着安斯特朗长大的，知道他是一个诚实的孩子。于是，他亲自赶到安斯特朗家里去询问。安斯特朗的母亲流着眼泪向林肯诉说了自己儿子的冤情，林肯表示一定要救他出狱。

第二天，林肯来到法院，查阅了这个案件的全部材料。材料上记载着，有个名叫福尔逊的证人,亲眼在月光下面看见安斯特朗用手枪打死受害者。林肯想了一想,决定亲自以律师的身份参加法庭公审。

审判开始了,许多人都来参加旁听。福尔逊再一次向法官说明了他亲眼看见安斯特朗杀人的经过,讲得有声有色,似乎十分确实可靠。

林肯站起来向证人提出疑问。他说:“是你亲眼看见安斯特朗杀人的吗?”

“是的,我可以发誓。”证人说。

“你说你站在草堆后面,安斯特朗是在大树底下开枪的,是吗?”林肯又问。

“是的,我和他的距离只有20多米。”证人肯定地回答。

“距离这么远,你能看清楚吗?”

“那天月亮很亮,完全看得清楚。”

“你看见他的脸了?还是只看见衣服?”

“我肯定看清了安斯特朗的脸,因为月光正照在他的脸上。”

“你能肯定是什么时间吗?”

“在晚上11点。事情发生之后,我回家看钟,正是11点一刻。我再说一遍,安斯特朗肯定是在11点杀人的。”

“你说的全是事实吗?”林肯也再一次慎重地问。

证人拍拍胸脯回答说:“我敢担保,这全是事实。”

等到证人坐回席位以后,林肯一本正经地面对全场的人说:“女士们和先生们,法官先生,请你们注意,这证人是个大骗子!”

“啊!?”在法庭上的人都震惊起来。

“我有证据,”林肯继续说,“那一天是10月18日,月亮正在下弦,到11点钟的时候,月亮早就下山了,根本就没有月光。”

“对啊!”在场的人都在窃窃私语。

林肯继续说道:“退一步说,如果证人对时间记不清楚,事情是在早一两个小时发生的。那么,将要下山的月亮也只能从西面照来。现在,草堆在东,大树在西,如果被告面对草堆,他的脸上就没有月光;如果被告面对月光,证人就无法看到他的脸。再说,距离有20多米远,在微弱的月光下,怎么能看清楚被告的脸呢?”

“冤案!”“冤案!”

“假证人可耻!”“假证人可耻!”

全场顿时轰动起来。法官责问“证人”为什么要搞假证明。“证人”只好低着头说:“是凶手出钱叫我来陷害别人的。”

冤案搞清楚了，林肯闻名全国。从此，林肯踏上了政治舞台。1860年年底，林肯当选为美国总统。

拿破仑

“喂，科西嘉人，你讲讲‘法兰西’三个字是怎么念的？”许多小同学围着一个新来的孩子闹着说。

这孩子一字一字地念道：“法——兰——西。”

“讲得快点，科西嘉人！”

“为——什么？我知道——你们——想——取笑我。”孩子仍然一字一字地念着，他的法语显得很蹩脚。

“哈哈！我们知道你只会说科西嘉话。”同学们真的取笑他了。

“那么——我们——比比——成绩——吧！”孩子不甘示弱地说。原来，他学习努力，成绩突出，尤其是数学和历史，远远超过其他同学。

这个带着乡音的孩子，姓波拿巴，名拿破仑。生于1769年8月15日。他的家乡——地中海里的科西嘉岛，本来并不属于法国，拿破仑出生那年才归并法国的。他父亲是个律师，曾参加过法国政党。拿破仑10岁时，父母特地把他送到布伦纳城去上学，让他多接受些法国的教育。

15岁那年，拿破仑转入巴黎陆军学校。两年后毕业，当了一名少尉军官，表现平平。可是，在法国大革命的风暴中，他一下子声名远扬。

那是1792年，法国保王党人在英军的支持下，占领了地中海畔的重镇土伦。革命政府命令拿破仑迅速攻克这个南方要塞。拿破仑知道土伦防御工事坚固，决定加强攻击力量。他夜以继日地监制大炮，训练炮兵，终于在几个月里组成了一支炮兵部队。

“进入阵地！”拿破仑指挥炮兵前进。可是，只听见“砰！”“砰！”一排枪声，拿破仑的炮手统统倒在地上。英军的射击手把他们打伤或打死了。

拿破仑站起来大声高呼：“我们的炮兵，个个都是无畏的勇士，前进！”他脸色苍白，骨瘦如柴，身带重病，却英勇地冲在前面。法军士兵为之深受感动，人人奋勇作战，终于用大炮轰毁了堡垒，攻克了土伦。

革命政府为了表彰拿破仑的功绩，破格提升他为将军，这时他只有24岁。

1795年10月4日，保王党人收买了巴黎的警备司令，包围国民议会，妄图复辟。拿破仑再次肩负平定叛乱的重任。

保王党的军队将近三万人，拿破仑的军队不足6000，其中1000多人还是民兵。可是，拿破仑毫不气馁，坚决表示平定叛乱的决心。只见他刷地拔出佩刀，高昂地说："一切都结束以后，我才放刀入鞘！"他迅速调来了炮兵，把大炮正确地部署在国民议会附近。

10月5日黎明，保王党的枪声响了。他们像一群马蜂，"嗡嗡"地向前拥来。正在这时，轰隆一声，拿破仑的大炮怒吼了。叛军血肉横飞，纷纷倒下去。拿破仑指挥部队奋勇出击，不到一天时间，就把保王党的部队全部镇压下去。法兰西共和国屹立不动。这件事正好发生在共和历的葡月，所以，人们往往把拿破仑的这次胜利称为"葡月风云"。

攻克土伦和葡月风云，使拿破仑威名大震。从此，他成为法国一支重要部队的司令。他战败奥国，侵入意大利，把意大利的金银财宝和名贵的雕刻、绘画等艺术品，统统抢到巴黎。

"打到印度去！"这时的拿破仑，已经把英国的殖民地作为进军目标了。1798年，他率领了一支庞大的海军，横渡地中海，在埃及登陆。结果，被英国舰队和俄国舰队打得大败。

正在此时，拿破仑探听到巴黎的共和国政府矛盾重重，摇摇欲坠。他马上决定回去夺权。1799年10月，拿破仑抛下了国外的远征军，只身回到巴黎。他把在国内忠于他的军队调集起来，同时，又争取到巴黎大资产阶级——银行家们的支持，弄到了许多金钱。有了这些，他的铁腕行动就开始了。

11月9日，拿破仑发动政变。第二天，把当时的法国议会——元老院和500人院统统解散，夺了政府的权，宣布成立法国"执政府"。拿破仑自任第一执政，独揽大权。五年后，他再次修改宪法，将法兰西共和国改为"法兰西帝国"，并决定于1804年12月2日举行加冕典礼。

巴黎圣母院———法国最大的教堂，这一天特别热闹。"当——当！""当——当！"洪亮的钟声传遍了全城。又老又瘦的罗马教皇庇护七世，千里迢迢赶到巴黎，他是专程为拿破仑主持加冕典礼而来的。

加冕典礼开始了。老教皇念念有词，伸出两只干瘪的手，拿起了黄金镶成的皇冠，颤巍巍地捧着，准备戴到拿破仑的头上去。教皇年纪太大了，动作十分迟缓。拿破仑再也等不及了，立刻伸出他的手，飞快地夺过皇冠，不假思索地戴在自己的头上。从此，这个科西嘉出生的孩子，当上了法兰西第一帝国的皇帝，称为“拿破仑一世”。

拿破仑·波拿巴发动政变的这天——1799 年 11 月 9 日，正是法国共和历的八年雾月十八日。所以，历史书上把这次政变称为“雾月十八日政变”。

明治维新

1867 年深秋，是日本国的多事之秋。正当金黄色的落叶从树上飘下来的时候，传来了世界要来个翻天覆地大折腾的传说。

“可好啦！可好啦！时势要大变啦！”

“倒霉要变成运气啦！可好啦！可好啦！”

成千上万的日本人，有男有女，有老有少，穿着红红绿绿的漂亮衣服，敲起了皮鼓铜钹，弹起了大小弦琴，唱着自编的歌曲涌上街头。他们一看到富商的米店，马上冲进去抢个精光；一看到富商的布店，立即冲进去砸个稀巴烂。人们恨透了那些专门囤积居奇、剥削人民的豪富，狠狠地收拾了他们。

这次暴动，席卷了日本的京都以及名古屋、大阪、横滨、江户等各大城市，弄得统治日本的德川幕府手忙脚乱，毫无办法。

就在这一年，日本的老天皇亡故了，皇太子睦仁①即位，称“明治天皇”。当时，明治只有 15 岁。日本西南部的诸侯武士们，想乘机推倒德川幕府，建立以天皇为首的政权。

700 年来，日本国的天皇只是名义上的国家元首，实权掌握在“幕府”手里。幕府由德川一家世袭，他们名义上是“大将军”，实际上自称“大君”，对外代表国家，对内主持政府，大权独揽。最突出的是，幕府并不设在首都（京都），而在江户（即

① 明治天皇（1852～1912 年） 日本天皇（1867～1912 年）。名睦仁。出生于嘉永五年（1852 年）11 月 3 日，是孝明天皇的第二皇子。母亲是英照皇太后。但真正的生母是权大纳言中山忠能的女儿，名中山庆子，又名典侍庆子。万延元年（1860 年），他被定为储君，并赐名睦仁。

今东京）办公，处理国家大事，往往自作主张，根本不把天皇放在眼里。

阴历十月十三、十四两天，西南几个诸侯的代表大久保利通、木户孝允、西乡隆盛等人在京都召开会议，商量推倒幕府的事情。他们弄到了一张明治天皇的“讨幕密诏”，个个笑逐颜开，想马上出兵去讨伐德川。

“天皇的诏书在手，不怕你德川不投降！”一个诸侯的武士说。

“对，我们现在推翻幕府，真是名正言顺啦！”另两个附和说。

正在这时，门外突然闯进了一个宫廷侍卫，急匆匆地说道：“报告各位大人，德川幕府上表啦！他们说‘奉还大权’，要把权力交还给天皇呢。”

“啊？！”诸侯武士们一下子呆住了，他们异口同声地说，“倒给德川这家伙抢先了一步！”

德川把大政“交还”天皇，原是一个骗局。他想通过这个机会，借天皇名义，自己到京都去执掌大权。这样，西南各诸侯推倒幕府的计划就成了泡影。

西南各诸侯的武士们不是傻瓜。他们一看德川抢先了一步，马上调兵遣将，把自己的武力全部集中到京都，准备起事。

这一年的阴历十二月九日（1868 年 1 月 3 日），西南各诸侯的部队包围皇宫，解除了德川幕府驻皇宫警卫队的武装。他们簇拥着年少的明治，召开御前会议，宣传“王政复古”，即像远古时代一样，大权全归天皇掌握。大久保利通、西乡隆盛、木户孝允等人，一个个当上了朝廷大官。他们宣布：撤销幕府的一切权力，勒令德川交出封地和所有财产。

德川连忙逃出京都。他与英、法两国的使节密谈以后，在大阪集中了全部兵力，杀气腾腾地向京都进犯。

德川的军队很快进驻到京都的西南郊，在鸟羽、伏见两个街区同政府军相遇，展开了决战。论人数，当然是德川的兵力强，但是，他们是靠外国人撑腰的，是帝国主义的奴才，日本老百姓当然不答应。明治的政府军有大资产阶级三井财团的金钱支援，又有名正言顺的“讨伐叛逆”理由，形势要比德川有利得多。两军一接触，德川的部队就吃了败仗。德川本人被迫逃回江户。

1868 年 4 月，双方达成协议，德川放弃一切权力，降为诸侯，政府的权力归明治天皇掌握。接着，明治将日本国的首都迁到江户，改名“东京”。

明治掌权以后，颁布了一系列消除封建、发展资本主义的“维新”法令，全日本出现了一个兴办教育、开办工商企业和大练新兵的高潮。20 年以后，日本居然成了东方的资本主义强国，这就是日本近代史上有名的“明治维新”运动。

爱因斯坦

1911年，一位年仅32岁的学者，被著名的布拉格大学聘为教授。这位学者名叫爱因斯坦。

按照规定，在聘请之前，需要有被聘人的推荐书。爱因斯坦的推荐人是当时德国最著名的理论物理学家普朗克。他在推荐书中写道：“要对爱因斯坦的理论做出中肯评价的话，那么可以把他比作20世纪的哥白尼。这也正是我所期望的评价。”

这样的评价是否太高了呢？不，一点儿也不高。其实，爱因斯坦1905年就在物理学方面取得了重大突破，其中尤为突出的是创立了狭义相对论。那时他才26岁！

自从牛顿发现了万有引力定律以后，哥白尼的太阳中心说建立在更加稳固的科学基础上。但是，牛顿力学的时空观是静止的、绝对的，空间、时间、物体和物体运动这四者是互相独立、没有什么内在联系的。而爱因斯坦的狭义相对论，从本质上改变了牛顿力学的时空观，说明上述四者不可分离地紧密联系着。空间和时间是统一的物质运动的存在形式，随着物质的运动而变化。物体的质量也不是固定的，运动的速度增加，质量也随着增加，从而揭开了原子论的秘密。他的这一理论，震动了物理学界，给他带来了极高的声誉，难怪布拉格大学要聘他为教授。

相对论太抽象了，就连大学生也不太理解。有一次，一群大学生来到爱因斯坦身旁，请他通俗地解释一下，什么叫相对论。

爱因斯坦看着这些男女青年，微笑着说：“你在一个漂亮的姑娘旁边坐了两个小时，觉得只过了一分钟；如果你挨着一个火炉，只坐了一分钟，却觉得过了两个小时。这就是相对论。”

这一伟大的理论，爱因斯坦是怎样创立的呢？

爱因斯坦1879年生于德国一个犹太人家庭。16岁时，他因厌恶德国学校的军国主义教育，宣布放弃德国国籍前往国外。后到瑞士进联邦高等工业学校学习物理。1900 年大学毕业后一度失业。两年后，他被专利局雇为审核员，不久获准加入瑞士国籍。

爱因斯坦经过三年的刻苦钻研，终于取得了包括创立狭义相对论在内的一批突出的科学研究成果。其中另一项成果，后来获得了1929 年度的诺贝尔物理学奖奖金。

爱因斯坦在布拉格大学工作了两年以后，又获得了新的荣誉：1923 年 7 月 10 日，他当选为普鲁士皇家科学院正式院士。

选举前，推荐人普朗克宣读了以他为首的几位著名科学家签署的推荐书。他说：

"签名人十分明白，他们为这么年轻的学者呈请科学院正式院士的任职，是异乎寻常的。然而他们认为，由于他本人的非凡成就，足以证明他符合院士条件。从科学院本身的利益出发，也要求尽可能为这样的特殊人物提供应选机会。推荐人坚信，对于爱因斯坦进入科学院，整个物理学界将会认为，这是科学院的一项特别重大的收益。"

选举结果，爱因斯坦以 44 票对 2 票当选。

这项荣誉太高了。要知道，当时爱因斯坦才 34 岁哪！但是，爱因斯坦的内心却充满着激烈的斗争。接受当选，势必回柏林工作，也即是回德意志军国主义的首府去工作，这意味着背离了原来的政治信念。但是，科学院的工作条件又强烈地吸引着他。因为作为科学院的正式院士，他可以享有柏林大学正教授的一切权利，但可以不必讲课，根本不必再为职业而奔波。这在当时欧洲大陆上是一个极为崇高的学术职位，使他可把全部精力投入理论物理的研究。

考虑再三，他决定接受这一当选，并于次年四月侨居柏林，担任威廉大帝物理研究所所长兼柏林大学教授。

爱因斯坦到柏林后四个月，第一次世界大战爆发了。

在大资产阶级"爱国主义"和民族仇恨的盲目煽动下，德国 93 位著名科学家发表宣言，为德军的侵略行径辩解，甚至把手舞屠刀的德国皇帝吹捧为"世界和平的卫士"。

爱因斯坦却没有在这份宣言上签字。他从幼年开始就憎恶战争，青少年时代又为反对军国主义教育而离开德国。现在该怎么办呢？他同一位哲学家共同起草了《告欧洲人民书》，呼吁欧洲科学家应该竭尽全力，尽快结束这场人类大屠杀。然而，没有什么著名人士在这份宣言上签名。

在战争的岁月里，爱因斯坦总是满腹愁肠，但在学术上却异常地丰产。1915年底，爱因斯坦又创立了广义相对论。这是一种关于空间、时间和万有引力的理论。

根据广义相对论的引力论和运动方程式，爱因斯坦推断在引力场中传播的光线将要发生弯曲，并且建议，在下一次日全食时，通过天文观测来验证这个理论预见。

1919年5月，英国一位天体物理学家率领两个天文考察队，拟定在日全食时分别在巴西和西非摄影，以验证从广义相对论推出的这一重要结论。同年12月，伦敦皇家学会和天文学会联席会议正式公布观测结果。测得的光线偏转度竟和爱因斯坦计算的非常一致。这使牛顿的引力学说失去了普遍意义。

这个消息公布后，全世界为之轰动，爱因斯坦的声誉达到了登峰造极的地步。在这以前，科学家们都公认爱因斯坦是伽利略、哥白尼以来最伟大的物理学家，而现在，他的名声在社会上广为流传，几乎家喻户晓。他的照片登上画报封面，他的名字出现在报刊的大字标题里。人们普遍称赞他是“20世纪的牛顿”。

爱因斯坦50岁生日的时候，收到从世界各地寄送来的许多贺信、贺电和礼品。礼品中有国王、总统等赠送的游艇、地毯、银质餐具等，他对这些贵重物品，没有去仔细瞧一眼。突然，他发现角落有一袋烟草。他拿来一看，袋子是用手工缝制的，里面还有一封信。原来，这是一位失业老工人用省下来的几个钱，买了烟草装在烟袋里寄来的。爱因斯坦看了这封信，非常感动。他把答谢国王、总统等的事撇在一边，第一封答谢信就写给这位失业老工人。

1933年，德国法西斯头子希特勒上台，加紧了对犹太人的迫害。爱因斯坦被迫迁居美国，任普林斯顿高级学术研究院教授。1940年，他取得美国国籍。

爱因斯坦虽然被人们誉为“20世纪的牛顿”，但他一直钦佩牛顿，并且认为，如果没有牛顿的古典力学，就不会有他的相对论。一种正确的理论，是永远不会死亡的。直到晚年，他还这样说：

“牛顿啊，你所发现的道路，在你那个时代，是唯一的道路。”

1955年4月，爱因斯坦病逝于普林斯顿。这位有着世界声誉的科学家生前立有遗嘱，要求去世后不发讣告，不建坟墓，不立纪念碑，免除花卉布置和音乐典礼，并把他的骨灰撒在不为人知的地方。

只有他的亲属和少数挚友火化时在场。他的遗嘱执行人在结束仪式时，念了德国伟大诗人歌德悼念亡友席勒的诗：

我们全都获益不浅，
全世界都感谢他的教诲；
那专属他个人的东西，
早已传遍广大人群，
他像行将陨灭的彗星，光华四射，
把无限的光芒同他的光芒永相结合。

通古斯大爆炸

1908年6月30日早晨7点17分，在俄国西伯利亚通古斯地区8000米上空发生了一起罕见的大爆炸。爆炸发生后五小时，强大的冲击波越过北海，在英国各地气象台引起了强烈震动，甚至连澳大利亚的地震测报中心都受到强烈波及。大爆炸后，方圆18平方千米内的全部树木瞬间被烧焦，方圆60平方千米范围内的树木全部被拦腰折断，600平方公里范围内数月都可以看到蓝光，900公里外的一个城市楼房出现裂缝，大量房屋倒塌，100平方公里内的冻土带上成群的动物被气浪击毙。据估计，大爆炸的威力相当于2800万吨级的原子弹，且这种能量能以40公里/秒的速度移动。而1945年美国在广岛投放的原子弹为2万吨级，直到20世纪80年代初，美国最强大的宇宙火箭推进速度只有2公里/秒。

爆炸发生19年后，苏联科学家丘力克带领的考察队首批到达通古斯地区，当他们发现沼泽地上的坑坑洼洼时，他们猜想这一定是陨石坠落所致。可是，直到今天，甚至采用大型钻探的方式，用最灵敏的仪器也无法找到任何陨石块、金属残片、宇宙碎片之类能证明陨石降落的证据。

1961年至1963年，苏联科学家佐洛托夫率领的两支考察队提出另一种假设：可能是一颗中型彗星与地球相撞的结果。可是，一颗彗星爆炸，核心应在高空15220千米处燃烧。苏联许多专家们认为，这颗彗星的内核直径应当有100多米，重量达500万吨，不可能找不到任何碎片。

有许多人相信这是一场核爆炸，从1927年一个考察小组对通古斯地区收集的土样和植物标本来看，在受灾中心地区的放射性要比30至40公里外的地方高一点五倍，植物经化验后证明年轮带有一层新的放射性尘埃的辐射痕迹。

但是，在 1908 年，还没有哪一个国家具有如此强大的核能力。那么，这种核能量从何而来呢？

此后，大雪球假说、反物质碎片撞击假说、黑洞撞击假说、外太空文明假说等纷纷被提出。到了 20 世纪 90 年代末，科学家们至少提出了 12 种可能的假说，但是没有一种假说完全令人信服。

萨拉热窝的枪声

地处欧洲南部巴尔干半岛上的美丽城市萨拉热窝有一条阿柏大街。大街上有块奇特的纪念碑，那是一块石板，上面刻着一双脚印。石板旁边房子的墙上刻着几行醒目的大字："1914 年 6 月 28 日，弗日罗·普林西普在这里用他的子弹表达了我们人民的对暴虐的反抗与对自由的向往。"这幢墙上刻着字的房子是一个博物馆，它告诉了人们关于这块石板的来历。

1914 年的那个时候，萨拉热窝所在的波斯尼亚地区是奥匈帝国的属地。当地的居民大多是塞尔维亚人。他们始终想摆脱帝国的统治，争取民族独立。当时奥匈帝国的皇太子叫斐迪南。他是野心勃勃的军国主义分子，一心想凭借奥匈帝国雄厚的实力吞并整个塞尔维亚王国。这个恶魔的所作所为引起了塞尔维亚人的强烈憎恨。他们把皇太子斐迪南看成是自己民族的不共戴天的仇敌。可是这位皇太子对此却满不在乎。他为了在塞尔维亚人面前显示自己的实力，决定在波斯尼亚举行一次军事演习，而且还要亲自去检阅军队。想到这是当皇帝前出风头的好机会，他特意选用了豪华的敞篷轿车。

1914 年 6 月 28 日，萨拉热窝城阳光灿烂，主要大街两旁挤满了看热闹的人群。斐迪南大公带着他的夫人检阅完军队后，乘车前往市政大厅。皇太子夫妇将在那里接受市政官员对他们举行的正式欢迎仪式。

斐迪南夫妇同坐在车队的第一辆车上，他不时地朝路两边的人群招手微笑，一副自鸣得意的样子，就像是主人在自家的庄园里巡视似的。他哪里会知道，已有七名塞尔维亚的爱国青年已混在人群中。他们早已密谋在今天伺机谋刺皇太子。当车队行驶到阿柏大街的一座桥头时，七名青年人中的一个突然从人群中冲出来朝斐迪南的车扔了颗炸弹，随后纵身跃入河中。炸弹落在斐迪南的车后没有爆炸。这位皇太子吓了一大跳，但他强作镇静，装出一副不慌不忙的样子，跳下车来，拾起炸弹，狠狠地把它掷往路旁。炸弹爆炸了，它炸伤了一些看热闹的群众。斐迪南无动于衷地回到敞篷车，命令司机照原计划继续前进，他怕马上逃走会有失自己的面子。那位跳入河中的青年很快就被警察逮捕了。

斐迪南夫妇在市政厅接受了欢迎仪式后，决定在返回时改变行车路线以免再有人行刺，但慌乱中没有告诉开车的司机。当车队来到阿柏大街的一个十字路口时，敞篷车竟仍照原来的路线朝右转弯。这时车速已加快，所以当坐在后面几辆车上的保卫人员急得直叫"走错啦！走错啦！一直朝前开！"时，车已拐到右边街上了。司机只得来个急刹车，并开始往后慢慢倒车。斐迪南夫妇为了保持皇太子和太子妃的身份，仍然在朝人群招手。心里却恨不得赶紧离开这鬼地方，他们甚至有些后悔不该到这个城市来。就在敞篷车倒车的这一刻，等候在路边的另一位参加刺杀行动的塞尔维亚青年普林西普瞅准了这个绝好的时机。他一个箭步冲上前去，朝着目标举枪就射，"砰！""砰！"两枪，第一枪击中斐迪南的颈部，皇太子的身体立刻朝旁边倾倒过去。当他的夫人本能地俯身去抱他时，第二枪打中了她的腹部。就这样，斐迪南夫妇双双饮弹身亡。

普林西普在射出子弹后，立即将枪对准自己头部准备自杀。但一个旁观者抓住了他的胳膊，紧接着他被赶来的警察逮住。在极短的挣扎期间，他设法吞下一小瓶毒药。如同前一个暗杀者一样，他剧烈地痉挛、恶心和呕吐。看来毒药不是太稀就是太陈了，他没能当场死去。

就在斐迪南被刺后的一个月，即 1917 年 7 月 28 日，奥匈帝国在德国的支持下，正式向塞尔维亚宣战。萨拉热窝的枪声终于引发了人类历史上第一次全球性的大血战——第一次世界大战。

奥斯维辛集中营

在第二次世界大战中，德国法西斯建立了许多集中营。在这些集中营里，坐落在波兰南部的奥斯维辛集中营是德国法西斯一个最大的"杀人工厂"。1939年波兰被德国侵占后，一个布满杀人的毒气室、焚尸场和化验厂的杀人工厂建立起来了。从1940年6月开始，成批的战俘和无辜的百姓每天从世界各地运送到这里。从军用火车下来后，有劳动能力的男人和女人立即被送进消毒站。他们被剃光头发，换上一身破旧的囚衣，每个人的左臂都编有号码，还有一块颜色不同的三角布：红色是政治犯，黄色是犹太人，黑色是拒绝劳动的人。失去劳动力和没有劳动力的人一下军用火车后，立即被送到集中营里的毒气室成批地杀害。毒气室从外表看一点都不可怕，这里有修剪得很好的草地，四周还有鲜花，入口处挂着"浴室"的牌子，播放着美妙的轻音乐。

"犯人"们鱼贯而入，开始他们还认为只是把他们带来消灭身上的虱子。一走进"淋浴间"，他们发现这完全是个骗局，因为哪有两千多人像沙丁鱼似的挤着淋浴呢？

这时，厚重的大门关上了，加了锁，"淋浴间"被密封起来。德国兵从屋顶上砌有蘑菇形的通气孔倒下紫蓝色的毒药，倒完后立即把气孔封上。

不一会儿，"淋浴间"里的人身上发青，血迹斑斑，直到痛苦地死去。二三十分钟后，抽气机把毒气抽掉，大门打开了。尸体被运往焚尸炉焚烧，再将骨渣运到工厂磨成粉末，最后用卡车运到拉索河边，倒入河中。奥斯维辛集中营的毒气室有时一天竟毒死6000多人。

死人和"犯人"身上的黄金和贵重的物品被搜走了，死者的牙齿和头发被敲掉和剪下当作法西斯的战略物资。有的"犯人"的脂肪被做成肥皂，有的人皮被剥下来做灯罩……

对于企图逃跑的人，更受到最残酷的刑罚，直至死刑。从1940年第一批犯人运到奥斯维辛集中营，到1945年1月集中营被苏联红军解放为止，这里被德国法西斯残酷杀害的人共有400多万，他们来自世界许多国家，其中有波兰人、俄罗斯人、匈牙利人、法国人、捷克人、希腊人、比利时人、美国人，还有中国人。

“圣雄”甘地与“非暴力不合作运动”

印度是个多元化[①]的社会，人称世界上“保存最完好的人种、语言、宗教的博物馆”。这是由于印度是个拥有佛教、印度教、伊斯兰教、锡克教、耆那教、祆教、基督教、犹太教等多种宗教的国家。

当提起印度时，许多人马上就会联想到一位剃着光头，上身赤裸，皮肤黧黑，随身携带着一架木制纺纱机，一有空就纺起纱的苦行僧式的人。这个人走到哪里，都会有一群信徒自愿跟随着他。他就是在印度有“圣雄”之称的印度独立运动领导人、国大党领袖莫汉达斯·卡尔姆昌德·甘地。1869 年甘地出生在孟买北部的卡提阿瓦半岛。父亲是一个小土邦首领。17 岁时甘地到英国求学，攻读法律，学成回国后从事律师职业。1893 年，他在南非的一次旅途中，一个白人乘客让甘地从头等卧铺车厢离开，被甘地拒绝，后来白人叫来警察，强行把甘地从火车上赶下来。这种不公正的待遇使甘地决心对种族歧视进行抵制。在抵制种族歧视、维持印度人利益的过程中，逐渐形成了他的非暴力主义思想。

甘地创造了一种独特的争取印度民族独立解放的方式，叫做“非暴力不合作运动”。采用这种运动形式是因为甘地是一个虔诚的教徒，笃信印度教教义，而佛教和印度教这两种宗教都反对任何暴力，主张以忍让和和平的方式解决一切争端。因此甘地采用“非暴力不合作运动”形式来反对英国的统治。

“非暴力不合作运动”在 1930 年的“食盐进军”中达到了高潮。为反对英国殖民当局垄断食盐生产，任意抬高盐税和盐价，甘地号召印度人民用海水煮盐，自制食盐。已是 60 岁开外的甘地带领一群人，徒步 24 天到海边煮盐。甘地和他的信徒们每天清晨先在海边祈祷，然后打来海水、蒸煮、分馏、过滤、沉淀。由于多次进行绝食斗争，甘地疾病缠身，但他自始至终参加劳动，坚持了三个星期。在他的倡导下，全国各地都开展了反对英国殖民统治者的斗争，罢工、罢课、游行示威，请愿运动一浪高过一浪。甘地不想看到暴力和流血事件发生，坚持以“非暴力”形式斗

① 多元化的简要定义是：“任何在某种程度上相似但有所不同的人员的组合”。在工作场所里，人们通常倾向于将多元化联想到容易识别的特性，如性别或种族。

争。他多次被捕入狱，但每次被释放后又多次绝食祈祷，发动了“个人不合作运动”，继续为印度独立而奋斗。在为祖国独立解放而奋斗的同时，甘地也为了消除种姓制度、消灭印度教和伊斯兰教之间的纷争而斗争。他周游全国，到处进行演讲，常常为此而绝食。人们常常可以看到这位身体消瘦、神情疲倦而坚毅的老人冒着生命危险，调解两个教派的争端。

经过长期的斗争，印度人民终于获得了独立。在成立印度联邦制宪会议上，甘地被称为“过去30年来的向导和哲学家，印度自由的灯塔”。英国驻印度总督蒙巴顿也称他是“印度自由的建筑师”。

获得了如此殊荣的甘地，依然保持着极端朴素的本色。他依旧赤着上身，剃着光头，随身带着纺纱机，一有空闲就纺纱，他为自力更生振兴印度的民族纺织业做出表率。

1948年1月30日，79岁的甘地在一次调解教派纷争的活动中被一个极端分子刺杀。“圣雄”甘地丰功伟业的一生结束了，但他永远活在印度人民和世界人民的心里。

海伦·凯勒

海伦·凯勒于1880年出生于美国亚拉巴马州的小镇塔斯康比亚。

当海伦1岁半的时候，突降的一场大病改变了她的人生，持续的高烧使她多日昏迷不醒。当她终于苏醒过来的时候，却变得看不见、听不到，也不会说话了。从此，她陷入了一个黑暗又沉寂的世界。1887年3月3日，对海伦来说这是一个值得永远纪念的日子。这天，家人为她请来一位教师，这位教师就像一位光明的天使降临在她身边，安妮·莎莉文小姐走进了她原本黯淡的生活。当时，安妮·莎莉文才刚刚20岁，却接受了一件几乎不可能完成的工作——教导一位失聪、失明、不会说话的小女孩学习知识。

安妮·莎莉文本人的一生也充满了悲惨的遭遇：10岁时和弟弟相依为命地住在贫民窟里，不久弟弟因病死去，她自己则因生病视力减退到几乎失明的地步，于是被送到聋哑学校去学习用手指认字，幸运的是，她的眼睛并没有完全失明。相同的遭遇使她格外同情、理解海伦,就下定决心要帮助海伦,把她从视觉的黑暗中拯救出来。当这个听不见、也不会说话、双目失明的小姑娘,第一次意识到人类的语言是怎么回事时,是何等的快乐啊。对此海伦写道:“要想去找到一个比我更幸福的小孩肯定是件很困难的事。我躺在小床中度过对我来说具有重要意义的一天,陶醉在她带给我的喜悦中,我第一次怀着急切的心情期待着新的一天的到来。”

安妮·莎莉文小姐是一个很有经验的老师,她认为像海伦·凯勒这样的孩子是能够正常发音的。于是,海伦10岁时她就教导海伦练习说话。由于她是用触觉来领会发音时喉咙的颤动和嘴的运动,而这通常是不准确的。为此,海伦不得不反复练习,有时一练就是几个小时,当她终于能说出英文字母,并且能说出完整的句子:“我现在不哑了!”的时候,她一遍遍地重复着说,感到又惊奇又快乐!当她流利地说出“爸爸”“妈妈”“妹妹”时,全家人都惊喜地上去拥抱她。

1894年夏天,海伦被送到纽约赫马森聋人学校上学,这里需要学的东西很多:数学、自然、法语、德语。没过几个月,她便可以自如地用德语交谈;不到一年,她便读完了德文版《威廉·泰尔》;后来她还掌握了法语。

海伦20岁的时候,学识已相当出众。这一年,哈佛大学女子学院以特殊的方式安排她进行入学考试。面试时,海伦用手在盲文上熟练地摸来摸去,然后用打字机回答考官提出的各种各样的问题。漫长的9个小时过去了,海伦的各科考试全部通过,她从此开始了自己的大学生活,而她的安妮·莎莉文老师始终陪伴在她的左右。

海伦喜爱文学,阅读面甚广,大学二年级时,她的一位英文教授发现了海伦的写作天才,便建议海伦把自己的见闻写出来发表。于是,海伦的第一部处女作《我生活的故事》诞生了,这部自传性质的作品真实感人,文笔生动形象,在美国引起强烈反响,海伦也因此而赢得了全世界的尊敬。

海伦凭借自己的坚强意志和强烈求知欲,创造了一个又一个奇迹。1904年6月,她以优异的成绩从哈佛大学拉德克利夫学院毕业,成为世界上第十个完成大学教育的聋盲人。1906年,她被任命为马萨诸塞州盲人委员会主席,开始了她第一个为盲人服务的具体社会性工作。美国盲人基金会就是在海伦多方努力和参与下创建起来的。

海伦善于思考与写作,一生完成了诸多对世界产生广泛影响的著作,如:《乐观》《走出黑暗》《我的信仰》《海伦·凯勒日记》等等。海伦把自己的所思所想和她的喜、怒、哀、乐都表达在她的著作中,她曾在自己的文章《假如给我三天光明》中这样写道:“我要把别人眼睛所看见的光明当作我的太阳,把别人耳朵听见的音乐当作我的交响乐,把别人嘴角的微笑当作我的幸福。”其孤绝的旷世之美,征服了全世界的读者。

海伦·凯勒的一生是奉献、成就和苦难的一生。她去世后,《华盛顿邮报》写道:“她的一生不愧是我们这个时代最伟大的辉煌之一,她的辞世是整个世界的损失。”

加加林

加加林,人类历史上第一个遨游太空的宇航员,他实现了人类千百年来的飞天梦想。

1961 年 4 月 12 日,东方 1 号宇宙飞船载着他围绕地球完成了一次完整的轨道飞行。在这次长达 108 分钟的旅行中,他飞越了 40000 千米,这也是他进入太空的唯一一次旅行。自此,加加林便名扬四海,并成为划时代的英雄。

他生于 1934 年,童年是在斯摩棱斯克区的克鲁什纳村度过的,后来,他们举家迁到了格扎茨克小城。年轻的加加林在繁重的工作之余,依然每天坚持去夜校学习,并且在毕业后以优异的成绩考取了伏尔加河流域萨拉托夫的一所中等技工学校。

加加林的飞行员生涯是从萨拉托夫开始的。他加入了萨拉托夫航空俱乐部,后来又进了航空学校,成了一名出色的空军飞行员。

1960 年,经过极严格的“超级选拔”,加加林被送往莫斯科接受特种训练。他坚定的爱国情操、对飞行成功的坚定信念、良好的体质、乐观主义精神、随机应变的思维能力,以及他的纯俄罗斯血统,使他成为唯一一名首次航天的航天员。

1961 年 4 月 12 日,莫斯科时间 9 时 7 分,加加林驾驶着东方 1 号飞船从拜科努尔发射场起飞,以 1 小时 48 分钟的时间绕地球飞行 1 圈后安全返回,降落在萨拉托夫州斯梅洛夫卡村地区。加加林的成功使他两天后被授予“苏联英雄”称号。

飞行完成之后,加加林又进入茹科夫斯基航空工程学院学习,并出色地完成了毕业设计,于是学院推荐他到高等军事学院研究生院当函授生。

正当加加林对未来充满信心的时候，灾难发生了。1968 年 3 月 27 日，他在一次普通的飞行训练中因飞机失事遇难。当时，加加林年仅 34 岁，但他作为苏联时期划时代的俄罗斯人民的民族英雄，将以人类征服外太空首位尝试者的身份而名垂史册。

巴斯德

路易·巴斯德是从贫民手工业者之中走出来的科学家，第一次发现了不为人知的微观世界，开辟了医学治疗的微观领域。他的发现拯救了他生前身后亿万人的生命。

路易·巴斯德出生于法国东部一个世代以制革为业的家庭里。巴斯德成为这个家族第一位接受正规教育的人，这得益于他善良的父亲。作为穷人家的孩子，求学之路是艰辛的。为了挣钱付学费，也为了减轻家里的负担，中学时代的巴斯德就一边读书，一边当助理教员，他还严格控制自己的食物，乃至娱乐费用。由于他时常饿着肚子看书，所以经常饿得胃痛。尽管如此清苦，但巴斯德始终对自己充满信心。1843 年他终于依靠自己的努力和勤奋，叩开了巴黎高等师范学校的大门，从此他便一步步踏入了科学的神圣殿堂。他的意志力使其拥有了属于自己的未来。

巴斯德生活的时代，酿酒生产中酒质变酸的问题一直没有得到解决，这阻碍了酿酒业的发展。于是，巴斯德开始了对酒质变酸问题的研究。经过研究，他指出啤酒之所以变酸，是乳酸杆菌在营养丰富的啤酒里迅速繁殖的缘故。他发明了一个极为简单有效防止啤酒变酸的方法：把封闭的酒瓶放进铁丝篮里，在五六十度的水里放半小时就可杀死乳酸杆菌，经过这道工序后，酒的质量就不会再变坏了。

这种“巴斯德式”消毒法改变了食品饮料加工贮存业的命运。

由于当时很多人因为负伤后受细菌感染而死，巴斯德便告诫医生们所有手术及包扎用品要高温消毒后才能防止感染。英国外科医生利斯特应用巴斯德的灭菌原理，两年内把开刀死亡率由 90%降到了 15%。他在写给巴斯德的信上说：“人类已享受到您工作带来的幸福。”

1878 年，巴斯德受法国农业部委托，带领两名助手赶到羊瘟盛行的灾区。经过仔细观察,巴斯德得出结论:羊吃了带芒刺的受污染的草,使羊的舌或咽喉受伤,杆菌就会从伤口进入血液,羊就染病而死。

1881 年,巴斯德成功制成能抗炭疽病的疫苗,只要将疫苗给羊注射,羊就不再得炭疽病了,这种办法对牛也适用。

巴斯德又踏上了新的征程——研制狂犬疫苗以拯救受狂犬病之苦的人类。他从狂怒的疯狗身上摄取唾液和血液,再注入健康狗身上,试图找到此类疾病传播途径。他发现引起狂犬病的微生物是通过神经系统发生作用的,它从伤口进入到中枢神经的过程即是潜伏期,如果它没进入中枢神经,就不会得病死亡。巴斯德利用疯狗的延髓加以处理,制成免疫疫苗,用它注射到健康狗或被咬伤的狗身上,结果效果良好。

1885 年 7 月,正当巴斯德要在自己身上做试验时,实验室送来一个小孩,他被狗咬伤了 14 处之多,巴斯德当即给小孩注射了新研制的疫苗。巴斯德提心吊胆地度过了两周,然而令他惊喜的是孩子安然无恙,治疗获得了成功,这个医学成就改变了人类对疾病的认识。法国科学院赠送给巴斯德一枚纪念章,正面是他的半身侧面像,背面则有"巴斯德先生七十寿辰纪念"。

巴斯德以"意志、工作和成功"来要求自我,在生物医疗领域取得了前无古人的成就。

巴斯德于 1895 年 9 月 28 日病逝。请记住这位救世者的名字——路易 · 巴斯德。

门捷列夫

门捷列夫凭借着元素周期律成为近现代化学界的"教父",他将自然界所有可知元素进行了系统的分类列表,为化学研究的进步贡献了力量。

1834 年 2 月 7 日门捷列夫生于西伯利亚托博利斯克市,是他父亲伊凡 · 巴夫罗维奇的第 14 个儿子。伊凡 · 巴夫罗维奇毕业于彼得堡大学附属高等师范学校,任中学教师,1827 年升任中学校长。门捷列夫的母亲玛丽亚 · 德米特里民夫娜,是西伯利亚最早从事造纸与玻璃工业的老资本家柯尔尼列夫的女儿,是一个聪明能干的妇女。

门捷列夫刻苦学习的态度、钻研的毅力以及渊博的知识得到老师们的赞赏，彼得堡大学破格任命他为化学讲师，当时他仅22岁。在彼得堡大学，门捷列夫任教的2门课程是理论化学和有机化学。1859年他获准去德国海德堡实验室进行深造。留德期间门捷列夫参加了在德国卡尔斯鲁厄举行的第一届国际化学家会议。会上各国化学家的发言给门捷列夫以重要启迪，特别是康迈查罗的发言。这次会议对于他的化学研究生涯至关重要。从此他有了明确的科研目标，并为此付出了艰辛的劳动。

归国后，他对283种物质逐个进行分析测定，这使他对许多物质和元素的性质有了更直观的认识。他重新测定了一些元素的原子量，因而对元素的基本特征有了深刻的了解。他紧紧抓住原子量与元素性质之间的关系这一突破口，反复测试，不断思索。他在每张卡片上写出一种元素的名称、原子量、化合物的化学式和主要的性质，他反复排列这些卡片，终于发现每一行元素的性质都在按原子量的增大，从小到大地逐渐变化。

1882年英国皇家学会授予门捷列夫戴维金质奖章。1889年英国化学会授予他最高荣誉——法拉第奖章。

元素周期律的发现激起了人们发现新元素和研究无机化学理论的热潮，元素周期律的发现在化学发展史上是一个重要的里程碑，它把几百年来关于各种元素的大量知识系统化，形成一个有内在联系的统一体系，进而使之上升为理论。除此之外门捷列夫还研究了气象学、石油冶炼加工、气体定律、农业化学、无烟火药等，并且在这些领域也有所成就。

1907年2月2日，这位俄国历史上最伟大的化学家因心肌梗塞而与世长辞了。

伦　琴

X 射线[①]现在被广泛应用于医学领域，人们凭此可发现人体内部疾患，如此便可对症治疗。X 射线的发现者便是伦琴。

伦琴很小就随父母从莱茵河畔来到荷兰乌得勒支，他在那里接受了小学和中学教育。伦琴小时候喜欢运动，动手能力强，有点儿淘气，在学校学习成绩平平。

1869 年以后在孔特的培养下，伦琴很快就取得了研究成果。他在 1874 年任斯特拉斯堡大学的讲师，之后又当上了教授，在那里和孔特教授用自制的测定装置进行研究，明确了“光”和“磁”的关系，证明了“伦琴电流”的存在。1879 年，他受聘为德国吉森大学的物理学教授并主持物理实验室工作。

1894 年，伦琴出任符茨堡大学校长，并开始研究阴极射线。1895 年，伦琴发现了通电阴极射线管有效电产生的光线，在连续 7 天的试验后，他用黑纸把阴极射线管严密地包起来，屋子里漆黑一片，他发现电流通过时，2 米外的荧光板上发着光。断电之后，荧光随即消失。伦琴预感到这是一种看不见的射线，它能穿过纸和铝箔等密度小的物质，但不能穿过像铅那样密度大的物质。而当他把手伸到电极管和荧光板之间时，竟然在荧光板上看到了自己骨骼的影像。伦琴把这种新发现的射线叫做 X 射线。12 月 28 日他向德国维尔茨堡物理学医学学会递交了他的《论一种新的射线——X 射线的初步报告》一文，并出示了 X 射线的相片。

伦琴的这一发现立即轰动了整个世界。德皇威廉二世随即接见了伦琴，并授予他二等普鲁士王冠勋章。伦琴品德高尚，对荣誉和金钱极为淡漠。1901 年，他被授予首届诺贝尔物理学奖，伦琴将奖金全部捐献给符茨堡大学作为科研费用。许多商人想用高价购买 X 射线的专利以牟取暴利，被他一概拒绝。他认为他的发现是全人类的共有财富。

伦琴于 1923 年 2 月 10 日病逝，享年 78 岁。

---

① 波长介于紫外线和 γ 射线间的电磁辐射 。由德国物理学家 W. K. 伦琴于 1895 年发现，故又称伦琴射线。波长小于 0.1 埃的称超硬 X 射线，在 0.1 ~ 1 埃范围内的称硬 X 射线，1 ~ 10 埃范围内的称软 X 射线。

巴甫洛夫

巴甫洛夫自幼学习勤奋，兴趣广泛。他父亲喜欢看书，家中有许多像赫尔岑、车尔尼雪夫斯基等人的进步著作，在父亲的影响下，巴甫洛夫一有空就爬到阁楼上，读父亲的藏书。21 岁时他和弟弟德米特里一起考入圣彼得堡大学自然科学系。

巴甫洛夫在大学里以生物生理学为主修课，学习十分刻苦，为了使实验做得得心应手，他不断练习用双手操作，渐渐地相当精细的手术他也能迅速准确地完成，导师很赏识他的实验才能，常让他当自己的助手。在实践中，巴甫洛夫的手术技巧更是得到了锻炼。

1875 年，巴甫洛夫获得生理学学士学位，成为自己导师的助教，同年他又考上了圣彼得堡大学医学院。1878 年，他应俄国著名临床医师波特金教授之邀，到他的医院主持生理实验室工作。

巴甫洛夫后来开始研究血液循环和神经系统对心脏的影响。1883 年写成《心脏的传出神经支配》的博士论文，获得帝国医学科学院医学博士学位和金质奖章。虽然巴甫洛夫的科研成果十分出色，但他的生活却没有任何改观，依然贫穷不堪，他没钱给妻儿租房避暑，他的孩子不久就因病夭折在荒僻的乡村，夫妻俩都悲恸至极却又无可奈何。

后来他对人的消化生理展开了研究。巴甫洛夫将 3 个漏管接在狗的食管和胃道，然后进行假饲，几分钟后无数细小的胃腺中便分泌出清澈的胃液。一只狗每次可分泌 1 千克左右的胃液，这种胃液经过加工，可对胃酸低的病人进行治疗。

巴甫洛夫还发现分布在胃壁上的第十对脑神经迷走神经与胃液分泌有关。当用同样的办法刺激狗分泌胃液时，如果将迷走神经切断，胃液分泌就停止。但如果不假饲，只刺激迷走神经，也能引起胃液分泌，是什么东西对迷走神经产生刺激呢？原来味觉器官感受到了食物刺激，便会通过神经传给大脑，由大脑通过迷走神经对胃液发布命令，胃液开始分泌，这就是“条件反射”学说。于是巴甫洛夫凭借对这方面的研究获得了诺贝尔奖的生理和医学奖。

巴甫洛夫是第一个用生理学实验方法来研究高等动物和人的大脑活动的人，并创立了大脑两半球生理学和反射学说。后来，巴甫洛夫再接再厉，又提出了关于高级神经活动类型的学说。

巴甫洛夫还在一次医学会上宣布："睡眠能使大脑细胞得到休息。对因神经中枢过度紧张而神经异常的病人，用人工引导沉睡，可使患者恢复正常。"这一理论得到了临床验证。十月革命初期，人们生活极端困苦。巴甫洛夫一天也没中断研究，在缺粮的情况下，他经常把自己的那份粮食喂给用来做实验的狗。

85 岁那年，他得了肺炎，在病中还不忘观察和记录自己的病情，他的名言是："就是死，也要死得像一个真正的科学家。"

巴甫洛夫于 1936 年 2 月 27 日逝世，享年 87 岁。

狄更斯

狄更斯出生于海军小职员家庭。他 10 岁时全家被迫迁入负债者监狱，11 岁就承担起繁重的家务劳动。他曾在皮鞋作坊当学徒，16 岁时在律师事务所当速记员，后担任报社采访记者。他只上过几年学，全靠刻苦自学和艰辛创作成为知名作家。

狄更斯曾多次在国外旅行和居住，其中对他影响较大的有两次。1842 年他第一次去美国，是想就近观察那个共和国制度的大胆实验是否真给人民带来了自由和平等。他在美国看到许多新气象，感到欣慰，却也发现了不少问题。他看到了蓄奴制度，甚至看到了以蓄奴制为荣的美国人。他在回国后出版的《美国手记》里衷心地赞扬了美国的长处，表达了他对自由和和平的渴望及追求。这表现了他对共和制度的维护。1846 年，他到巴黎居住，对那时的法兰西非常赞赏，用充满激情的言语来赞扬他所见到的一切。

关于狄更斯，流传着许多动人的故事，其中有个故事这样写道：有一天，在伦敦郊外的一条小河边，一个人正在钓鱼，自称"看守鱼塘"的人走过来问道："您在钓鱼吗？"

那个钓鱼者回答说："是啊！半天没见一条鱼。昨天，就在这个地方，我钓到了

15 条。”

“看守鱼塘”的人听了立即说：“你可知道，此地禁止钓鱼！我是专门负责看守的。”说着就要罚款。那个钓鱼人不慌不忙地说：“您知道我是谁吗？我就是作家狄更斯，因此您不能罚我的款，刚才我说的是虚构的故事，而虚构故事正是作家的事业。”

狄更斯一生共创作了 14 部长篇小说，还有许多中、短篇小说和杂文、游记、戏剧、小品。其中最著名的作品是他描写劳资矛盾的长篇代表作《艰难时代》和描写 1789 年法国革命的另一篇代表作《双城记》。此外他还有许多作品流传后世，其他作品有《奥列佛·特维斯特》（又译《雾都孤儿》）《老古玩店》《董贝父子》《大卫·科波菲尔》和《远大前程》等等。

1870 年 6 月 9 日，狄更斯逝世。

契诃夫

契诃夫是俄国现实主义作家，一生中著作颇丰，尤以短篇小说创作成就最为辉煌。

1860 年 1 月 29 日，安东·巴甫洛维奇·契诃夫生于俄国南部亚速海边的大冈罗格小镇。幼时契诃夫就在父亲的小杂货店里当学徒招待顾客，一有差错，就会招来父亲的一顿打。儿时的这段痛苦经历，磨炼出他坚强不屈、不怕困难的性格。9 岁的契诃夫进入大冈罗格中学，枯燥的功课满足不了他的求知欲，他便找来屠格涅夫、塞万提斯等作家的作品如饥似渴地阅读起来，中学时代的生活培养了他对文学的浓厚兴趣。

19 岁的契诃夫中学毕业后考进莫斯科大学医学系。课余时间他开始用“安托沙·契洪特”的笔名在报刊上发表文章，这些文章显露出了他的文学创作才能，其中《小公务员之死》《老爷和小姐》成了当时人们非常喜欢的短篇小说。

1885 年，他发表了小说《普里希别叶夫中士》《痛苦》《变色龙》《家庭教师》等短篇小说。

1887 年契诃夫写了剧本《伊凡诺夫》，并演出成功。1888 年，他的小说集《在黄昏中》，获得了科学院颁发的“普希金奖金”。

契诃夫于1890年赴萨哈林岛(库页岛)进行实地考察。在那里,他访问了1万多名政治犯,对他们过的那种非人生活和痛苦遭遇深表同情。因此,他回到莫斯科后,用3年时间完成了《萨哈林岛》一书,于1893年在自由派杂志《俄罗斯思想》上发表了部分章节。

契诃夫与此同时又先后写成了小说《妻子》《跳来跳去的女人》和剧本《海鸥》等。

1898年12月17日,莫斯科艺术剧院再度上演《海鸥》,并获得了巨大成功。接着,契诃夫又写了剧本《万尼亚舅舅》。

契诃夫于1898年离开了梅里霍沃庄园,迁到了比较温暖的雅尔达,在这里他发表了小说《套中人》。

1904年初,他创作的戏剧《樱桃园》在莫斯科公演成功。

1904年7月15日,契诃夫在德国逝世。

肖洛霍夫

肖洛霍夫被认为是20世纪苏联最伟大的作家。他的不卑不亢,他对平民百姓疾苦的关注,他在战争中表现出的勇气,使他赢得了苏联人民的尊敬。他的长篇小说《静静的顿河》《被开垦的处女地》,短篇小说《一个人的遭遇》等都深受人们喜爱。其中《静静的顿河》影响最大,被誉为“顿河哥萨克生活的史诗”,赢得了1965年度诺贝尔文学奖。

1926年肖洛霍夫决定创作一部深入反映顿河哥萨克生活的长篇小说,这就是后来的《静静的顿河》。他分别于1927年、1928年、1932年、1937年和1940年发表于《十月》《新世界》两家杂志上,全书分为四部八卷。

《静静的顿河》讲述的是一个普通哥萨克人的生活和斗争故事,反映的却是从第一次世界大战前至国内战争时期这十多年间顿河流域的政治风云变幻和顿河全体哥萨克人在特定历史时期的命运。

顿河边上的鞑靼村住着中农列霍夫一家六口。葛利高里是列霍夫的小儿子,他是一个勇敢剽悍而又桀骜不驯①的青年。他同邻居司捷潘的妻子阿克西妮娅发生了炽热的爱情。阿克西妮娅是一个勤劳美丽、大胆泼辣、有着火一般激情却遭遇不幸的哥萨克少妇。她与正直淳朴的葛利高里之间的爱情是纯洁真挚的，为了阻止他们的关系，列霍夫赶紧为葛利高里张罗亲事，让他跟同村富农的女儿娜塔丽娅结了婚。娜塔丽娅性情冷淡，葛利高里不喜欢她，婚后和阿克西妮娅旧情不断，最后两人私奔，逃到地主李斯特里茨基的庄园里做了农工和仆人。

不久，第一次世界大战爆发，葛利高里同村里的其他青年一起应征入伍。他在战场上作战英勇，表现出色，还获得了勋章，但是战争的血腥和残酷使他深感困惑，精神上异常痛苦。在布尔什维克贾兰沙的启发下，葛利高里朦胧地意识到了革命的真理，认识到了帝国主义战争的实质。后来在另一个革命者波得捷尔科夫的影响下，他加入了红军。但是，在革命队伍中，葛利高里亲眼目睹了波得捷尔科夫未经审讯便杀死白军军官并大肆滥杀无辜，这种暴行使他深为不满，一怒之下他离开了红军队伍。在白军的煽动下，他加入了叛军并当上了师长。当叛军被消灭，他又满怀赎罪之心参加了布琼尼骑兵团。尽管他在骑兵团里奋勇杀敌、战功赫赫，复员后却仍然害怕在肃反运动中遭到迫害。于是他又冒险参加了弗明匪帮。最后匪帮溃败，走投无路的葛利高里悄悄潜回村里，想带上阿克西妮娅远走高飞，不料半路上阿克西尼娅被追兵枪杀。

肖洛霍夫以一个普通哥萨克人葛利高里的生活经历为明线，以他的情感经历为暗线，记叙了他坎坷而又充满激情和迷惘的一生。并由点及面，全面而又深刻地反映了顿河人民在面对社会历史重大选择的紧要关头所经历的痛苦的思想斗争和走过的艰难曲折的人生道路；探讨了个人命运同整个人类社会历史发展之间错综复杂的关系；表现出作者独有的悲剧意识和深广的人道主义关怀。他的笔下充满了对人生命运和人类命运的思考和忧虑。

---

① 凶悍倔强，傲慢不顺从。
《汉书·匈奴传赞》："其桀骜尚如斯，安肯以爱子而为质乎？"

丘吉尔

丘吉尔于 1874 年 11 月 30 日出生在英国伦敦的一个贵族之家。童年时的丘吉尔长得结实健壮,说话有些口吃,却很活泼、自信,甚至有些固执。他酷爱历史、军事与文学。从 7 岁开始,他先后在阿斯科特贵族子弟预备学校、布赖顿预备学校读书。他任性而倔强,不肯用功读书,父母只好让他进入桑赫斯特军校。1895 年军校毕业后,丘吉尔被分配到第四轻骑兵团,任骑兵少尉,开始了戎马生涯。

1911 年 10 月,他出任地位显赫的海军大臣。两年后,他又以军需大臣身份进入内阁,下令研制坦克。1922 年至 1929 年,丘吉尔出任鲍尔温保守党政府的财政大臣。1937 年张伯伦上台后,绥靖政策成为英国外交的主导策略。丘吉尔敏锐地意识到法西斯国家对和平的严重威胁,一再提醒英国政府和人民提高警惕,但他的意见并没有得到重视。1939 年 9 月 3 日,英国和法国向德国宣战,丘吉尔再次出任海军大臣。1940 年 5 月 10 日,英王紧急授权丘吉尔任首相,重组内阁。5 月 16 日,他成功组织了敦刻尔克大撤退。面对德军空袭,丘吉尔毫无畏惧,鼓舞人民战斗到底。随后几年,由于他的外交努力,美、英、苏等国结成了反法西斯联盟,有效地遏制了法西斯的嚣张气焰。

1945 年 5 月 7 日,德国宣布投降。2 个月之后,丘吉尔下台,转而撰写《第二次世界大战回忆录》,继续积极参加国内外的政治活动。

1965 年 1 月 24 日,丘吉尔因病逝世,享年 91 岁。

罗斯福

罗斯福 1882 年 1 月 30 日出生于美国纽约州海德庄园的一个富有家庭,小时候经常随父母游历欧洲,积累了不少的生活阅历。18 岁罗斯福考入哈佛大学攻读政治、历史和新闻，并对政治产生了浓厚兴趣，参加了各种政治活动。1904 年罗斯福从哈佛大学毕业后，又进入哥伦比亚大学法学院学习法律。1910 年，他以民主党候选人的身份当选为纽约州参议员，开始了从政生涯。

1912 年，罗斯福帮助威尔逊赢得了竞选的成功，他本人也因为出色的政治手段和组织才干在民主党中初露头角，并在 1913 年被威尔逊总统任命为海军部助理部长，任职 7 年。1928 年，罗斯福竞选成为纽约州州长，第二年，美国爆发了严重的经济危机。罗斯福在纽约州采取了多种措施来救济失业工人，稳定社会秩序，在民主党中的威信大增。因政绩突出，1933 年 3 月 4 日，罗斯福当选为美国第 32 届总统。上任后，他就宣布实施旨在摆脱大萧条的“新政”，在 100 天的时间里，接连颁布了“紧急银行法”“黄金储备法”“国家工业复兴法”“农业调整法”等 15 项重要法案，使美国经济摆脱困境。1936 年，他再次当选为美国总统。

1937 年，罗斯福在芝加哥发表了著名的“防疫演说”，明确表述了他希望参加反法西斯战争的思想。1940 年 5 月，不列颠战役爆发后，罗斯福在 5 个月的时间内，给英国送去了大量军火，成为英国实际上的盟国。1940 年 11 月 5 日，罗斯福第三次当选为美国总统。最终，美国投身于世界反法西斯战场，成为世界反法西斯战争的中坚力量。1941 年罗斯福与丘吉尔联合发表了《大西洋宪章》，奠定了世界反法西斯联盟的基础。

1944 年 10 月，罗斯福打破了美国建国近 100 年来的传统，第四次连任美国总统。但此时，他的健康每况愈下，心脏病、高血压经常发作。1945 年 4 月 12 日，罗斯福在佐治亚温泉病逝，享年 63 岁。

古巴比伦王国

公元前 19 世纪初期，闪语民族的一个支系阿摩利特人，以两河流域中心的城市巴比伦为都城，建立了古巴比伦王国，巴比伦意为“神之门户”。

当汉谟拉比继承第六代国王王位时，巴比伦还是个小邦，还向亚述称臣。汉谟拉比机灵善变，他的基本策略是团结邻邦，集中全力打击一个主要敌人。经过 38 年的战争，汉谟拉比建立起较巩固的中央集权国家。

国家的军政权力、立法权和司法审判权都集中在国王手里，有一个庞大的官僚机构协助他进行统治。国家有一支常备军，必要时还征召村社农民组成军队。巴比伦的庇护神马都克被尊为全国的主神。

《汉谟拉比法典》的制定消除了原来各城邦的立法，把全国法令统一起来。

古巴比伦王国时灌溉系统进一步发展，耕犁有所改进。青铜工具普遍使用，手工业生产提高，制砖、缝纫、宝石匠、冶金、刻印工、皮革工、木匠、造船工、建筑工都已出现。国内外的商业贸易也有了发展。巴比伦时期农村社会分化已很激烈，土地已经可以买卖、抵押、转让和继承，国王拥有巨大的王室经济，还垄断着国内外的大宗贸易。

公元前16世纪中叶，古巴比伦被赫梯人所灭。

亚述人建立大帝国

亚述人是闪族语系人种的一支，公元前3000年左右在底格里斯河河畔定居下来，建立了一个以亚述城为中心的小国。

亚述城邦的最高管理机关为长老会议，每年推举一个值年官，称为“里模”，管理财政、商业和高利贷活动，国家的另一高级公职“伊沙库”则管理土地、司法和行政，有权召集长老会议。

公元前9世纪至公元前8世纪，亚述历史进入一个新的时期。这时铁器已经逐步取代青铜器。随着生产力的发展，奴隶主阶级[①]对劳动力的需求也日益扩大，这就成为亚述统治者对外实行军事扩张的动力。公元前745年～前727年，提格拉·特帕拉沙尔三世进行了军事改革，建立完全由王室供应的常备军。这支强大的军队是亚述统治者对外扩张最有效的工具。

同时，周边强国有的已衰落或灭亡，有的无力制止其侵略，因此亚述统治者利用这一形势，实行对外扩张。公元前743年，发动对乌拉尔图战争，之后又攻陷大马士革，推罗、毕布勒等城被迫向亚述纳贡。公元前729年，吞并巴比伦；公元前

① 人类社会历史上第一个剥削阶级。奴隶主占有生产资料和奴隶，用最残暴的手段剥削和压迫奴隶，同时也压榨自由民，使他们中间的许多人贫困破产，沦为奴隶。随着奴隶社会的灭亡而退出历史舞台。

722 年～前 705 年亚述击溃乌拉尔图，占有小亚细亚东部地区；公元前 671 年取得对埃及的统治。至此，古代西亚和北非文明发达的地区，都已囊括在四境之内。

约公元前 639 年，亚述毁灭依蓝，终于形成一个庞大的军事帝国。

以色列人的故事

以色列是一个有自己独特经历的国家。大约在 4000 年前，以色列人的祖先亚伯拉罕从美索不达米亚迁移到迦南（现以色列），后来又在尼罗河三角洲以东定居。这期间，有一个自称是亚伯拉罕孙子雅各后裔的部落，开始称呼自己为“以色列人”，意为“神的勇士”。

公元前 13 世纪时，遭受埃及 400 年奴役的古以色列人在其领袖摩西的率领下返回故土以色列。据传，摩西在此定下十戒，从此逐渐形成了犹太教和犹太民族，并在迦南定居。

公元前约 1020 年～前 930 年，扫罗国王（以色列历史上的第一位国王）把松散的部落组织过渡到君主制。古以色列第二位国王——大卫王于公元前 1000 年左右建立了统一的以色列王国，定都大卫城，即现今的耶路撒冷。大卫死后，王国分裂为北方的以色列王国和南方的犹太王国，先后被亚述和巴比伦国灭亡，从此结束了以色列历史上的第一圣殿时期。

公元前约 538 年，波斯人打败巴比伦人后，犹太人获准返回故国，在耶路撒冷重建已被夷平了的圣殿。此后约 400 年间，犹太人先后在波斯人和古希腊人的统治下生活，这就是第二圣殿时期。

公元前 198 年，犹太人举行了武装起义，解放了耶路撒冷，赢得了信仰自由，建立了哈斯蒙尼王朝统治的犹太国家，圣殿再次重建。公元 70 年，罗马帝国的势力逐步扩展到地中海东岸。它残酷镇压以色列人，彻底摧毁了耶路撒冷城和圣殿。此后，大批犹太人被赶到国外，流亡到世界各地。直到 1948 年 5 月 15 日，犹太民族才根据联合国的分治决议，重新建立了以色列国。

神秘的司芬克斯

在埃及哈夫拉的金字塔旁边有一座狮身人面像，是用整块的天然石雕刻而成的，古希腊人称之为“司芬克斯”。它高22米，长57米，一只耳朵就有两米长，面部是哈夫拉的脸型。希腊神话说司芬克斯是带翼的狮身女妖，躯干是凶狮，头是美女，能说人话，而尾巴却是一条长蛇。

司芬克斯出现在希腊神话俄狄浦斯故事中。俄狄浦斯原是底比斯国王赖亚的儿子，根据神的预示，说他命中注定要犯杀父娶母的大罪。他的父母命令把他扔到山里去，谁知，几经周折，他竟成了科林斯国王的养子。俄狄浦斯长大成人后，不忍心加害自己的父母，就逃往底比斯城。在路上，俄狄浦斯因让路问题和一个老人争吵并把这位老人活活打死。而这个老人就是底比斯的国王赖亚。

底比斯人不知为何惹怒了天后赫拉，赫拉就把女妖司芬克斯安排在底比斯城外的悬崖上。这个狮身人面的怪物要行人猜谜语，猜不中，她立即把人撕成碎块吞进肚里，时间一长，吃得路断人稀。为此，国王向全国宣布：谁若猜中谜语，就以王位相让，而且还把国王的姐姐嫁给他。俄狄浦斯路过这里，他登上悬崖，破解了谜语，女妖跳崖自杀。国王克瑞翁实现了诺言，把姐姐嫁给了俄狄浦斯，谁能想到这位寡妇就是俄狄浦斯的生母。

西方文明的开端

古希腊是希腊人当时生活的地区通称。它包括希腊半岛、爱琴海中的各岛屿、克里特岛和小亚细亚半岛的西部海岸地带。希腊文明最早产生于爱琴海诸岛，也就是希腊的原始文明——爱琴文明。爱琴文明以克里特文明和迈锡尼文明为标志，不但是希腊古典文明的历史源头，也是西方文明的开端。

希腊半岛三面环海，而且具有世界上最曲折的海岸线。爱琴海中的岛屿星罗棋布，总数在480个以上。爱琴海区域又是一个多山地带，群山把希腊半岛的陆地隔成一小块一小块的地区，不少地区彼此闭塞。可耕面积受到很大限制，找不到像东方大河流域那样的沃野。因此农业不像东方大河流域那样发达。粮食作物以大麦、小麦、豆类为主，园艺作物则以橄榄和葡萄最为重要。

古代希腊大城邦的粮食往往不能自给，要从黑海沿岸和埃及等地输入谷物。这促进了航海的发展，希腊也具有较好的航海条件。频繁的航海活动又激起了他们探求与开拓大自然的强烈欲望，铸就了他们对外冒险扩张的民族性格。

雅典城邦及全希腊宗教中心地达尔斐城位于半岛中部。南部希腊为伯罗奔尼撒半岛，这里有古代希腊最大城邦之一的斯巴达。

爱琴海南部最大的岛屿是克里特岛，东西长约250千米，南北狭长约12～60千米，在古代富有森林，气候滋润，较宜于农业发展。海上交通方便。正是这样一种有利的地理环境，最先产生了爱琴海区域的古代文明。

不朽的《荷马史诗》

荷马是一位传说中的人物，大约生活在公元前9世纪到公元前8世纪之间，可能是爱琴海一带的人。据说他是一个双目失明的职业乐师，同时又是一位大诗人。他背着七弦竖琴，四处漂泊，把自己的诗吟唱给人们听。古希腊流传最久的两部史诗《伊利亚特》和《奥德赛》就是他的作品，因此，历史上称为“荷马史诗”。

荷马史诗是以说唱形式流传下来的希腊远古时代关于人与神的传说。其内容包括生产、天文、地理、历史、哲学和艺术等各方面的知识，如百科全书一样教育了古希腊人。荷马史诗又是战争的产物。记录下了公元前12世纪末，历时10年的希腊人和特洛伊人的战争，最后希腊人毁灭了特洛伊城。

传说中，特洛伊得罪了争吵女神厄里斯，她挑起了另外三位女神的不和。女神阿弗洛狄帮助特洛伊王子去斯巴达拐走了美丽的海伦，并抢走了大批财物。希腊各部落公推迈锡尼王阿伽门农为联军统帅，攻打特洛伊城。战争进行了10年，最后，希腊人终于攻下了特洛伊城。在小亚细亚一带流传着许多歌颂这次战争中部落首领的英雄事迹的短歌。大约公元前8～9世纪时盲诗人荷马以此为基础，予以加工整理，最后形成了具有完整情节和统一风格的两部伟大史诗。

特洛伊木马

古代希腊和西亚的特洛伊为了一个美丽的女人发动了一场历经10年的战争。木马计的故事就发生在这次战争中。

据说斯巴达有个姑娘叫海伦，是全希腊最美的姑娘，后来成了王后。一天，斯巴达王宫里来了一位尊贵的客人，他就是特洛伊国王的儿子帕里斯。帕里斯和海伦一见钟情，当晚，两人竟然逃回了特洛伊。

斯巴达王大怒，调集10万人马攻打特洛伊，但是攻了9年也没有打下来。这时，希腊联军突然扬帆离开了特洛伊附近的海面，只在海滩上留下一匹巨大的木马。特洛伊人搞不清这是干什么用的，议论纷纷。这时，几个牧人押来一个刚抓到的希腊人。这个希腊人说："这是希腊人献给雅典娜女神的，你们把它拉进城，神就会保护你们。"特洛伊国王立即下令把木马弄进城去，并把它安置在雅典娜①神庙附近。

特洛伊城解了围，又得到献神的宝物，当天晚上，满城人欢天喜地，庆祝胜利。夜深人静，那个希腊人偷偷地溜到了木马旁边，在木马身上轻轻敲了三下，躲藏在木马中的全副武装的战士一个接一个地跳了出来，迅速打开城门。从悄悄返回的战舰上登陆的希腊人潮水般地冲了进来，10年没有攻下的特洛伊城就这样轻而易举地被占领了。全城被掠夺一空，烧成了一片灰烬，海伦也被她丈夫带回了希腊。

这就是希腊著名足智多谋的将领奥德修斯想出的一条妙计——木马计。

---

① 雅典娜是希腊奥林匹斯12主神之一，也是奥林匹斯三处女神之一，罗马名字弥涅耳瓦(Minerva)、密涅瓦(Minerva)。在远古的神话中，雅典娜是一位女天神，乌云和雷电的主宰者，丰产女神，和平劳动的庇护者，女战神。

最初的奥林匹克运动会

据古代希腊神话传说:居住在奥林匹斯山上的天神宙斯主宰着整个世界。为了表达对宙斯的崇敬,希腊人在奥林匹亚举行盛大的祭祀,同时还要进行短跑竞赛活动。运动员经过抽签分五组进行短跑比赛,最后决出冠、亚军。到公元前766年时,希腊规定每隔四年在奥林匹亚举行一次竞技大会,也就是运动会。这就是最初的奥林匹克运动会。竞赛项目也多了,有短跑、摔跤、掷铁饼、投标枪、赛马和赛车等。

竞赛结束后,在宙斯神庙附近举行隆重的授奖仪式,把花环戴到优胜者们的头上,还要举行"国宴"。最著名的诗人向他们奉献赞美诗,第一流的艺术家为他们在奥林匹亚建造纪念雕像。

奥林匹克竞技运动会是古代希腊生活中一项极为重要的事件。甚至战争也要为运动会让路,交战的双方会暂停攻击,休战期最多达三个月。它也对希腊生活的许多方面产生了巨大影响。因为全国运动会,各城邦之间的文化交流和贸易往来增多了,城邦之间的紧张关系得到了缓解。

古代的奥林匹克运动会举行了293次。在罗马皇帝禁止后中断了1500多年。后来,经过法国人顾拜旦的倡议和努力,公元1896年,现代奥运会又在雅典恢复了。如今,奥运会已经成为四年一次的全世界瞩目的体育盛会。

占地掠财的十字军

中世纪的欧洲处在"黑暗时代",城市稀少,商旅断绝,文化落后。此时的东方却是那么富庶。西罗马教皇对东方垂涎三尺,让信奉基督教的骑士去占领东方,使罗马教皇成为东西方共同的最高统治者。

1095 年冬天，罗马教皇乌尔班二世在法国的克勒芒城召开宗教会议，第一次发出东侵的号召：夺回圣地耶路撒冷。

1096 年秋天，由法国、意大利、德国西部的骑士领主组成的胸前缝有红十字的十字军大约三四万人，向耶路撒冷进军，并于 1099 年 7 月攻下了耶路撒冷。他们冲进在耶路撒冷城里最著名的阿克萨清真寺，把里面的珠宝财物一抢而光，居住在耶路撒冷的所有居民，全都遭到了这些欧洲强盗的抢掠。

十字军在他们占领的地区建立了耶路撒冷王国。1187 年，在撒拉丁领导下，东方人民消灭了十字军主力，收复了耶路撒冷。德国皇帝、英国和法国的国王于是又组织第二次和第三次十字军东侵，结果都被打败。

进军东方的失败，迫使十字军把目光瞄准了也信基督教的拜占庭。十字军占领了君士坦丁堡，并建立了拉丁帝国。拜占庭帝国将近千年的文化艺术珍品遭到了彻底的掠夺和破坏。

十字军远征使欧洲的骑士和教会大发横财，却给下层劳动人民带来沉重的灾难。

1291 年，十字军丧失了其在东方的最后据点阿克，十字军东侵终于以失败告终。

十字军东征所带来的后果是复杂的，它给西欧和东方人民带来了浩劫，也促进了东西方贸易的发展和使一些科学技术传人欧洲。

史诗巨著《浮士德》

《浮士德》是德国大诗人歌德的代表作品，是当时欧洲文学的最高成就，在世界文学史上享有崇高的声誉，被文学史家认为是史诗性的巨著。

《浮士德》取材于德国 16 世纪的民间传说。浮士德是当时一个跑江湖的魔法师，懂得炼金术、星相术、占卜等。死后，在德国流传许多关于他的传说。歌德在少年时期就看过有关浮士德的木偶戏和故事书。上大学时，便有了创作《浮士德》的想法。从 1773 年开始构思，1775 年写成一部分初稿，1806 年完成第一部。此后，他花了 20 年的时间来酝酿与构思第二部，1831 年 7 月创作完成，时间长达60年之久。

《浮士德》是诗剧，以主人公浮士德的思想发展为线索，写他探索真理的一生。《天上序幕》是全剧的开端。在这一场中，魔鬼靡非斯特与天帝发生了一场关于人的争论。魔鬼认为浮士德最终必将堕落，天帝却认为：最终能找到真理。他们为此而打赌，由魔鬼去诱惑浮士德。于是，引出了浮士德追求真理的生活历程，其间主要经过五个阶段：学者生活、爱情生活、政治生活、追求古典美和改造大自然，剧情顺此发展。

最后，上帝驱走了魔鬼，浮士德发动群众，以集体劳动改造大自然，建立了理想的人间乐园。浮士德终于找到了人生的真理。

凡尔赛和约

1919年，协约国未经与德国协商，片面规定的凡尔赛和约条件于5月7日在柏林发表，德国全国纷纷举行愤怒的群众集会，对和约表示抗议，要求德国政府拒绝签字。

是什么让德国人不能容忍的呢？凡尔赛和约规定德国必须把阿尔萨斯和洛林归还给法国，一小块领土归还给比利时，石勒亦益格邦一小块领土在经过公民投票后归还给丹麦，把德国人在瓜分波兰时夺去的领土归还给波兰，其中一部分还要经过公民投票。给了波兰一条通向海路的走廊使得东普鲁士同祖国隔绝。和约强迫他们接受发动战争的责任，要求他们把德皇威廉二世和800名左右其他“战争罪犯”交给协约国。

和约规定赔款数目以后再规定，在1919年到1921年之间先要付一笔50亿美元的金马克，如无现款，可以付某些实物，如煤、船只、木材、牛羊等等。

最伤害德国人自尊心的是，凡尔赛和约实际上解除了德国的武装，排除了德国在欧洲称霸的可能性。

距离协约国最后通牒的限期只差19分钟，德国国民议会终于以绝大多数票通过签订和约，1919年6月28日，和约在凡尔赛宫的明镜殿签了字。

“大东亚共荣圈”的妄想

还在19世纪末,佐藤信渊①等人就提出日本向东南亚发展,建立以日本为中心的势力范围的设想。1916年,后藤新平献策:日本必须建立“东亚经济同盟”。1917年,西原龟三又提出“东洋自给圈”,把北起西伯利亚,南至印度、澳大利亚的广大地区都包括进来,其旗号是“王道亲善”。

1936年8月,广田弘毅内阁通过《国策基准》,明确提出日本的国策是“确保帝国在东亚大陆地位的同时,向南方海洋发展”,以实现其在大东亚地区的霸权。为实现其霸权梦悍然发动了侵华战争。此后,日本侵略者多次表明了发动战争的目的和意图。1938年12月22日,近卫内阁发表声明,称“日满华三国应以建设东亚新秩序为共同目标而结合起来”,并提出三项原则:(1)善邻友好。中国放弃抗日,承认“满洲国”;(2)共同防共;(3)经济合作。中国应承认日本公民在中国居住营业之自由,特别给予日本在华北与内蒙古以开发资源之便利。至此,“东亚新秩序”的殖民大帝国的政治蓝图基本成形。随着第二次世界大战的战局进展,日本法西斯的侵略胃口迅速膨胀,它已不再满足于“日满华”三国合作,而是要建立以“日满华”为其一环的“大东亚共荣圈”,要在包括整个中国、东南亚、印度乃至大洋洲在内的广大地域范围内建立日本军国主义的殖民统治。“大东亚共荣圈”的构想是“东亚新秩序”的恶性延伸和发展。

---

① 日本科学家,西化的早期倡导人。出生于农业和采矿专家家庭。早年学习荷兰语以及西方科学、历史和军事的论著,也写过一些研究心得。他曾漫游整个日本,非常熟悉人民的真实情况。他建议增强海防,防止俄国的侵略,并在狭隘民族主义的影响下拟定了使日本称雄世界、推行帝国主义的计划。

珍珠港事件

珍珠港事件,是第二次世界大战中的重大历史事件,它导致了美国直接参战。

1941 年 12 月 7 日凌晨 4 时,北太平洋海面上,一支舰队在迷漫的海雾中出现了。六艘航空母舰,两艘重巡洋舰,两艘高速战列舰,九艘驱逐舰和一艘轻巡洋舰,正全速向南行驶。这是一支日本海军舰队,它担负着一项秘密的使命——偷袭美国海军基地珍珠港。

12 月 6 日,日本还在同美国大谈和平,提出要与美国共商解决冲突的良策。罗斯福总统虽曾接到日本准备突袭美军舰队的情报,但没有引起重视,也没有人通知太平洋舰队司令金梅尔上将提高警觉。因此,12 月 7 日这个星期天,美国太平洋舰队的大部分官兵们都上岸度假,完全没有作战准备。美国海军的巡逻艇也发现过打前哨的日军袖珍潜艇,但美军指挥部对此却不太在意。美军雷达发现北方有大编队的飞行物体飞来,值日军官却认为,这是自己的空军在进行特种演习!

7 时 55 分,从日本航母起飞的 183 架混合机群开始攻击,顷刻间,238 架美军飞机便成了一堆废钢铁,美军战列舰被击沉了五艘。小时后,日军第二批 171 架战机又一次狂轰滥炸,珍珠港成为一片火海。袭击后,美军伤亡 3615 人,失踪 961 人。港内的舰艇几乎全数被击沉或遭重创。300 余架飞机被炸毁。美国太平洋舰队几乎全军覆灭。

偷袭两小时后,日本才向美国递交了最后通牒,美国朝野震惊了。12 月 8 日,罗斯福总统对日本宣战!

墨索里尼的下场

本尼托·墨索里尼，意大利独裁者和法西斯党党魁。1919年墨索里尼建立了头一个法西斯组织“战斗团”，接着在1921年成立法西斯党。1922年10月发动“进军罗马”的军事政变，开始了他在意大利的法西斯独裁统治。他对内镇压共产党和民主运动；对外侵略埃塞俄比亚、武装干涉西班牙、侵占阿尔巴尼亚。

墨索里尼与希特勒相互勾结，并在1936年与日本结成轴心国侵略集团。1943年5月初，盟军在北非消灭了横行一时的轴心国劲旅。接着在7月10日，英美军队又在西西里胜利登陆，意大利军队已经处于崩溃状态。几个月来，墨索里尼不断向希特勒求援，要求他同斯大林议和，把德国军队调到西方，和意大利共同防御英美军队的威胁。此时，希特勒也只好再次把墨索里尼找来讨论这件事。这是两个独裁者的第13次会谈。等到墨索里尼回到罗马时，面临着的却是法西斯党内部他的某些最亲信的追随者，国王也包括在内的更广泛阶层的人物所策划的推翻他的阴谋。

7月25日夜晚，他被国王召到宫中，撤除了全部职务，并送到监狱。1943年9月，意大利新政府和盟军签订了停战协定，退出法西斯同盟，并对德宣战。后来德国军队直接占领了意大利中部和北部，把墨索里尼重新扶上台，但在盟军和意大利人民的打击下，新法西斯政权很快瓦解。这个罪大恶极的意大利法西斯头子终于落到人民手中。4月28日，墨索里尼在科莫湖边的科莫村外被枪决，尸体被拉到米兰最热闹的洛莱特广场示众。

关税及贸易总协定

20世纪30至40年代,国际贸易的相互限制是造成世界经济萧条的一个重要原因。第二次世界大战结束后,解决复杂的国际经济问题,特别是制定国际贸易政策,成为战后各国所面临的重要任务。1946年2月,联合国经社理事会呼吁起草国际贸易组织宪章,进行世界性削减关税的谈判。随后,经社理事会设立了一个筹备委员会,与会各国同意在“国际贸易组织”成立之前,先就削减关税和其他贸易限制等问题进行谈判,并起草“国际贸易组织宪章”。经过多次谈判,美国等23个国家于1947年10月30日在日内瓦又过渡性地签订了《关税及贸易总协定》。

但是,由于各国对外经济政策方面的分歧以及多数国家政府批准“国际贸易组织宪章”的困难,关贸总协定的有效期被一再延长,并为适应情况的不断变化,多次加以修订,实际上它成了各国共同遵守的贸易准则,协调国际贸易与各国经济政策的唯一多边国际协定。

关贸总协定由序言和四个部分组成,共计38条。其基本原则是:贸易应当在非歧视待遇的基础上进行;成员国只能通过关税而不能采用直接进口管制措施保护本国工业;应通过多边谈判来削减关税,限制贸易壁垒;成员国应当通过磋商解决贸易问题及争端。总协定第四章还专门规定了发展中国家在贸易与发展方面的一些特殊要求和有关问题。

从名称上看,关贸总协定只是一项“协定”,但它实际上是一个“组织”,有常设秘书处,还下设20个机构,主要活动是举行削减关税和其他贸易壁垒的谈判。关贸总协定对世界贸易具有非常重大的影响,中国也是关贸总协定的创始会员国之一,因历史原因,我国政府长期未能参与协定活动。

现在,关贸总协定已被世界贸易组织所代替,中国已加入这个组织。

万隆会议

1955年4月18日，亚非会议在印度尼西亚的万隆胜利召开。参加这次盛会的除五个发起国外，还有阿富汗、柬埔寨、埃及、埃塞俄比亚、黄金海岸（加纳）、伊朗、伊拉克、约旦、老挝、日本、黎巴嫩、利比里亚、利比亚、尼泊尔、菲律宾、沙特阿拉伯、苏丹、叙利亚、泰国、土耳其、越南民主共和国、南越、也门和中国，共29个国家，代表着全球一半以上的世界人口。开幕式后，22个国家的代表先后在大会上致词。发言的主流是谴责殖民主义，促进经济合作和呼吁世界和平，但也有少数国家的代表偏离大会的主旨，提出亚非国家当前面临的主要问题不是反对殖民主义，而是反对共产主义，使会议气氛一度异常紧张。

为了阻挠这次大会的召开，特务在中国代表团的包机“克什米尔公主号”上放置炸弹，致使11人罹难。但这阻止不了中国参加会议的决心。4月19日，以周恩来总理为团长的中国代表团提出了“求同存异”方针以及和平共处五项原则，得到了各国代表普遍接受，为会议的顺利进行和最后的成功奠定了基础。

4月24日，最后一次全体会议一致通过《亚非会议最后公报》，大会宣告胜利闭幕。

戴高乐

夏尔·戴高乐，出身于教师家庭，毕业于圣西尔军校。第二次世界大战中，法国遭到覆没。因此，雪法国战败之耻，重振法国雄威，再次分享世界霸权，便成为戴高乐的政治理想。1959年1月，68岁的戴高乐就任法兰西第五共和国总统后，便开始实施他的这种追求。

戴高乐首先关注的是谋求法国的独立自主。他提出法国要在政治、经济、货币和防务等方面独立自主；建立独立的防务，特别是发展独立的核力量，反对美国的核垄断，是戴高乐独立自主外交政策的一个最重要的内容。1960 年法国终于在撒哈拉沙漠进行了第一次原子弹爆炸。同年，法国制定了“国防现代化十年计划”，以加速建立法国独立的核力量，并拒绝在部分禁止核试验的莫斯科三国条约上签字；在大西洋联盟中没有取得与美国平起平坐的大国地位时，戴高乐便采取了一系列脱离北大西洋公约军事一体化的措施。1966 年 2 月，戴高乐更是宣布法国退出北约军事一体化组织，并迫使美国撤出其在法国的驻军及拆除军事基地。

为了削弱美国在欧洲的影响，使法国能够取得以大国身份单独同苏联对话的资格，戴高乐积极发展法苏关系。戴高乐深知，像法国这样的国家要谋求大国的地位，还必须最大限度地联合其他中小国家并取得他们的支持。戴高乐十分重视同亚非拉第三世界国家发展关系，尤为重视中国的作用，在美国等西方国家仍对中国进行封锁的情况下，法国于 1964 年 1 月同中国建立了外交关系。

戴高乐执政期间制定的外交政策，维护了法兰西的独立，提高了法国的威望，打破了美苏称霸世界的政治格局。

越南战争

1945 年 9 月 2 日，印度支那共产党（后为越南共产党）领袖胡志明宣布建立越南民主共和国。9 月 21 日，前殖民者法国军队卷土重来，拒绝承认越南独立，越南抗法战争开始。

中华人民共和国成立后，应胡志明请求，中国政府给越南以大力援助。经多年战争，越南人民越战越强，1954 年 3 月发动奠边府战役，大败法军，共歼敌 1.6 万人。法国政府无力再战，于 1954 年 7 月在中、苏、英、美、越等 23 国参加的日内瓦会议上，签订承认越南等印支三国独立的“日内瓦协议”。

以北纬 17 度线为南北临时军事分界线，南北越南分裂局面得以确立。美国政府拒绝“日内瓦协议”，接替法国在南越建立吴庭艳傀儡政权，为其提供大量经济和军事援助，大肆“灭共”，残酷镇压共产党人和其他反对派人士。越南共产党被迫在南方组织武装反抗，开始了长期的、艰苦卓绝的抗美战争。1961年，美国将农村人口强迫集中到以铁丝网和碉堡包围起来的所谓“战略村”，实行严密控制，并且直接参战，采用各种战术和大量使用化学战剂等，狂轰滥炸，将许多城镇夷为平地。至1968年驻越美军高达54万人。然而，北越和南越的越共军队在中国和苏联的支持下，有力地反击美军的进攻。1973年，美国被迫签订“巴黎协定”，同意从越南撤军。美军撤退后，西贡政权于1975年宣布投降，越南战争结束。

马拉松的起源

马拉松这项体育赛事，早已被世人所熟悉，但是它的起源却鲜为人知。

公元前490年，波斯帝国大举入侵希腊，强大舰队横渡爱琴海①，在雅典城东北60千米的马拉松平原登陆。

雅典人立即派出快跑能手斐力庇第斯，向邻邦斯巴达求援。这位使者以惊人的速度，在两天之内跑了150千米路程，来到了斯巴达。不料，斯巴达统治者根本不想出兵。

快跑能手把这个不愉快的消息带回雅典。雅典在著名统帅米太亚得的率领下，到马拉松平原和波斯军决战。雅典军队只有一万人，而波斯军据说有10万人。激战开始了，雅典军队凭借着勇猛顽强，战胜了波斯军。

米太亚得又让斐力庇第斯把胜利的消息迅速告诉雅典人。这位长跑能手虽然已经受了伤，还是毅然接受了任务。他以飞快的速度从马拉松跑到雅典中央广场，对着盼望的人群激动地说了一声“大家欢乐吧，我们胜利了”之后，就因过度疲劳而倒地牺牲了。

为了纪念这次战争的胜利和英雄斐力庇第斯的精神，1896年在雅典举行的第一届奥林匹克运动会上，设定了一个新的竞赛项目——马拉松赛跑。运动员从马

① 爱琴海是地中海东部的一个大海湾，位于地中海东北部、希腊（Greece）和土耳其（Turkey）之间。爱琴海岛屿众多，所以爱琴海又有“多岛海”之称。爱琴海是黑海沿岸国家通往地中海以及大西洋、印度洋的必经水域，在航运和战略上具有重要地位。

拉松起跑，大致沿着当年斐力庇第斯经过的路线，到达雅典，全程为40.2千米。1920年，对这段距离又做了仔细测量，确定为42.195千米。

古罗马大道

西方有一句闻名世界的谚语："条条大道通罗马。"这句谚语的起源就来自古罗马大道的修建。

在古代罗马的建筑奇迹中最著名的就是"罗马大道"——以首都罗马为中心面向全国的四通八达的公路网。

罗马大道的修建最初是为了战争的需要，罗马帝国建立之后，战事不多了，于是，罗马大道又成了古罗马帝国的经济命脉，大大促进了农业、手工业和商业的发展，也促进了罗马和世界其他文明中心的交流。

古罗马的供水系统——罗马水道是古罗马最具代表性的建筑，同时也是世界古代建筑的一个奇迹。罗马水道作为城市的供水系统，穿山越岭，高处开挖渠道，低处架设渡槽，从几十千米以外把水引入城市供居民饮用。除首都罗马外，在古罗马的许多城市也都有这种供水系统。罗马水道的建筑相当宏伟、壮观，其最长的一条水道长达100多千米。为了渡过山涧，现残留在法国境内的罗马水道的渡槽距地面高达48米，而在叙利亚的一处渡槽高达64米，堪称世界之最。

在今天的罗马城，最引人注目的就数罗马时代著名的大竞技场的遗址了。古罗马最大的竞技场长188米，宽156米，仅在它椭圆形的巨大看台上就可容纳8万多名观众。

古希腊文化高峰

希腊文化的发展大致可分为三个阶段:神话与史诗时期、古典时期、希腊化时期。

古典时期是希腊文化的全盛时期,这个时期不但产生了《荷马史诗》这样不朽的作品,而且涌现出大批诗歌。这些诗歌包括抒情诗、讽刺诗、哲理诗等等。诗人品达创作的许多热情歌颂希腊英雄的诗歌,在古代希腊享有极高的声誉。

从公元前5世纪开始,戏剧在雅典获得了空前的繁荣。戏剧有悲剧和喜剧,悲剧的杰出代表是爱斯奇里斯、索福克利斯和幼里披底斯。

爱斯奇里斯被恩格斯称为"悲剧之父",作品中充满信心和勇气,具有强烈的爱国精神。他的《普罗米修斯》一剧取材于普罗米修斯盗取天火的神话,歌颂了人类为幸福不怕牺牲、不屈不挠的斗争精神。

幼里披底斯被誉为"舞台上的哲学家"。大约写了92部剧本,其中《美狄亚》等18部悲剧最为著名。

索福克利斯被誉为"戏剧艺术的荷马",是希腊悲剧作家中获奖最多的一位。

希腊喜剧的最杰出作家是雅典的阿里斯多芬,被称为希腊"喜剧之父"。他的喜剧创作的特点是具有浓厚的政治色彩,所有严肃的社会政治问题,他都以诙谐或幻想形式、嬉笑怒骂的手段表达出来。

在建筑方面,希腊人善用柱廊,创造了多利亚、爱奥尼亚、科林斯三种石柱的形式,为日后西方建筑所沿袭,成为发展的基础。它们的共同特点是庄严、和谐、精致、爽朗,被认为是古代建筑艺术中的杰作。

希腊的古典雕刻在现实主义表现方面也达到了很高的成就,作品内容主要是表现理想的、完美的人。最著名的三个雕刻家是米隆、菲迪亚斯和坡力克利特。米隆的"掷铁饼者像",菲迪亚斯的作品"雅典娜女神像",坡力克利特的"持矛者像"等,都是对当时和后代有极大影响的作品。直到今天,雅典卫城依然被学者们誉为希腊"建筑艺术的博物馆"。

西方哲学家的摇篮

古希腊是“西方哲学家的摇篮”。在希腊哲学家中，代表人物是“希腊哲学三圣”：苏格拉底、柏拉图和亚里士多德。

雅典哲学家苏格拉底（公元前469年～前399年）自称为“爱智者”，要把人对于物质自然亦即客观世界的求知转为对于内在自我亦即主观世界的求知。所以他说：“认识你自己”。

希腊唯心主义哲学的最大代表是苏格拉底的学生——雅典哲学家柏拉图（公元前427年～前347年）。柏拉图哲学的中心思想是认为在现实世界之上还有超经验的理念世界。理念是第一性的，现实是第二性的；现实是理念的派生，这是一种客观唯心论。

在政治上，柏拉图拥护贵族政治，反对民主。他的“理想国”把人分为三等：第一等是治国的贤哲；第二等是卫国的武士；第三等人是农夫、手工艺者、商人，他们的责任是养活前两等人。至于奴隶，柏拉图根本没有把他们作为人来考虑。

第三位代表人物是柏拉图的著名弟子亚里士多德（公元前384年～前322年），他摇摆于唯物主义和唯心主义之间。他认为理念世界不能成为现实世界的基础和根源，但他又承认脱离身体而独立存在的理性灵魂。亚里士多德认为奴隶制度是合理的。

亚里士多德在历史上的重大作用在于他多方面地总结了希腊各科学术的成果。

希腊古典时期在科学技术方面也颇有成就，这时出现了一些著名代表，如几何学家欧几里得、天文学家墨东、“医学之父”希波克拉底。许多哲学家同时也是卓越的科学家，如毕达哥拉斯也以研究天文学和几何学著名，发现了“毕达哥拉斯定理”。希腊的哲学在发展过程中，又与科学结下了不解之缘，特别是德谟克利特的原子论、毕达哥拉斯的数的审美学说、亚里士多德的逻辑方法成为以后西方近代科学产生的三个最重要思想前提。

数学之神

阿基米得是古希腊著名的数学家、物理学家和天文学家。阿基米得公元前287年生于西西里岛的叙拉古。父亲费狄阿斯是一位天文学家和数学家。阿基米得在其父的影响下，从小热爱学习，善于思考，喜欢辩论，并且酷爱数学。11岁时便漂洋过海，到亚历山大里亚去求学深造。阿基米得在这里结识了包括欧几里得在内的许多知名学者，并受业于欧几里得的门徒柯农，学习了哲学和数学、天文学、物理学等科学知识，通今博古，掌握了丰富的希腊文化遗产。他回到叙拉古后，在宫廷中专心从事科学研究。

还在亚历山大里亚求学期间，他看到农人从河里提水浇地，非常吃力，便运用杠杆原理创造了一种螺旋提水器。

据说，希耶隆二世怀疑王冠中掺有银，便请阿基米得鉴定。他从洗澡中，人躺进浴盆身体微微上浮的现象，顿悟到：相同重量的物体，由于其体积不同，排出的水量也不同的原理，成功地查明王冠中掺有银子。他发现了各种物体有不同的比重，发现了流体静力学的基本原理——物体在液体中减轻的重量，等于它所排出液体的重量。他的名著《论浮体》中记载了这个原理，今天称为阿基米得原理。

公元前214年，阿基米得被入侵叙拉古的罗马士兵刺死。

地跨三大洲的帝国

亚历山大是亚历山大帝国的创立者。亚历山大16岁起，就随父亲马其顿国王腓力二世南征北战，参与政务。形成坚强的意志和出众的智力，敏锐的判断和随机应变的才能。

公元前336年，亚历山大继承王位，当时宫廷骚乱，各地暴动，亚历山大果决地进行镇压。骚乱平定后，亚历山大发动了对东方的侵略性远征。公元前334年春，亚历山大宣布对波斯帝国作战，占领了小亚细亚。公元前333年夏，亚历山大的军队在伊索斯城附近和波斯军队发生了激战。亚历山大占据了大流士的军营，俘获了波斯国王大流士的家属。公元前332年，亚历山大继续向南进军攻占了腓尼基和埃及。

公元前331年春，亚历山大在埃及补充了自己的军队以后，率军向东进发，经过巴勒斯坦、叙利亚，来到了美索不达米亚，与波斯军队发生了一场决定性的战斗。波斯军队进攻时，他让开一条通路，听任波斯战车穿越而过，而以预先埋伏好的马其顿弓箭手迎头射击。主力战车兵的扑空使波斯军队形成混乱。这时，亚历山大率领轻快的骑兵，向波斯军队的左翼猛冲过去，波斯大败，溃不成军。亚历山大继续向东推进，深入到波斯的腹地。公元前330年2月，亚历山大攻克古都巴比伦，夺得无数金银和财宝，并下令焚烧了波斯国王的王宫。

征服波斯后，亚历山大终于建立起一个地跨欧、亚、非三洲的大帝国，他也被称为"亚历山大大帝"。

拉丁字母

拉丁字母是意大利半岛最早的岛民拉丁人创造的。拉丁文后来也成了罗马文字，所以，又称为"罗马字母"。它是在公元前6世纪由埃特鲁斯坎字母发展而来。发现最早的使用拉丁字母刻写的铭文是在一枚公元前7世纪的斗篷别针上。

古典拉丁语有23个字母，其中21个是从埃特鲁斯坎字母派生而来。到中世纪，字母i分化为i和j，v分化为u、v和w，这样就产生了26个罗马字母，与现代英语字母相同。古罗马时代拉丁字母分大写体和草写体，这两种手写体分别衍生为印刷的楷体和斜体字母。拉丁字母继承并发展了希腊字母形体上的优点：简单、匀称、美观、便于阅读和连写。法国、西班牙、葡萄牙人都继承它，形成了"拉丁文民族"。

《圣经》是用拉丁文字写的，由于基督教的传播和殖民扩张，现在整个西欧、美洲、澳洲及非洲的大部分地区都使用了拉丁字母。中国的汉语拼音方案也是用拉丁字母制定的。

拉丁字母是世界上使用最广泛的字母文字体系。

圣城耶路撒冷

耶路撒冷城位于巴勒斯坦中部的犹地亚山，东近死海，西临地中海沿岸平原。耶城由旧城和新城两部分组成。现为以色列的城市。

公元前 1004 年大卫王将首都建在这里，并把约柜移置至此，从此确立了耶城在历史上的特殊地位。大卫王之子所罗门王在这里建了犹太人的第一圣殿。

耶路撒冷是犹太教的发祥地和圣地，旧城内锡安山上的西墙是犹太教徒的朝圣地。各地犹太人常来此号哭，故又称“哭墙”。此外，还有著名的大卫塔、圣安妮教堂、圣雅各教堂等具有浓郁东方色彩的建筑和众多的古犹太会堂等。

耶路撒冷又是基督教的圣地。据传，基督教创始人耶稣在逾越节最后一次晚餐时，被犹太统治者捉获，钉死在耶城外的十字架上。从此，耶稣被钉死的受难地、最后一次晚餐餐室、在耶稣墓地上建造的圣墓教堂等等，均是世界基督教徒心目中的圣地。

耶路撒冷自 7 世纪后成为伊斯兰教圣地之一。相传伊斯兰教创始人穆罕默德升上“七重天”，接受“天启”后，又返回麦加。用一块圣石萨赫莱命名的清真寺坐落在旧城东部锡安山台地上的 26 万平方米的圣殿区里，该寺仅次于麦加圣寺和麦地那先知寺，堪称第三大圣寺。

“耶路撒冷”在希伯来语中意为“和平之城”，但由于历史、民族、宗教的复杂交错，又使它成了纷争之地。但愿随着中东和平进程的步伐和各方面的和解，这座古老而现代的大都市能够真正成为名副其实的和平之城。

古罗马文学

古罗马文学是在模仿和继承古希腊文学的基础上发展起来的,它是古希腊和后世欧洲文学的桥梁,在文学发展史上起着承前启后的作用。

古罗马的戏剧文学发展较早。罗马文学史上,第一位诗人和剧作家李维乌斯·安德罗尼库斯(约公元前280年~前204年),将荷马史诗《奥德赛》[①]译成拉丁文并改编成剧本于公元前240年第一次上演,这是古罗马戏剧的发轫。在他之后,罗马出现一批诗人和剧作家,喜剧家有普劳图斯和泰伦斯,悲剧家有塞内加。他们比较著名的剧本有《吹牛的军人》《孪生兄弟》《一罐黄金》《婆母》和《两兄弟》等。

公元前1世纪下半叶,奥古斯都时期(公元前27年~公元14年),古罗马文学进入"黄金时代",诗歌发展达到高峰。这一时期有三位最著名的诗人:维吉尔、贺拉斯和奥维德。

维吉尔(公元前70年~前19年)是罗马文学史上最卓越的诗人,他的三部主要作品是:《牧歌》《农事诗》和史诗《埃涅阿斯纪》。《牧歌》包括10个诗章,是模仿希腊的田园诗而写的,诗歌反映出罗马牧羊人的生活和爱情。《农事诗》共9卷,2000多行,耗时7年,这是一部关于古罗马农民的工作和生活的诗歌。《埃涅阿斯记》共12卷,它记述了罗马人的祖先埃涅阿斯,在伊利昂城被希腊人攻陷后,带着少数居民,渡海到意大利建立罗马城的经历。

① 《奥德赛》是古希腊的两部著名史诗之一,为盲诗人荷马(Homer,公元前800年~前600年)所编辑整理。

战神恺撒

恺撒出身于罗马古老而著名的尤利乌斯家庭。恺撒少年时期就渴望取得最高权力。

公元前 77 年，恺撒针对当时奴隶和平民都对罗马的寡头统治不满的矛盾，控告曾任马其顿总督的格涅乌斯·科尔涅利乌斯·多拉伯拉贪赃枉法，得到巨大名声。在西班牙任职期间，恺撒征服了一些部落，扩大了罗马人统治的地域，得到了元老院、骑士士兵和罗马平民的支持。

公元前 59 年，恺撒当选为执政官。然后，随着时局的变化，"三巨头同盟"的内部矛盾终于显露出来。敌视恺撒的势力在庞培的支持下决定要恺撒立即卸任。

此时，恺撒率领他的军队以迅雷不及掩耳之势向罗马突进，占领了罗马，庞培出逃。

恺撒夺得罗马政权后，对政敌实行宽大怀柔的政策，赢得了一部分元老贵族和骑士的好感。公元前 48 年 6 月，恺撒与庞培又大战于法萨罗，消灭了庞培并进军埃及。接着，他又转战小亚细亚，平定了非洲、西班牙。恺撒回师罗马，受到空前隆重的欢迎。他被推举为终身独裁官。他的出身被神化，已经成为罗马世界至高无上的主宰者。

恺撒在独裁统治期间为了加强中央集权，削弱元老贵族的势力，采取了一系列改革措施。这引起了元老贵族的强烈反对。因此，他们组织了阴谋集团，决心除掉他。公元前 44 年 3 月 15 日，元老院举行会议，恺撒单身一人来到会议厅。反叛者一拥而上，用短剑刺向恺撒，他终于倒在血泊中死去。

屋大维

公元前63年9月23日,屋大维生于一个罗马骑士家庭。恺撒是屋大维的外舅祖父,后来,恺撒收他为养子。

公元前48年,15岁的屋大维,由于恺撒的关照,被选人大祭司团。18岁的屋大维得知恺撒被刺死的消息后,决心去罗马为恺撒报仇。

当时罗马已落入恺撒的副手安东尼之手。他向群众公布了恺撒的遗嘱,遗嘱指定屋大维为继承人,授予他恺撒称号和遗产的3/4。但安东尼实际上控制了局势,掌握了军权,俨然以恺撒的继承人的身份行事。

了解情况以后,屋大维带领追随者来到罗马,要求安东尼执行恺撒的遗嘱,并用恺撒养子的身份招募恺撒过去的部下,很快就组建了一支有3000人的装备精良的军队,组成两个军团。

经过一段纷争,安东尼终于承认了屋大维的实力,他和屋大维、富必达结成了"后三巨头"同盟。公元前32年,屋大维和安东尼的矛盾激化,最后进行决战。安东尼失败自杀,屋大维成为罗马的绝对统治者。

屋大维统治罗马的制度称为元首制,他的称号不是君主,而是"第一公民"。对元老院,他采用利用和尊重的双重政策,控制了元老院。元老院在利益和荣誉面前,也全力拥护元首制,授予屋大维以绝对权力。

这时,罗马已成了地中海沿岸的大帝国,屋大维则成了帝国的第一帝。

西罗马帝国的灭亡

罗马帝国历经200年的"和平时期"后,国力开始衰落。帝国的大规模的扩张活动开始停止,这导致俘虏的减少,奴隶来源不足,奴隶的负担加重,奴隶们不堪忍受重负,不断地起来反抗。

罗马帝国的社会矛盾日益尖锐,带兵的为了增加军饷,纵容军队去抢劫;当官的争权夺利,贪污成风;奴隶主穷奢极欲,过着荒淫无度的生活。

帝国的统治者们只知争权夺利,互相残杀,公元235年以后的50年中,竟换了10个皇帝。直到公元284年戴克里先出来当皇帝,这种混乱的局面才稳定了一些。公元395年,罗马帝国狄奥多西皇帝去世。他留下遗嘱,把帝国版图划分为东西两部,让他的两个儿子分别统治东西两个帝国。东罗马帝国拥有从黑海到亚得里亚海之间的广大地区,这个国家后来又叫做拜占庭帝国,它一直存在到公元1453年。

西罗马帝国的领土比东罗马帝国要大一些,包括现在的意大利、法国、西班牙、比利时、英国的大不列颠、奥地利、匈牙利、南斯拉夫的西北、地中海的整个西部,以及阿尔及利亚、摩洛哥、突尼斯、利比亚的北部,首都仍设在罗马。

公元408年,日耳曼人的一支——哥特人在他们的首领阿拉列的率领下,侵入意大利北部,杀进了罗马城,他们把罗马城洗劫一空,放火烧毁罗马皇帝的宫殿,曾经不可一世的西罗马帝国灭亡了。

密林深处的文明

玛雅人在中美洲的密林中创造了光辉灿烂的古代文明,其象征就是尤卡坦半岛南端的科潘城,位于现在的洪都拉斯和危地马拉一带。

科潘城规模较大,城市的中心由广场、神庙、殿堂、祭坛和球场等建筑群组成,还有进行天文观测的建筑设施。有一座纪念性神庙建筑,它的台阶上有两个狮头人身像,嘴里衔着一条蛇,一只手攥着火炬,另一只手握着几条蛇。在一座神庙前的石阶上,站立着一个代表太阳神的巨大人头石像,威武庄严,石像上雕有金星图案,令人惊讶。

科潘的纪念碑和建筑物上的象形文字符号书写最美、刻制最精、字数最多。有一条六七十级的梯道,用2500多块方石砌成,每块方石上都刻着象形文字,每个象形文字的四周均雕有花纹,梯道刻了2000多个象形文字符号。它是玛雅象形文字最长的铭刻,被称为“象形文字梯道”。

奥尔美加的巨石人像

在2400年至2500年前的奥尔美加人,在没有金属工具的条件下,仅仅靠一种硬度较大的石头来雕凿,创造出伟大的石雕艺术品,令人叹服。

奥尔美加人所雕凿的这种巨型的纪念碑性的石雕品,现在发现的大约有250座,其中巨型人像就有98座。从雕刻技法看,巨型人像可分圆雕与浮雕两种,刀笔刚劲简练,但又刻画入微,形态生动,善于写实。其中巨型人头,是用一块巨大的石头雕成,有的高近3米,有的重达30吨,大都竖于"球场"(The ball game)上。另一种巨型人像是把一块自然石头雕成一座祭坛,并在其正面凿一小龛,龛内用浮雕技法雕出一个戴有高冠、佩有颈饰的"虎面人"坐像。这类雕像有的双手捧一个小孩,有的把小孩抱在怀内。它是作为神的偶像象征而被人祭祀的。奥尔美加的艺术家们首先是面向生活塑造生动而具体的形象,然后才根据宗教的要求,添加各种装饰和象征图案,创造出离奇古怪而又复杂多变的各种神像。这两种写实的传统,由奥尔美加开始,后来又传给了所有的美洲印第安①文明。

托尔特克人的文化

在狄奥提瓦康文化开始兴起的时候,居住在今墨西哥北部的另一支游牧民族托尔特克人,也创造了自己独特的文化。

---

① 考古发掘至今没有在美洲发现类人猿和直立猿之类的人类近亲遗迹。史学界公认印第安人是从西伯利亚移来美洲的蒙古人种。大约2.5万年前,他们经白令海峡在阿拉斯加的岛屿登陆,然后逐渐南移,遍布于美洲大陆。在欧洲殖民者入侵之前,印第安人世世代代生息于美洲大陆,是开拓这一地区的先驱者和主人。

"托尔特克"是"名匠和学者"的意思。公元967年,托尔特克人远征达金和奇钦·伊查,在那里建立了新的玛雅——托尔特克城邦,在中部高原地区逐渐建立了统治。

托尔特克人的文化遗址,位于现今墨西哥的伊达尔哥州,如杜拉古文化遗址,分布在一个每边长约120米的四方形广场的周围。它的北面有一个最大的神庙,是托尔特克人祭祀金星的神庙所在。另外,还有太阳神庙、宫殿、球场、祭坛和起居室等等。

托尔特克人在宗教信仰方面开始废除了用活人作为牺牲献祭的礼仪。在杜拉遗址的广场中心的祭坛上,置有一个"神的使者"的雕像,像高66厘米,雕像平卧地上,双手捧一盒。托尔特克人把这种雕像叫做查克摩尔,小盒就是收容贡献物品的。查克摩尔雕像的出现,是从托尔特克人开始的,也是构成托尔特克文化的主要特征之一。

托尔特克人的制陶工艺,受狄奥提瓦康文化的影响很深。这里的陶器以橘黄色陶为主,器壁较薄。托尔特克人还利用蚌壳制成各种装饰品,最引人注目的是一件嵌贴在陶器上的人头像,手法细致,形状颇为生动。由此可以看出托尔特克文化在中美洲古代文化中的地位。

太阳的子孙

在库斯科城郊的山上,印加人修建了一座里外三层的圆形的巨大的太阳庙,对太阳神和月亮神的崇拜是印加人的宗教特色。在印第安语中"印加"就是"太阳的子孙"的意思。他们认为自己的祖先起源于太阳,国王是太阳之子。

尽管印加人对太阳和月亮心存崇拜,但在生产和生活实践中,他们却是以朴素的、原始的科学方法去观察自然现象。库斯科城中央筑有天文观测台,观察太阳的位置以确定农业节气。印加人使用太阳历,12个月为一年,每月30天,全年365天。印加人在医药知识方面成就也很突出,印加人把一种烟草给人闻可治鼻病,用水草汁可治眼病,用一种树脂治外伤,这些药物都具有科学效力。

古老的印加帝国流传下来一部美丽动人的诗剧——《奥扬泰》。它根据民间传说和神话歌颂民族英雄奥扬泰。奥扬泰和公主姑茜·柯依约相爱,公主已经怀孕。印加王却拒绝这门婚事,奥扬泰被逐出库斯科,女儿被关进地牢。奥扬泰悲愤已极,领导人民起义,另立王朝。后来,他中计被俘,送到库斯科太阳庙作牺牲品,他认出庙中女祭司伊玛·苏玛克就是自己的女儿。依玛·苏玛克向新国王求情,新国王宽恕了她的父母,并促成了这门亲事,一家团聚,国家统一。整个作品语言优美,显示出高度的语言表达能力。

信奉太阳神的民族

根据传说,大约在12世纪初,阿兹特克人得到他们崇拜的太阳神的启示,离开海岛向南迁移,走到一只鹰站在仙人掌上啄食一条长蛇的地方定居。阿兹特克人跋山涉水,向南前进。1248年,他们到达诺奇蒂特兰城(即墨西哥城的前身)发现了这一情景,就定居在这里。墨西哥人就根据这个传说,把鹰作为他们民族的象征。鹰吃蛇的图案成为今天墨西哥的国徽。

阿兹特克人的社会结构是这样的:一个家族组成一个氏族,各族有一个族长,20个氏族合为四个胞族,组成一个部落。管理部落的有两个酋长,一个领导全部活动,一个掌握部落内部事务和宗教仪式。

阿兹特克人信奉的神很多。他们把部族神威齐罗波彻里奉为"太阳神"和"战神",此外还崇拜自然、云神、酒神和为数众多的农业神,如玉米神、土地和生殖神,掌管雨、雷、电的山神等。

阿兹特克人祭祀太阳神不用动物,而是用人的鲜血。他们认为,众神只有用血这种生命之液的充分供应才能永葆青春和活力,如果得不到血,他们就无力完成保护人民的责任。

为了祭神,阿兹特克有人数众多、等级森严的祭司,有专门培养祭司的学校,在校学生全是贵族和祭司的子弟。

海盗时代

公元793年6月8日,英格兰东北部的林第斯法恩寺院遭到了来自斯堪的纳维亚半岛的北欧海盗的袭击,从此北欧的海盗时代开始了。

自称海盗的斯堪的纳维亚人,身高体大,剽悍强壮。由于斯堪的纳维亚半岛上人口剧增,落后的农业生产力已不能满足人口日益增长的需要。精于造船,有丰富的航海经验的斯堪的纳维亚人,便向半岛以外的世界寻求新的生路。于是,部落酋长聚众出海,在海上为所欲为。海盗驰骋北欧及其东、西两翼的广大区域,但其主要矛头对准东方,曾远达拜占庭、波斯和塔什干。他们从事武装贸易,也进行海上掠夺,被历史学家称为武士兼商人。

瑞典海盗向东方扩张的活动一直延续到13世纪,并于1284年将芬兰变为瑞典的一个公国。海盗们从俄罗斯掠得巨大财富,也带回了南方的文明。瑞典海盗在国内开始进行大规模的建设,他们还控制了通往东方的主要贸易路线,成为东西方之间贸易的桥梁。

1028年,丹麦国王克努特创建了"北海大帝国",其疆域包括丹麦、挪威、瑞典南部、英格兰和苏格兰大部,成为丹麦和北欧海盗时代的鼎盛时期。

彼得大帝割须换袍

彼得大帝[1]登基时,俄国是一个愚昧落后的国家。而他去世时,俄国近代工业已经崛起,并成为欧洲屈指可数的强国之一。

---

① 彼得大帝,是人们对彼得一世的尊称。彼得一世(1672~1725年),原名彼得·阿列克塞也维奇·罗曼诺夫,是沙皇阿列克谢·彼得一世米哈伊洛维奇之子,俄国罗曼诺夫王朝第四代沙皇(1682~1725年)。

彼得自幼崇尚西方的文化和科学技术。他青少年时期，就常和西方移民厮混在一起，他曾隐姓埋名，遍访欧洲各国，在不同国度里获得过木匠、炮手、机匠、航海家的合格证书。

当时执掌大权的皇太后认为他是要毁灭俄罗斯文化传统的恶魔，欲置他于死地。只是因为得到军队的支持，他才得以亲临朝政。但是，大权在握，彼得就迫使旧俄罗斯战战兢兢地开始了改革。

改革的第一项措施是勒令全体人员剪去大胡子。当时俄罗斯人认为，大胡子是信奉东正教和表现男子美的标志，只有异教徒才有着光溜溜的下巴。彼得却认为，大胡子是愚昧的、不卫生的，下令非剪不可，不剪的得罚以重金，就是在以重金保留胡子后，胸前还得佩戴"胡子愚昧和不卫生"字样的标志。

第二项改革措施同样令人震惊不已。彼得命令在城门口挂起穿着和行动都十分便捷的匈牙利军装，命令所有的男人不得再穿臃肿拖沓的俄罗斯长袍，他认为，宽袖拖地长袍是俄罗斯人懒于征战、不好奋斗的象征，也得根除。

修建彼得堡——今日的列宁格勒，也是他向旧俄挑战的一项壮举。彼得断言，城堡式的克里姆林宫是禁锢人思想的坟墓。为了祖国的发展，他必须修建一个面向西方的窗口，通向大海的门户，彼得堡的一切建筑都和莫斯科迥异，而更像法国的凡尔赛。彼得堡建成后，他不仅迁都到新城，还勒令王公贵族与他同行，以示同旧俄决裂。

彼得还命令消除封建式的闭户生活，大力举办"自由聚会"，促进思想交流。他规定贵族妇女必须出席交际舞会。那些深居简出的小姐太太们被喷着烟草味的男人们搂着，旋转着，一个个都惊恐万状。然而，彼得却以为，习惯了开放社交生活的人，就会习惯西方的新思想。他甚至冒着背叛列祖列宗的罪名，为皇太子娶了一名信奉宗教改革后的路德教的德国女子。彼得还改革行政体系，举办工厂和为平民阶层开放上升的门户。

彼得大帝的改革遭到朝野之间激烈的反对，甚至他的儿子也策划在他死后使俄国复旧。彼得是用利剑逼着人们进行改革的，他毫不留情地处死策划复辟的贵族，连反对他的儿子也没有逃脱监禁至死的命运。彼得要的是一个现代的、强大的俄国，他成功了。

后世的一位伟人曾说过，在落后的国家里，改革常常采取了以野蛮对付野蛮的形式。彼得正是这样一位以野蛮对付野蛮的改革者。

最好的消息

阿根廷著名的高尔夫球手罗伯特·德·温森多有一次赢得一场锦标赛。领到支票后,他微笑着从记者的重围中出来,到停车场准备回俱乐部。这时候一个年轻的女子向他走来。她向温森多表示祝贺后又说她可怜的孩子病得很重——也许会死掉——而她却不知如何才能支付起昂贵的医药费和住院费。

温森多被她的讲述深深打动了。他二话没说,掏出笔在刚赢得的支票上飞快地签了名,然后塞给那个女子。

"这是这次比赛的奖金。祝可怜的孩子走运。"他说道。

一个星期后,温森多正在一家乡村俱乐部进午餐,一位职业高尔夫球联合会的官员走过来,问他一周前是不是遇到一位自称孩子病得很重的年轻女子。

"是停车场的孩子们告诉我的。"官员说。

温森多点了点头。

"哦,对你来说这是个坏消息,"官员说道,"那个女人是个骗子,她根本就没有什么病得很重的孩子。她甚至还没有结婚哩！温森多——你让人给骗了！我的朋友。"

"你是说根本就没有一个小孩子病得快死了?"

"是这样的,根本就没有。"官员答道。

温森多长吁了一口气。"这真是我一个星期来听到的最好的消息。"温森多说。

列夫·托尔斯泰的求婚信

索菲娅·安德列耶芙娜:

我再也无法忍耐下去了。接连3个星期,每天我都对自己说:今天我一定要说出一切。然而我依然怀着惆怅、悔恨、恐惧和幸福的心情离开了。每天夜里，我都和今天一样，总是痛苦地对自己说：我为什么没说呢？我该怎样说，该说些什么呢？现在，我带着这封信，如果我又一次没有说，没有勇气对您说出一切，那就让我交给您这封信吧！

我觉得，你们全家对我有个错觉，似乎我爱上了您的姐姐丽扎。这是不对的。您写的中篇小说深深地映入我的脑海，读过之后，我确信了一点，我——杜勃利兹基（索菲娅小说中的男主人公，托尔斯泰以他自诩）——不配憧憬幸福，您对爱情有着美好的、诗一般的追求……您将爱上谁，我不嫉妒，将来也不嫉妒。我觉得，我能为您高兴，像为孩子们高兴一样。

过去我曾写过：只要同您在一起，我立即就会记起我的年龄大（当时托尔斯泰34岁，而索菲娅只有18岁）和不可能得到的幸福，对，正是您。

但那时，直到后来，我是在欺骗自己。而当时，我也许还能够扯断一切，再次回到我那个人奋斗、潜心干事业的狭小的“修道院”中去，可现在我却什么都做不下去了。我觉得，是我扰乱了你们的家，我失掉了和您——一个诚实的人作为朋友的单纯而珍贵的友谊。但我不能离去，却又没有勇气留下来。您，一个诚实的人，要坦率地，不要匆忙，千万不要匆忙，告诉我，该怎么办。一个人嘲笑什么，他自己也就要为其付出代价。假如一个月前有人对我说，一个人会像我现在这样痛苦，我会笑死的。但我现在却正是在为幸福而痛苦着，我会笑死的。但我现在却正是在为幸福而痛苦着。诚实的人，告诉我，您是否愿做我的妻子？只要是出自内心，您可以大胆地说，“可以”；倘若您对自己还有丝毫的怀疑，那就说“不行”好了。

看在上帝的分上，好好问问您自己。

听到“不行”，对我来说是可怕的，我能预见到这一点。但我会找到经受这一切的力量。倘若我做您的丈夫，而您又不能像我爱您那样地爱我，那才更加可怕。

前西德总理勃兰特下跪华沙

1970年12月7日，联邦德国总理勃兰特在波兰首都华沙，于众目睽睽之下，扑通一声下跪，全世界为之大哗。

作为政府首脑的勃兰特为什么下跪呢？是他本人罪孽深重，以下跪来减轻良心上的重负吗？

不。第二次世界大战中，勃兰特是名坚强的反纳粹的斗士，被希特勒下令开除了国籍，并到处追捕他。他被迫亡命挪威。战后返回祖国，作为社会民主党的活动家积极复兴国家。1969 年 10 月，勃兰特以社民党主席的身份当选为联邦德国总理。

勃兰特上台伊始，便着手改善与苏联和东欧各国的关系。1970 年 12 月 6 日下午，勃兰特飞往华沙，受到官方的正式欢迎。然而，在演奏德国国歌时，波兰人的脸上都流露出强烈激愤的表情，因为他们当中很多人曾长期是希特勒集中营的囚徒。

勃兰特知道，第二次世界大战中，波兰 600 万人民牺牲，损失惨重，仅设在波兰的奥斯威辛集中营，就杀害了近 400 万犹太妇女儿童和男人……

第二天上午的日程安排，是向华沙无名烈士墓和华沙犹太人街区殉难者纪念碑献花圈。当代表团来到犹太人街区殉难者纪念碑前，出乎所有人的意料，在电视摄像机前和无数记者的闪光灯下，勃兰特扑通一声跪下了。全部在场的人大为震惊，东道国代表团瞠目结舌，不知所措。这个举动绝不在计划日程之内，勃兰特事先未同任何人商量，就跪下了。

当天，东西方都掀起轩然大波，评论四起。

西德国内也出现了恶意的评论，认为勃兰特此举有辱国格人格。勃兰特很坦然，他并不感到羞耻。他认为："谁愿意理解我，他就能理解我，在德国和世界其他地方，很多人是会理解我的。"一位记者深情地写道："于是，不必这样做的他，替所有必须这样做而没有下跪的人跪下了。"

当时，波兰东道主们感到极大的震动和惊讶，许多波兰人为勃兰特的举动感动得落泪。勃兰特圆满地完成了他的使命，回国了。

1971 年 10 月，诺贝尔奖委员会一致提名通过，授予勃兰特 1971 年度诺贝尔和平奖。当晚德国青年举起火炬，络绎不绝地来到勃兰特的寓所，向他表示衷心的祝贺。

1992 年 10 月，勃兰特因患癌症以 78 岁的高龄逝世。

老毛姆的风趣

英国老作家毛姆①,今年已经87岁了,是当代极少数作品畅销而又写得很不错的作家之一。他的单行本销数的总数,据说已超过6000万册以上,苏联也有他的市场,而且拥有广大的读者群。英国人说,外国作家能够进入苏联去赚版税的,为数极少,毛姆就是其中之一。

毛姆老得并不糊涂,而且仍有风趣,这是最难得的。最近有记者去访问他,想同他谈谈对于"死亡"的感想,被他挖苦了几句,他说"生"的问题还未料理清楚,哪里有时间谈"死"?颇有孔老夫子"未知生焉知死"之慨。

毛姆说了一个笑话。他说,在他80岁那年,有一家寿险公司的经纪人向他兜生意,寄给他一份人寿限数的统计表。他因为自己已经80岁,就查看80岁项下有什么解释,见他们所注的数字是:平均仍有五年零九个月可活。他说,他今经87岁了,超出他们的预算将近两年,实在很对不起那位统计专家。

毛姆说,他现在有一件事情已经终止不做了,那就是不再去参加别人的葬礼,他准备将这权利保留给自己。

毛姆一生很喜欢旅行。他说旅行除了本身有乐趣之外,对于一个从事写作的人来说,还可以汲取写作的题材。他最初不到印度去旅行,因为那时认为印度所有可供写作的题材,一定已经被吉百龄写完了,因此他不想去,后来他终于去了,但又懊悔不曾早去,直到自己老了才去,因为他发现印度还有许多可供写作的题材,吉百龄连碰也不曾碰过。

他说,有一次,吉百龄在西印度旅行,写信给他说,当地有很多可供写作短篇小说的题材,但是不在他的写作范围内,因此他不想写,劝毛姆去看看,毛姆后来果然去了,但是发觉那些题材也是他写不来的。

毛姆不久以前收到了一封女读者的来信,十分有趣。这位年轻的女读者告诉

---

① 英国小说家、戏剧家。1874年1月25日生于巴黎。父亲是律师,当时在英国驻法使馆供职。小毛姆不满10岁,父母就先后去世,他被送回英国由伯父抚养。毛姆进坎特伯雷皇家公学之后,由于身材矮小,且严重口吃,经常受到大孩子的欺凌和折磨,有时还遭到冬烘学究的无端羞辱。

他说："我读了你的作品，觉得你一定是一个了不起的大情人，很想爱你。后来我查阅《名人大辞典》，发觉你比我的祖父年岁更大，我只好放弃这意念了。"

毛姆说，由此可知，爱情绝不是属于精神的，而是与肉体分不开的。

带头种痘的女皇

1764 年，天花在俄国迅猛蔓延。女皇叶卡特琳娜二世决定引进从中国传到欧洲不久的人痘疫苗。总想开风气之先的叶卡特琳娜二世准备带头接受人痘手术。吉凶难卜，朝臣纷纷劝阻，许多人甚至暗中为女皇"哀悼"，痛骂人痘疫苗传播者托马斯·丁姆戴勒是"英国江湖骗子"。可是，叶卡特琳娜二世不为所动，于 10 月的一天，毅然把胳膊伸向种痘刀，成了俄国第一个种人痘的人。在她带动下，种痘法很快在俄国推广，流行的天花被扑灭了。这位女皇带头种痘的勇气赢得法国启蒙思想家伏尔泰的称赞："陛下给我们法国的那些纨绔子弟，给我们索邦神学院的那些圣哲，给我们医学院的那些神医们上了多好的一课！"

马克思戒烟

马克思原来烟瘾很大，他的烟是不离口的。有一次，他曾对拉法格说："《资本论》甚至将不够付我写它时所吸的雪茄烟钱。"他抽烟就像干别的事情一样，又快又猛。英国烟对他来说太冲，他经济条件也不很宽裕，所以总是挑比较便宜的雪茄来买。他抽烟时有一半是放在嘴里咀嚼的，说这样可以提高烟的作用，或者说获得双倍的享受。

后来马克思又发现了一种价钱更便宜的烟，大概每盒（一磅装）便宜一个半先令，于是他发挥了政治经济学上的节约才能，向周围友人阐述他的理论。他说，他每抽一盒烟就"节约"一个半先令，因此，他抽得越多，就"节约"越多，为了这个"节约学”,他消耗了极大的精力并作出了牺牲。几个月以后,家庭医生不得不采取行动,严厉禁止他再用这种“节约”的方法来发财致富。

1881 年夫人燕妮的死和后来长女小燕妮的死,给了马克思两次致命的打击,使马克思早被经年累月的过度疲劳的体质无法再恢复健康了。70 年代中期,医生就禁止马克思抽烟。对马克思来说,戒烟是一种莫大的牺牲。在他戒烟以后,他的战友列斯纳第一次去看他时,他既高兴又自豪地对列斯纳说,他已经多少天没有抽烟了,而且只要医生不许可,他决不再抽。在这以后,每一次列斯纳去看他的时候,他总要告诉列斯纳他已经戒了多久了,而且在这段时间里,他没有抽一次烟。连马克思自己也不大相信,他嗜烟成癖,竟还能把烟戒掉。

丘吉尔做广告

丘吉尔曾说:“当我不再当首相时,我要做个广告人!”

丘吉尔任职期间日理万机,非常繁忙。但他十分注意身体健康,丘吉尔每天都尽量偷闲睡一个小时午觉,因其善于劳逸结合而活到 90 多岁高龄。他退休后,英国有位商人皮尔斯登门求他为新产品——美迪牌席梦思软床做一则广告,丘吉尔觉得这正是“练兵”的好机会,于是大笔一挥,写道:“我的长寿秘诀——能躺着绝不坐着。躺在美迪牌席梦思软床上舒服极了! ——丘吉尔”,这则名人广告打出去后,此种软床立即畅销欧美市场。

丘吉尔强调任何广告都不宜大吹大擂,过度夸张的广告不仅显得虚假,而且容易使顾客“倒胃口”,从而产生逆反心理。丘吉尔认为广告要深入浅出,平中见奇,用最亲切最平常的百姓话,诱发出不寻常的欲购心理。他反对优质产品不用做广告也可畅销的谬论,他说:“广告是产品的眼睛,不仅含着对上帝(顾客)的友好微笑,而且充满诱人的魅力! 产品通过广告宣传成为上帝(顾客)的情人!”

尼克松推迟登机

1972 年,正在苏联访问的美国总统尼克松将去苏联其他城市访问。苏共总书记勃列日涅夫到莫斯科机场送行。

正在这时,飞机出现故障,一个引擎怎么也发动不起来。机场地勤人员马上进行紧急检修。尼克松一行只得推迟登机。

勃列日涅夫远远看着,眉头越皱越紧。为了掩饰自己的窘境,他故作轻松地说:"总统先生,真对不起,耽误了你的时间!"一面说着,一面指着飞机上忙碌的人群问:"你看,我应该怎样处分他们?"

"不,"尼克松说,"应该提升!要不是他们在起飞前发现故障,飞机一旦升空,那该多么可怕啊!"

青年伽利略的雄心

"听我说,父亲,"伽利略说道,"我想问你一件事,是什么促成了你同母亲的婚事?"

"我看上她了。"

"那你有没有娶过别的女人?"

"没有的事,孩子,老天在上,家里的人要我讨一位富有的太太,可我只对阿玛纳蒂姑娘钟情,我追求她就像一个梦游者,要知道你母亲从前是一位姿艳动人的姑娘……"

"这倒确实,现在也还看得出来。你不曾娶过别的女人,因为你爱的是她。你知道,我现在也面临同样的处境。除了科学以外,我不可能选择别的职业,因为我喜爱的正是科学。别的对我毫无用处!难道我要去追求财富,追求荣誉?科学是我唯一的需要,我对它的爱有如对一位美貌女子的倾慕。"

"像倾慕女子那样!怎么能这样说呢?"

"一点不错,亲爱的父亲。我已经18岁了。别的学生,哪怕是最穷的学生,都已经想到自己的婚事,我可从来没有想到那上面去。我不曾与人相爱,我想今后也不会。别的人都能寻求一位标致的毕安卡,或是一位俊俏的卢斯娅,而我只同科学为伴。当人们提及这方面的事情,我感到羞臊。"

"我亲爱的父亲,你有才干,但没有力量,而我却能兼而有之!为什么不能设法达到自己的愿望呢?我会成为一个杰出的学者,获得教授身份。我能够以此为生,而且比别人生活得更好。"

"我没有钱供你上学。"

"父亲你听我说!很多穷学生都领取奖学金。这钱是公爵宫廷给的。我为什么不能去领一份奖学金?你在佛罗伦萨有那么多朋友,他们对你不错,会尽力帮助你。也许你能到宫廷去把事办妥。他们只需要去问一问公爵的老师奥斯蒂罗·利希,他了解我,知道我的能力……"

"嗯,你说得有理。是个好主意。"

伽利略一把抓住父亲的手,猛力摇动:

"我求求你,父亲,求你想方设法,尽力而为。我向你表示感激之情的唯一方式,就是……就是保证成为一个伟大的科学家……"

居里夫人的自白

生活对于任何一个男女都非易事,我们必须要有坚忍不拔的精神;最要紧的,还是我们自己要有信心。我们必要相信,我们对一件事情是有天赋的才能,并且,无论付出任何代价,都要把这件事情完成。当事情结束的时候,你要能够问心无愧地说:"我已经尽我所能了。"

有一年的春天里,我因病被迫在家里休息数周,我注视着我的女儿们所养的蚕,结着茧子。这使我极感兴趣,望着这些蚕固执地、勤奋地工作着,我感到我和它们非常相似,像它们一样,我总是耐心地集中在一个目标。我之所以如此,或许是因为某种力量在鞭策着我——正如蚕被鞭策着去结它的茧子一般。

在近50年来，我致力于科学的研究，而研究基本上是对真理的探讨。我有许多美好快乐的回忆。少女时期我在巴黎大学，孤独地过着求学的岁月。在那整个时期中，我丈夫和我专心致志地，像在梦幻之中一般，艰辛地在简陋的书房里研究，后来我就在那儿发现了镭。

我在生活中，永远是追求安静的工作和简单的家庭生活。为了实现这个理想，所以后来我要竭力保持宁静的环境，以免受人事的侵扰和盛名的渲染。

我深信在科学方面，我们是有对事而不是对人的兴趣。当皮埃尔·居里和我决定应否在我们的发现上取得经济上的利益时，我们都认为这是违反我们的纯粹研究观念。因而我们没有申请镭的专利，也就抛弃了一笔财富。我坚信我们是对的。诚然，人类需要寻求现实的人，他们在工作中，获得最大的报酬。但是，人类也需要梦想家——他们对于一件忘我的事业的进展，受了强烈的吸引，使他们没有闲暇，也无热诚去谋求物质上的利益。我的唯一奢望，是在一个自由国家中，以一个自由学者的身份从事研究工作，我从没有视这种权益为理所当然的，因为在24岁以前，我一直居住在被占领和蹂躏的波兰。我估量过法国自由的代价。

我并非生来就是一个性情温和的人。我很早就知道，许多像我一样敏感的人，甚至受了一言半语的呵责，便会过分懊恼，他们尽量隐藏自己的敏感。从我丈夫的温和沉静的性格中，我获益匪浅。当他猝然长逝以后，我便学会了逆来顺受。我年纪渐老了，我愈会欣赏生活中的种种琐事，如栽花、植树、建筑，对诵诗和眺望星辰，也有一点兴趣。

我一直沉醉于世界的优美之中，我所热爱的科学，也不断增加它崭新的远景。我认定科学本身就具有伟大的美。一位从事研究工作的科学家，不仅是一个技术人员，并且他是一个小孩，在大自然的景色中，好像迷醉于神话故事一般。这种魅力，就是使我终生能够在实验室里埋头工作的主要因素了。

巴尔扎克的手杖

巴尔扎克并非一出世就名扬天下，誉满全球，在成名之前，巴尔扎克也曾困顿过，狼狈过。

比如，他本是学法律的，可大学毕业后偏偏想当作家，全然不听父亲让他当律师的忠告，把父子关系弄得十分紧张。不久，父亲便不再向他提供任何生活费用，他写的那些玩意儿又不断地被退了回来，他陷入了困境，开始负债累累。最困难的时候，他甚至只能吃点干面包喝点白开水。但他挺乐观，每当就餐，他便在桌子上画上一只只盘子，上面写上“香肠”“火腿”“奶酪”“牛排”等字样，然后在想象的欢乐中狼吞虎咽。

更发人深省的是，也正是这段最为“狼狈”的日子里，他破费了700法郎买了一根镶着玛瑙石的粗大的手杖，并在手杖上刻了一行字：我将打碎一切障碍。

正是这句气壮山河的名言在支持着他。后来的事实表明，他果然成功了。

米开朗基罗[①]的性格

在他年轻时代，酷爱学习使他陷入了绝对的孤独。在旁人眼里，他孤芳自赏，生性乖僻，疯疯癫癫。不论何时，社交活动总使他感到腻烦。他没有朋友，只和几位严肃的人士来往。他生平只爱过一个女人——著名的德·贝斯凯尔侯爵夫人维多利阿·柯罗娜，但那也无非是种柏拉图式的恋爱。

确实，他自己就善于把人的形象理想化，而毋须借用别人的理想。能证实这一

---

① 米开朗基罗（1475～1564年），意大利文艺复兴时期的雕塑家、画家、建筑师和诗人。就是他在西斯廷教堂800平方米的天花板上，独自连续工作四年而完成的宏大的《创世记》天顶画。

点的是:这个人虽然很少作过仅仅是赏心悦目的美术作品,可是不论在什么地方见到了这种美,他都会对之倾注满腔的热情。一头美丽的山羊,一片美丽的风景,一座美丽的山,一片美丽的树林,一条好看的狗,无不引得他出神入迷。就像以前人们诽谤苏格拉底的爱情一样,人们对他爱美的天性也散布了不少流言蜚语。

他慷慨大度,他分赠掉了大量自己的作品。他说过:"不管我多么有钱,我的生活始终过得如同贫人一样。"他从来不想那一切构成一个庸人生活涵义的东西。他吝惜的唯有他的精力。

在进行重大的创作期间,他常常和衣而睡,免得花去披衣束带的时间。他睡眠很少,而且经常半夜起床,抓起雕刀或铅笔记下他的构思。每逢那种时日,他的一日三餐仅是几片面包而已。清晨他把面包揣在怀里,以后在梯子上一边工作,一边啃面包充饥。只要有一个旁人在场,就能完全扰乱他的情绪。他必须有一种与世隔绝之感,方能得心应手地工作。为身边琐事而忙碌,对于他来说简直是种折磨。尽管在认为值得耗费精力的大事上,他果断而有魄力;可是在小事上,他却羞赧不前,例如他就从来不愿出面举行一次晚宴。

在他塑造的成千上万的人物形象之间,没有一个被他遗忘过。他说,不经预先回忆一下,他是否已经用过这个形象,他是绝对不动手勾画草图的。因此,在他笔下,从不见重复。尽管在生活的一切方面他是那样地温善、随和,可是在艺术上他是难以想象的多疑和苛求。他亲手为自己制造锯子、雕刀,不论什么细枝末节,他都不信托别人。

只要他在一件雕像中发现有错,他就放弃整个作品,转而另雕一块石头。由于他往往不能把自己的宏伟构思付之实现,甚至在他的天才达到炉火纯青的地步时,他所完成的雕像还是为数不多的。

有一次,一刹那之间他失去了耐心,竟把一座几乎竣工的巨大群像打得粉碎,这是一座"哀悼基督"的雕像。

一天,红衣主教法尔耐兹在斗兽场附近碰见了这位已是风烛残年的老人在雪地里行走,主教停下车子,问道:"在这样的鬼天气,这样的高龄,你还出门上哪里去?""上学院去。"他回答说,"想再努一把力,学点东西。"

米开朗基罗的门徒,骑士利翁纳曾把他的肖像刻在一块纪念碑上,当他征询米开朗基罗的意见,问他想在阴面刻上什么的时候,米开朗基罗请他刻上一个由一条狗引路的盲人,并加上如下的题词:我将以你的道路去启示有罪之人,于是不贞洁的心灵都将皈依于你。

爱因斯坦的草稿

1905 年,阿尔伯特·爱因斯坦 26 岁了。他居住和工作在瑞士。

这一年里,爱因斯坦向一个科学报编辑部送交了一份薄薄的、蓝色的小册子——只有 36 页。这就是他的论文《运动物体中产生的电动力学》,在这篇论文中他第一次阐述了他那著名的相对论的最主要的原理。

从这篇论文发表以来过去了 30 年,爱因斯坦已是举世闻名的科学家了。1933 年他就开始流亡国外,因为他在德国的故乡被法西斯控制着。这时他迁居在美国的一个小城市里。

1936 年,正是在西班牙进行反法西斯战争的年代。

阿尔伯特·爱因斯坦不是一名战士,他只是一个正直的人,他明白法西斯意味着什么……

世界上许多国家的人民都想去援助西班牙的反法西斯战争。在美国,人们组织了一支部队想尽快地开赴西班牙前线,但没有足够的经费。这时,其中的一个人说:“我们去找爱因斯坦吧,他一定会帮助我们的。”他的战友都赞同这个意见,于是这个年轻的反法西斯战士就去见那位名闻全球的科学家。

在一间简朴的工作室里他和那位睿智的、平静的老人面对面坐着。

谈话是简短的。“我们有人,但是没有钱。”

爱因斯坦沉默着,抽着烟。

“而钱就意味着飞机、炸弹、汽车、汽油和战士的衣装,而这一切又意味着:西班牙的自由。”

“好吧,”爱因斯坦说,“我把我所有的财产都给你们,但是这并不多。”他站了起来。

“不,”年轻人也站了起来,“我们不想要您的钱。把您的论文给我们,就是那篇《运动物体中产生的电动力学》。”

爱因斯坦注视着年轻人，他弄不懂，那篇过去的论文对西班牙战争会有什么用处。

"把那篇论文的原始草稿给我们吧。"年轻人要求说。

爱因斯坦明白了。反法西斯战士想把这篇草稿卖钱。"好主意!"爱因斯坦说，"遗憾的是不可能，原始草稿不在这儿，它留在了德国……，也许你们拿另外一篇去?"

"不，我们只要这一篇，为此我们可以得到400万美元。"年轻人回答，"400万，真的。"

爱因斯坦缄默良久，终于他说："两天以后您再来吧。"

年轻的反法西斯战士走了以后，爱因斯坦立即坐在桌前，开始从杂志上把那篇论文抄下来。这是一件枯燥的工作，但是爱因斯坦干起来却高兴得像个孩子。他时常叫道："又是一颗炸弹。"或者"这简直是一整架飞机!"

两天以后反法西斯战士得到了爱因斯坦的草稿。很快就传来了他们在西班牙反法西斯战场上战斗的消息。

马歇尔拒当元帅

乔治·马歇尔是美国的一代名将，在第二次世界大战中，他作为美国陆军参谋长，对建立国际反法西斯统一战线作出重要贡献。

鉴于其卓越功勋，1943年，美国国会同意授予马歇尔美国历史上从未有过的最高军衔——陆军元帅。但马歇尔坚决反对，他的公开理由是如果称他"Field marshal Marshall"（马歇尔元帅），后两字发音相同，听起来很别扭。其实真正的原因是这将使他的军衔高于当时已病倒的潘兴陆军四星上将。马歇尔认为潘兴才是美国当代最伟大的军人，自己又多受潘兴提拔和力荐之恩，马歇尔不愿使他崇敬的老将军之地位和感情受到伤害。

第一次世界大战中，马歇尔随美军赴欧参战。当时的美国远征军司令潘兴非常欣赏马歇尔的才能，大战末期将他提拔为自己的副官，视为得意门生。后来潘兴虽然退役，仍然多次力荐马歇尔晋升。在潘兴的有力影响下，1939年马歇尔领临时四星上将衔出任美国陆军参谋长。

有一段小插曲足以说明马歇尔对潘兴的深厚感情。1938 年春，马歇尔前往病榻探望潘兴。潘兴若有所思地说："乔治，总有一天你也会像我一样当上四星将军的。"马歇尔满怀激情地回答："美国只有您有资格获四星上将衔，绝不可能再有另一个人！"听到马歇尔的肺腑之言，潘兴顿时热泪盈眶："谢谢你，乔治！"

马歇尔拒绝当元帅后，为了表示对他的敬意，美军从此不再设元帅军衔。1944 年底，马歇尔晋升五星上将——美军的最高军衔。

贝多芬的吻

1985 年 9 月，我在西德萨尔布吕肯市给一批年轻的钢琴家上主课时发现，如果我在某个学生的背上轻轻拍一下，他就会表现得更为出色。我便在全班学生面前对他杰出的演奏予以赞扬，使他自己以及全班学生大为惊奇的是，他马上超越了自己的原有水平。

我记得的第一次表扬使我感到如何的幸福和骄傲！我当时 7 岁，我的父亲要我帮忙在花园里干些活。我竭尽全力卖劲地干活，得到了最丰厚的报酬。当时他亲了我一下说："谢谢你，儿子。你干得很好。"60 多年后，他的话仍然在我耳边回响。

16 岁时，由于与我的音乐教师发生分歧，我处于某种危机之中。后来一个著名的钢琴家艾米尔 · 冯 · 萨尔，李斯特的最后一个活着的弟子，来到布达佩斯，要求我为他演奏。他专心地听我弹了巴赫[①]的 C 大调"Toccata"，并要求听了更多的曲子。我把自己的全副身心都投入弹奏贝多芬的"athetique"奏鸣曲以及其后舒曼的"Papillons"之中。最后，冯 · 萨尔起身，在我的前额上吻了一下。"我的孩子，"他说，"在你这么大时，我成了李斯特的学生。在我的第一堂课后他在我前额上亲了一下，说：'好好照料这一吻——它来自贝多芬。他

① "巴赫"这个名字一般是指德国著名音乐家——约翰 · 塞巴斯蒂安 · 巴赫（J. S. Bach），被称之为："西方音乐之父"。另外两位"巴赫"都是约翰 · 塞巴斯蒂安 · 巴赫的儿子，也都是著名音乐家。

在听了我演奏后给我的。’我已经等了多年准备传下这一神圣的遗产，而现在我感到你当受得起。”

在我的一生中没有别的什么可以比得上冯·萨尔的赞扬。贝多芬的吻神奇地把我从危机中解脱出来，帮助我成为今天这样的钢琴家。不久将轮到我把它传给最值得受这份遗产的人。

赞扬是一股强劲的力量，是黑暗屋子里的蜡烛。它是一种魔术，我对它的神奇作用总是感到诧异不已。